너의 목소리가 들려

김영하
장편소설

복복서가

오로지 태어나는 것만이 죽으니,

탄생은 죽음에 진 빚이다.

_테르툴리아누스

차례

하늘에서 밧줄이 내려온다. 그것부터가 이상하다. 그러나 시작이 니까 아직은 다들 입을 다물고 있다. 근엄한 얼굴의 마술사는 어린 조수에게 밧줄을 타고 올라가라고 명령한다. 겁을 먹고 주저하던 어린 조수는 마술사의 엄명에 따라 밧줄을 타고 올라가기 시작한다. 올라간다, 올라간다, 계속 올라간다. 본래 작던 그의 몸은 더욱 작아져 이윽고 구경꾼들의 시야에서 사라진다. 마술사는 허공을 향해 소리친다. "자, 이제 다시 내려와!" 그러나 아무 응답도 돌아오지 않는다. 마술사의 목소리가 점점 커진다. "그만 내려오라니까! 내 말 안 들려?" 역시 대꾸가 없다. 구경꾼들의 궁금증도 커진다. 밧줄은 도대체 어디까지 이어진 것일까? 그리고 조금 전에 올라간 그 아이는 어떻게 된 것일까? 어딘가 다른 세상, 우리가 하늘나라고 부르는 이상한 세계에 도달해버린 것은 아닐까?

마술사는 화를 내며 밧줄에 매달린다. 그리고 사라진 어린 조수를 찾기 위해 몸소 밧줄을 타고 저 높은 곳으로 올라가기 시작한다. 잠시 후, 마술사 역시 사람들의 시야에서 사라진다. 아득한 하늘이 문득 무겁게 느껴진다. 허공을 우러르는 사람들의 목이 아파오기 시작한다. 그때 갑자기 저 높은 곳에서 어린 조수의 팔, 다리, 머리, 몸통이 차례로 떨어져내린다. 둔탁한 소리가 나고 신선한 피가 튄다. 흰 대리석 바닥은 마치 막 와인을 엎지른 흰 테이블보처럼 보인다. 붉고 격렬하고 어지럽다. 사람들이 놀라 뒤로 물러선다. 잠시 후, 양손에 선혈이 낭자한 마술사가 밧줄을 타고 다시 내려와 여기저기 널브러진 조수의 몸뚱이들을 화가 덜 풀린 얼굴로 양동이에 주워담는다. 그리고 그것을 거칠게 뒤쪽에 내려놓은 뒤, 겁을 집어먹은 구경꾼들을 힐난하듯 휘 둘러본다. 뭘 더 바라는 거요?

그런데 그때 마술사의 뒤에서 뭔가 소리가 들린다. 양동이를 덮은 거적을 들추고 아이가, 마치 긴 낮잠에서 깨어나기라도 한 듯 눈을 비비며 걸어나오는 것이다. 마술사는 놀라지 않는다. 생과 사의 경계를 넘나드는 일쯤은 자신에게 아무것도 아니라는 듯 태연하다. 아이가 사라지고, 사라졌던 아이가 죽고, 죽었던 아이가 되살아났다. 아이는 자신의 부활을 믿지 못하는 사람들을 위해 유연한 몸으로 텀블링을 해 보인다. 이제는 안심이다. 아이는 분명 살아 있다. 팔과 다리에 피가 통하고 근육과 관절도 제대로 기능하는 것이다. 그제야 사람들은 요란하게 박수를 친다.

이 마술을 최초로 기록한 사람은 이슬람 세계의 마르코 폴로라 불리는 이븐바투타로 알려져 있다. 그는 원 말기에 항저우에서 이 놀라운 마술을 목격하고 그것을 그의 방대한 여행기에 적어넣었다. 지금껏 수많은 마술의 비밀이 밝혀졌지만 이 밧줄 마술의 비밀만은 여전히 베일에 싸여 있다고 한다.

중국 쪽에서 전해오는 이야기도 있다. 이 마술은 중국의 한 황제 앞에서도 공연되었다고 한다. 어린 황제는 속았고, 제대로 속았기 때문에 즐거워했다. 그러나 이 신기한 마술에 흠뻑 매료된 황제는 거기에서 멈추지 않았다. 그는 자기 옆에서 부채질을 하고 있던 내시에게 눈길을 돌렸다. 내시는 부들부들 떨며 끌려나왔다. 걱정할 것은 없노라. 저 마술사가 금세 다시 살려낼 테니까.

늙은 신하가 앞으로 나와 황제를 만류했다. 저것은 눈속임에 지나지 않는다고. 그러나 황제는 들으려 하지 않았다. 눈속임인지 아닌지는 해보면 알게 되겠지. 황제는 호기심이 가득한 얼굴로 거구의 병사가 내시를 향해 칼을 휘두르는 것을 바라보았다. 피분수에 무지개가 어렸다. 마술사는 참혹한 장면에서 고개를 돌리고는 서둘러 밧줄을 타고 하늘로 올라갔다. 마술사가 구름 뒤로 모습을 감춘 후, 밧줄이 땅으로 떨어져내리며 꿈틀거렸다. 마치 하늘로 승천하려다 뜻을 이루지 못한 이무기처럼 보였다.

처음 이 이야기를 들었을 때는 그저 구름 위로 올라간 마술사가 어디로 갔을지 궁금했다. 그러나 지금의 나는 그의 조수를, 마술사가 사라진 뒤 내시의 피로 흥건했을 현장에 홀로 남겨졌을 소년은 어떻게 됐을까를 생각한다.

1장

1

아직 귓가에 솜털이 보송한 소녀가 쇼핑용 카트를 밀면서 힘겹게 앞으로 나아가고 있다. 어찌 보면 카트가 그녀를 질질 끌고 가는 것처럼 보이기도 했다. 카트 안의 백팩은 고집스레 입을 다물고 있고 소녀의 귀에는 이어폰이 꽂혀 있다. 앳된 얼굴만 아니었다면 터미널에서 살아가는 그렇고 그런 노숙자처럼 보였을 것이다. 눈가와 입술에는 세상을 오래, 험하게 산 자들 특유의 독한 기운이 없었다. 카트를 미는 팔은 가늘었지만 상체는 통통한 편이었고 대충 걸쳐신은 운동화는 바닥에 질질 끌렸다.

고속버스터미널은 서울이라는 거대 도시가 꾸는 한 편의 악몽이다. 목이 쉰 기독교 광신도와 푼돈에 몸을 파는 남창, 두 다리를 잃고 찬송가를 부르는 걸인과 어수룩한 상경객을 노리는 사기꾼, 구역 없는 창녀와 가출한 십대, 외계인의 도래를 믿는 신흥종교 교주와 호객꾼, 소매치기가 서로를 증오하며 살아가는 곳이다. 목탁을 치며 구걸하는 가짜 중 뒤에서 콩팥을 거래하는 남자들이 만났고, 피가 뜨거운 아내를 만족시키지 못하는 조루증의 남자가 무허가 한의사에게서 효과가 의심스런 흰 가루약을 받아들고 돈을 치렀다. 휴거를 통해 믿는 자들만 들어올려져 구원받는다는 종말론자도 터미널 곳곳에 포진해 있었다. 그들의 예언자가 받았다는 계시에 따르면 1992년 10월 28일이 휴거일이었다. 그 시절의 위험한 예언에선 농익어 문드러진 과일 냄새가 풍겼다. 대합실에 설치된 대형 TV에서는 중화인민공화국과 대한민국이 오랜 적대관계를 청산하고 외교관계를 수립한다는 뉴스가 흘러나왔다. 수천 대의 버스가 드나들고 수십만의 사람들이 엇갈렸다.

그녀를 주목하는 사람은 거의 없었다. 늙은 알코올중독자 하나가 끈적한 시선을 얹었으나 그녀가 카트를 밀고 화장실로 들어가버리자 곧 흥미를 잃었다.

그녀는 장애인용 부스의 문을 열고 휠체어용 공간에 카트를 밀어넣었다. 문을 걸어잠그고 백팩을 집어든 후 좌변기에 엉덩이를 걸치고는 무릎 위의 백팩에서 성인용 일회용 기저귀를 꺼냈다. 힘겹게 트레이닝복을 벗어 카트에 넣은 뒤 단단하고 매정하게 조여놓은 복대를 풀자 방심한 둥근 배가 아래로 축 처졌다. 그녀는 팬티에서 젖은 기저귀를 잡아빼 휴지통에 던져넣었다. 맹렬한 비린내가 부스를 가득 채웠다. 그녀는 이마의 땀을 훔치다 손목시계를 보았다. 가쁜 숨을 몰아쉬며 간혹 의식적으로 후, 후, 심호흡을 했으나 이내 다시 호흡이 흐트러졌다. 고통은 숙련된 고문기술자처럼 간혹 그녀를 홀로 남겨두다가 또 제멋대로 돌아오곤 했다.

휴지통에 기저귀가 쌓여갔다. 그녀의 몸에서 뜨끈한 체액이 한없이 빠져나왔다. 일회용 기저귀가 미처 흡수하지 못한 액체가 바닥을 흥건히 적셨다. 그녀는 제 몸에서 흘러나온 양수가 무릎과 발목을 적시고 마침내 머리카락이 엉켜 있는 배수구로 빠져나가는 것을 힘없이 바라보았다. 진통이 다시 엄습했다. 새된 비명이 터져나왔다.

이 잔향이 채 사라지기 전에, 누군가가 화장실 문을 열고 들어오는 소리가 들렸다. 그녀는 숨을 죽이고 주먹으로 입을 틀어막았다. 화장실에 들어온 사람은 문이 열려 있던 다른 부스로 들어가자마자 물을 내렸다. 라이터돌이 마찰하는 소리가 들리더니 담배연기가 넘어왔다. 다시 한번 물을 내리고는 부스 문을 쾅 닫으며 서둘러 나갔다.

진통의 주기가 점점 더 짧아졌다. 그녀가 이 고통이 영원하리라는 공포에 깊이 사로잡혀 모든 것을 포기하려는 순간, 잔혹한 괴물이 수천 개의 날카로운 발톱으로 아랫배를 찢어대는 듯한 통증에 자신을 내주려는 순간, 돌연 뜨거운 기운이 정수리 끝부터 발끝까지 퍼졌다. 고통은 허망할 정도로 깔끔하게 사라져버렸다. 마개가 뽑힌 어떤 구멍으로 모든 고통이 소용돌이치며 빠져나간 것 같았다. 그녀의 축 늘어진 몸을 좌변기가 겨우 지탱하고 있었다. 정신이 아득했다. 그녀는 고개를 숙여 자기 몸에 매달린 낯선 존재를 내려다보았다. 피와 양수를 뒤집어쓴 살덩이는 입만 달싹거릴 뿐, 아직 울음을 터뜨리지는 않았다. 눈가의 주름이 씰룩거렸다. 시끄러워지기 전에 끝내야 한다. 겨우 몸을 굽혀 화장실 바닥에서 축축한 살덩이를 들어올리면서 그녀는 아주 잠깐 망설였다. 그러나 마음을 굳히고 백팩에서 가위를 꺼내 왼손에 쥐었다. 일회용 라이터로 소독을 한 후 탯줄을 잘랐다. 그리고 피 묻은 라이터를 휴지통에 던졌다. 라이터는 휴지통에 들어가지 않고 바닥으로 굴렀다. 그녀는 아기를 들어올렸다. 바로 그 순간, 울음이 터졌다. 맨홀 뚜껑을 밀어올리고 치솟아오르는 장마철의 하수처럼, 울음은 그녀가 앉아 있는 부스 안에서 소용돌이치다가 화장실 전체를 채우더니 그대로 흘러넘쳐 소란한 터미널로 나아가 사람들을 덮쳤다. 아기의 입을 틀어막았지만 소용이 없었다. 유독한 비명에 노출된 사람들이 몸을 떨었다. 타인에 대한 무심이 유일한 도덕인 공간에서 처음으로 모두가 낯선 부끄러움에 사로잡혔다. 방금 세상에 나온 이 젖먹이의 울음에는 저마다의 죄의식을 환기하는 마력이 있었고, 곧 일어나고야 말 비극적 사건으로부터 자신을 구원해주지 않으면 안 된다는 강력한 경고가 담겨 있었다. 사람들이 놀란 소떼처럼 소리가 시작된 곳을 향해 달리기 시작했다.

그녀가 피 묻은 여린 손으로 아이의 숨을 끊어놓기 직전에, 그 격렬한 생존의 의지를 미처 잠재우기 직전에, 사람들이 들이닥쳤다. 한 남자가 문을 발로 걷어찼다. 부실한 경첩이 뽑혀 허공으로 날아갔다. 귓속을 송곳으로 후벼파듯 맹렬히 우는 갓난아이만 아니었다면 어느 잔혹한 살인자가 소녀를 유린하고 달아난 현장처럼 보였을 것이다. 바닥은 소녀의 몸에서 흘러나온 불그죽죽한 체액과 양수로 흥건했다. 피냄새에 흥분한 사람들이 원숭이처럼 소리를 질러댔다. 갑자기 나타난 수많은 팔과 다리는 마치 힌두의 신이 강림한 것처럼 보였다.

잠시 후 경찰과 앰뷸런스가 도착했다. 들것 위에 몸을 누인 그녀에게 응급대원이 진정제를 주사했다. 그녀는 까무룩 잠이 들었다. 어렸을 때 살던 이층집이었다. 그녀는 어린이용 침대에서 잠들어 있었다. 짙은 먹구름이 침대 위에 머물러 있었다. 비라도 뿌릴 모양인가. 그녀는 머리 위의 먹구름을 보며 생각했다. 응급실에 도착한 그녀를 간호사들이 번쩍 들어 병원 침대로 옮겼다. 문득 그녀는 주변을 둘러보았다. 방금 전 내 손에 들려 있던 그 핏덩이는 어디로 갔을까? 앰뷸런스에서도 본 기억이 없었다. 그런데 그것, 그것을 뭐라고 하지, 그 물컹하고 축축한, 요란하게 소리내어 우는 작은 육신을? 정리되지 못한 어휘들이 그녀의 멍한 머릿속을 제멋대로 휘젓고 다녔다. 하나의 단어가 수면 가까이 모습을 드러냈다.

"아기, 아기 어딨어요?" 소리치며 벌떡 일어나는 그녀를 젊은 인턴이 찍어눌렀다.

2

고속버스터미널 옆에는 시내 전체의 꽃 수요를 감당하는 거대한 화훼상가가 있다. 발이 없는 식물이 쉴새없이 움직이는 곳이다. 전국의 비닐하우스에서 몰려온 꽃들은 시내의 꽃집, 결혼식장, 졸업식장, 그리고 장례식장으로 흩어진다. 꽃은 태어나고 공부하고 짝짓고 병들고 죽는, 인간사의 모든 중대한 일과 함께한다. 그 어디에서도 시든 꽃은 질색이다. 시체 옆에서도, 신혼부부 옆에서도, 졸업생 옆에서도 시든 꽃은 환영받지 못한다. 때문에 꽃은 아주 재빨리 적절한 장소로 움직여야 한다.

제이를 키운 사람은 돼지엄마였다. 언제부터인지 모르겠지만 그렇게 불렸다. 결혼한 적도, 아이를 낳은 적도 없었지만 그랬다. 돼지를 연상시키는 구석도 없었다. 몸매는 나이에 비해 날씬한 편이었고 식탐도 없었다. 그녀는 화훼상가 구석에서 작은 구멍가게를 했다. 커피와 음료수, 토스트와 삶은 달걀 그리고 과자와 라면 같은 것을 팔았다. 꽃장수와 배달부가 주고객이었다. 달걀부침을 얹은 토스트를 단숨에 삼킨 배달부들은 주문받은 화환을 오토바이에 신고 거리로 달려나가곤 했다. 뒤에서 보면 커다란 화환은 바퀴를 달고 제힘으로 움직이는 것처럼 보였다.

제이가 터미널 화장실에서 처음 세상으로 제 몸을 내밀던 순간, 돼지엄마는 은행에 다녀오는 길이었다. 제이의 울음소리에 사람들이 세렝게티 평원의 누떼처럼 달리기 시작하자 그녀도 그 흐름에 휩쓸렸다. 그리고 잠시 후, 화장실의 그 북새통 속에 들어가 있었다. 누군가 방금 어미에게서 떨어져나온 미끌미끌한 핏덩이를 그녀에게 건네주었다. 영아살해의 운명에서 벗어난 아기는 돼지엄마의 손으로 넘어가자마자 그 지독한 울음을 멈추고 그녀를 올려다보았다. 면도날을 든 이발사를 올려다보는 시선이었다고 훗날 그녀는 회상했다. 그녀는 아기를 데리고 가게로 돌아가 따뜻한 물로 씻기고 깨끗한 천으로 감싼 후 품에 안았다. 멀찍이서 보니 화장실의 소란은 계속되고 있었으나 아기의 행방에는 아무도 관심이 없는 것 같았다. 그녀는 가게 문을 일찍 닫았다.

집에 도착하자 세 살배기 푸들이 낯선 냄새를 맡고는 껑충껑충 뛰며 아기를 향해 캥캥 짖어댔다. 축축해진 블라우스를 벗던 그녀는 두 손으로 제 젖가슴을 만졌다.

"이게 웬일이니? 처녀 가슴에서 젖이 나오는구나."

아기를 목욕시키던 돼지엄마는 아기의 등에서 이상한 것을 발견했다. 부어오른 듯 불룩 튀어나온 양쪽 어깻죽지 부근의 뼈를 그녀가 조심스레 만졌다. 아기는 아파하지 않았다. 여전히 생글거릴 뿐이었다.

3

제이를 데려온 지 삼 년 후, 돼지엄마는 버스터미널 화훼상가의 구멍가게를 접고 강남의 한 룸살롱 주방으로 들어갔다. 그러면서 우리가 살던 다세대주택으로 이사를 왔다. 당시 우리는 오래된 이층집을 증축해 여섯 세대가 살 수 있는 다세대주택으로 막 개조한 참이었다. 이층과 삼층에 각각 두 세대씩 들어오고, 반지하에 한 세대가 들어왔다. 일층은 주인인 우리가 썼다. 엄마는 공사에 돈이 솔찮게 들어 빚이 늘었다고 푸념하곤 했다. 반지하에는 파키스탄 출신 노동자들이 살았고 삼층은 젊은 독신남과 천식을 앓는 할아버지가 각각 들어와 살았고 이층은 제이네와 중국집에서 일하는 배달부가 세를 들었다.

제이에 대한 최초의 기억은 그가 식탁 의자 위에 위태롭게 서서 위를 향해 팔을 뻗다 갑자기 균형을 잃고 요란한 소리와 함께 내 쪽으로 넘어지는 장면이다. 어른이 달려왔다거나 병원에 갔다거나 하는 기억은 없다. 단지 그가 쓰러졌다는 것, 어떤 둔중한 고통이 나를 꿰뚫어 마룻바닥에 못박았다는 것만 떠오른다. 당연히 제이도 이 사건을 기억하고 있을 줄 알고 몇 번이나 물었지만 그는 생각나지 않는다며 고개를 젓곤 했다. 막상 일을 당한 제이보다 내가 그 사건을 더 생생하게 반추한다는 것이 뭔가 억울했다. 제이는 어쩌면 잠깐 정신을 잃었을 수도 있고 너무 어려서 겪은 일이라 깨끗이 잊어버렸을 수도 있다. 하지만 나는 제이를 생각할 때마다 마치 극장에서 예고편을 보듯 반드시 이 장면을 떠올리게 된다. 게다가 이 장면은, 어쩌면 훗날의 내가 만들어낸 가짜 기억일지도 모를 이 기억은, 여러 감각을 동반하여 나타나곤 했다. 저 높은 곳에 서 있던 제이가 중심을 못 잡고 비틀거리기 시작하면 내 심장이 퍼덕퍼덕 거세게 뛰면서 머리가 띵해지는 것이다. 어디선가 위잉위잉위잉, 날개 하나쯤 빠진 선풍기가 거세게 돌아가는 소리가 들려오면서 손은 땀으로 축축해진다. 숨이 막히면서 희미하게 휘발유 냄새 같은 것이 나기도 한다. 이렇게 다양한 감각으로 남아 있는 기억을, 적어도 나 자신만큼은 부정하기 어렵다. 요컨대 영화에서 본 어떤 이미지가 잘못 끼어든 것은 아닐 거라고 믿는 것이다.

제이의 이마에 남아 있던 초승달 모양의 흉터는 아마 그때 생겼을 것이다. 뭔가 생각할 때마다 오른손 검지로 지우개의 때를 밀어내듯 그 흉터 근처를 문지르는 제이. 그는 거듭하여 내 쪽으로 넘어진다. 역광 속에서 두 팔을 벌린 채 나를 두려움과 고통 속에 못박기 위해.

4

하루는 삼촌이 나와 제이를 데리고 강변에 나갔다. 원격조종으로 움직이는 모형 헬리콥터도 함께였다. 벌처럼 붕붕거리며 날아다니는 헬리콥터를 바라보는 것은 처음에는 재미있었다. 아마도 제이와 나는 손뼉을 치며 웃어댔을 것이다. 어쩌면 그것을 향해 두 팔을 뻗어보기도 했을 것이다. 그런데 삼촌이 헬리콥터를 조종해서 갑자기 내 쪽으로 날려보냈다. 그것은 내가 경험한, 아니 기억하는 최초의 패닉이었다. 나는 부우웅부우우웅 소리를 내는 그 거대한(그때는 그렇게 보였다) 물체가 나를 공격한다고 생각했던 것 같다. 지금도 눈을 감으면 공중에서 맴돌며 나를 노리던 그 모형 헬리콥터의 악의에 찬 잠자리 겹눈이 떠오른다. 내가 온몸을 떨며 자지러지자 삼촌은 재빨리 다른 쪽으로 날려보냈다. 주인을 따라 산책 나온 개들이 요란하게 짖어대며 그것을 쫓아다니고 목줄을 손에 든 개 주인들도 흥미롭게 그 장면을 바라보고 있을 때, 나만이 공포에 사로잡혀 부들부들 떨었다.

제이는 나와 달랐다. 그는 마치 텔레파시로 헬리콥터를 움직이고 말겠다는 듯이 뚫어져라 그것을 응시했다. 눈도 깜빡이지 않는 것 같았다. 정신병원에서 하루종일 꼼짝도 않고 서 있는 긴장증 환자처럼 제이는 팔과 다리에 잔뜩 힘을 준 채 허공을 떠다니는 그 헬리콥터만 바라보았다. 내 울음을 그치게 한 것은 바로 제이의 그 이상한 부동자세였다. 정말로 제이가 그 헬리콥터와 대화를 주고받는 게 아닌가 하는 생각이 들었다.

내가 말을 하지 않게 된 것이 그 이전이었는지 이후였는지는 분명치 않다. 분명한 것은 그날 이후로 한동안 내가 언어로 내 의사를 표현한 기억이 없다는 것이다. 거대한 집게로 뇌를 조이는 것 같은 압도적인 공포의 맛(그렇다. 그것은 녹이 슨 쇳덩어리에 혀를 갖다댔을 때와 같은 맛이었다)만이 생생하다. 왜 그게 맛으로 기억되는지는 모르겠다. 어쨌든 나는 그후로 말을 하지 못했다. 남의 말을 알아들었고 글도 읽고 쓸 수 있었다. 단지 말을 입 밖에 내지 못했을 뿐이다. 입을 열 생각만 해도 혀가 굳고 머리가 하얘졌다. 말은 미끄러웠다. 잘하면 할 수 있을 것 같기도 한데, 조금만 하면 될 것 같기도 한데. 그러면 그쯤에서 갑자기 심장이 빠르게 뛰며 주먹에 땀이 차기 시작하고, 마침내 도저히 해낼 수 없다는 기분이 들면서 그냥 입을 다물어버리게 되었다. 가위에 눌릴 때랑 비슷한 기분이다. 엄마의 기억에 따르면 세 살 때까지는 곧잘 말을 했다는데, 언제부터인가 점점 말수가 적어지더니 나중에는 엄마에게조차 침묵으로 일관했다고 한다. 그러나 그것은 엄마의 주장일 뿐, 내 기억 속의 나는 말이라는 것을 아예 해본 적이 없는 아이였다.

헬리콥터 얘기를 하다보니 삼촌에 관련된 다른 일화도 떠오른다. 그 무렵 삼촌은 경찰관이 되겠다며 서울로 올라와 공부를 하고 있었다. 군에서 갓 제대한 직후니까 기껏해야 스물두어 살쯤이었을 것이다. 삼촌은 말수가 적고 어딘가 야비한 인상을 주는 사람이었다. 나는 처음부터 그를 별로 따르지 않았는데, 그 역시 조카인 내게 별 정이 없었다. 낮에는 학원에 다니고 밤에는 독서실에서 공부했는데 아침과 저녁은 집에서 먹었다. 그 무렵 아버지는 사복을 입고 출퇴근하는 형사였다. 며칠씩 집에 들어오지 않는 날이 많았다. 가끔은 지독한 냄새를 풍기며 들어오기도 했다. 아마 시위진압 현장에서 최루탄 분말을 묻혀왔을 것이다. 내 기억 속의 아버지는 특정한 후각적 기억과 연결돼 있다. 깊은 밤, 비틀거리며 거칠게 집으로 밀고 들어오는 아버지를 따라 훅 끼쳐드는 매운 냄새와 폭력의 기운은 그 희미한 기억만으로도 나라는 인간의 모든 신경을 바짝 긴장시키곤 했다.

아버지가 없을 때는 삼촌이 대신 놀아주기도 했지만 재미있었다는 기억은 별로 없다. 삼촌은 부엌과 이어진 이른바 식모방을 썼는데, 내가 불쑥 들어가는 것을 아주 싫어해서 그럴 때마다 소리를 빽질렀다. 부엌과 통하는 작은 문을 통해서만 들어갈 수 있었기 때문에 문이 닫혀 있을 때에는 다들 창고쯤으로나 여길 만한 외진 방이었다. 삼촌이 거기서 나올 때마다 깜짝깜짝 놀라곤 했던 것도 그 특이한 위치 때문이었다. 그것은 어린 나에게는 마치 다른 세계로 통하는 비밀의 문처럼 보이기도 했다. 삼촌이 학원에 간 사이 몰래 들어가보곤 했는데 덜 마른 빨래에서 나는 냄새와 시큼한 과일이 상해가는 냄새 같은 것이 방 구석구석에 진득하게 들러붙어 있었다. 엉뚱하게도 천장에는 야광별을 붙여놓아서 불을 끄면 북두칠성이 환하게 빛났다. 그게 신기해서 나는 그 방에 들어가 스위치를 올렸다 내렸다 하면서 놀곤 했다.

삼촌은 시험에 합격해 순경이 됐다. 발표가 나기도 전에 아버지가 먼저 알고 집으로 연락을 했다. 동생 역시 경찰이 되었다는 사실에 아버지는 좀 흥분했던 것 같다. 지글지글 기름이 튀는 소리, 지방이 타는 역한 냄새, 잘 씹히지 않던 삼겹살의 물컹한 질감이 지금도 기억난다. 제이는 저녁을 얻어먹으러 우리집으로 내려와 있었다. 엄마가 부산하게 부엌을 오가고 아버지가 신이 나서 떠들어대는 소리도 들렸다. 나는 소파 등받이 뒤에 숨어 삼촌의 얼굴을 빤히 쳐다보았는데, 아버지에게 내보이던 밝은 표정과 그러지 않을 때 짓는 차갑고 냉소적인 표정이 완연하게 달라서 혼란을 느꼈던 기억이 난다. 비밀을 가진 인간의 얼굴이라는 것을 아마도 그때 처음 보았을 것이다.

형사답지 않게 술에 약한 아버지는 밤이 깊기도 전에 일찍 곯아떨어졌다. 나와 제이는 TV 앞에 웅크리고 앉아 만화 비디오를 보았다. 삼촌이 불판 앞에 구부정하게 앉아 식어버린 살점을 몇 점 집어먹다가 불쑥 몸을 일으켰다.

"그만 가야겠어요."

엄마가 현관에서 삼촌을 배웅했다. 삼촌 곁에는 그의 소지품을 모두 쑤셔넣은 커다란 더플백이 무엇엔가 잔뜩 화가 난 듯 뻐딱하게 서 있었다. 나는 삼촌이 떠나는 기척에 몸을 일으켜 소파 등받이 너머로 현관을 바라보았다. 바로 그때, 삼촌이 난데없이 엄마의 뺨을 후려갈겼다. 몸속에 숨겨둔 긴 팔이 갑자기 뻗어나와 천천히 반원을 그리며 엄마의 뺨에 적중하는 것처럼 보였다. 찌악 하는 소리가 지금도 귓전에 들리는 것만 같다. 비현실적으로 날카롭고 불쾌한 소리였다. 앗, 컴퓨터 형사 가제트다! 머릿속에 처음 떠오른 생각은 그 무렵 좋아하던 만화영화의 주인공이었다. 그때까지만 해도 나는 두 어른이 재미난 장난을 하고 있다고 생각했던 것이다. 그러나 삼촌은 거기서 멈추지 않고 다시 한번 엄마의 뺨을 때렸다. 두 번이나 잠자코 맞는다는 게 과연 뭘 의미하는지 어린 나로서는 짐작하기 어려웠지만 적어도 불길하다, 위험하다는 것만은 직감했던 것 같다. 자러 들어간 아버지는 아무런 기척이 없었다. 나도 모르게 벌떡 일어나려는데 제이가 내 팔을 잡아 주저앉혔다. 그 힘은 완강하고 단호했다. 제이는 검지를 입에 대고 조용히 하라는 신호를 보냈다. 그날 제이의 아이답지 않게 신중하던 태도는 내게 어떤 불편한 느낌으로 남았다.

우리는 다시 TV로 시선을 돌렸다. 그러나 몸의 모든 감각은 사건이 벌어지는 현관을 향해 있었다. 잠시 후 삼촌이 현관문을 쾅 닫고 떠나는 소리가 들렸다. 엄마는 식탁을 정리하고 설거지를 시작했다.

그릇 부딪히는 소리가 문득문득 끊기는 불안한 적막의 순간이 몇 차례 있었다. 그러나 나는 차마 엄마의 뒷모습을 훔쳐보지 못한 채 제이와 함께 무의미한 화면이 흘러가는 TV에 눈을 고정했다.

그뒤로도 삼촌은 우리집을 자주 찾았고 엄마와도 아무 일 없었다는 듯 태연히 잘 지냈다. 그럴 때마다 나는 그때의 사건이 과연 실재했던 것인지 의심스러워지기도 했다. 온전히 그것 때문일 리는 없겠지만 나는 그후로도 계속 말을 하지 못했다. 그러나 누구도 그런 증세를 심각하게 여기지 않았고 나를 그저 얌전한 아이로만 여겼다. 유치원 선생님이 엄마를 불러 나에게 문제가 있다고 말하기 전까지는 말이다. 엄마는 내게 문제가 있다는 것을 감지했으면서도 직시하지는 못했던 것 같다. 내일 아침이면 괜찮아질 거야, 아무 일도 아닐 거야, 라고 스스로에게 주문을 걸고 있었는지도 몰랐다.

그로부터 얼마 되지 않아 아버지와 엄마는 심하게 다투기 시작했다. 부부싸움은 격렬했다. 상소리가 오가고 그릇이 벽에 부딪혀 깨져나갈 때마다 혹시 저 두 사람이 나라는 아이가 여기 존재하고 있다는 사실을 아예 잊어버리고 만 것은 아닌가 두려웠다. 언젠가 부모의 결혼식 장면을 담은 비디오를 본 적이 있었다. 그때에도 비슷한 공포를 느꼈다. 즐겁게 웃으며 하객들과 인사를 나누고 미래에 대한 기대로 들뜬 젊은 남자와 여자가 거기 있었다. 그들은 나 없는 세상에서 행복했다. 혹시 내가 사라져야 저들이 다시 저 상태로 돌아갈 수 있는 것은 아닐까? 내가 '없는데도' 행복한 것이 아니라, 내가 '없기 때문에' 행복한 것은 아닐까? 나는 그 생각의 무시무시한 무게에 짓눌려 황급히 비디오를 꺼버렸다.

　말을 하지 못한다는 이유로 유치원에도 못 가게 된 나는 집에만 틀어박혀 이미 읽은 동화책을 거듭하여 읽거나 장난감으로 혼자 이야기를 만들며 하루를 보냈다. 엄마는 권투선수가 잽을 날려 상대방을 견제하듯 나와 일정한 거리를 두었다. 따뜻하게 안아준다거나 다정하게 쓰다듬어준다거나 했던 기억은 거의 없다. 마치 옆집에서 잠시 맡겨놓은 강아지처럼 나를 대했다. 나는 잘못된 타이밍에 잘못된 장소에 도착한 불청객이었다. 아무도 나를 원하지 않는다는 것이 점점 분명해졌다. 나는 나의 내부에서 말들이 점점 부풀어오르는 것을 느낄 수 있었다. 그러나 끝내 입을 열지 않았다. 아니, 열 수 없었다. 제이는 그런 나와 함께 있어준 유일한 사람이었다.

　내가 선택적 함구증이라는 일종의 불안장애를 겪고 있었다는 것을 그때는 아무도 몰랐다. 훗날 그것을 알게 되었을 때는 내 고통에 이름이 있다는 걸 아는 것만으로도 구원을 받은 느낌이었다. 나 말고도 그런 병을 앓는 사람들이 있다는 뜻이니까.

　제이는 말을 못하는 나를 별나게 여기지 않았다. 말을 하고 싶지 않으면 하지 않아도 돼, 라고 말해주는 것 같았다. 우리는 말없이 정글짐 위에서 반나절을 보내고 동네를 쏘다니다가 집으로 돌아와 TV를 봤다.

　돼지엄마는 오후 늦게야 일을 나가 자정이 다 돼 집으로 돌아왔다. 나와 제이는 가끔 돼지엄마가 일하는 룸살롱에 따라가 시간을 보냈다. 그때는 아직 외환위기 전이어서 경기가 좋았다. 돼지엄마는 거의 쉬는 날 없이 일했다. 메뉴에 없는 안주도 단골이 주문하면 만들어 내가야 했다. 벌교 꼬막을 원하는 사람도 있었고 잘 양념한 황태구이를 달라는 이도 있었다. 거나하게 취한 손님들로 가득한 방에 들여보낼 해장국도 돼지엄마의 몫이었다.

"부자는 남들이 원하는 걸 원하지 않아. 까다롭고 성미가 급해. 그게 바로 부자야."

돼지엄마는 말하곤 했다. 바닷가에서 자란 돼지엄마는 손맛이 좋아 손님들이 좋아했다. 강남의 요지에 여러 채의 빌딩을 가진 단골 하나는 술이 아니라 밥을 먹으러 온다고 말하기까지 했다.

"말도 안 되는 소리. 여기 한번 앉았다 하면 차 한 대 값이 날아가는데 밥을 먹으러 온다니."

돼지엄마는 그 소리를 듣고 혀를 찼지만 기분이 나쁘지 않은 눈치였다. 그뒤로도 그 손님의 말을 다른 사람들에게 전하곤 했다.

지금도 코를 쿵쿵거리면 그 룸살롱의 냄새를 맡을 수 있을 것만 같은 기분이 든다. 룸살롱이 있던 지하로 통하는 계단에 발을 디디기만 해도 바깥과는 완연히 다른 냄새의 벽이 버티고 서 있었다. 표백제 냄새가 두텁게 가라앉은 위로 프리지어와 재스민, 라벤더 방향제가 희미하게 깔리고 거기에 진득한 동물적 향이 검은 커피 위에 떨어진 크림방울처럼 뱅글뱅글 맴돈다. 오직 인공의 향으로만 가득한 이상한 세계, 그것은 마치 비밀스런 신전의 입구처럼 보였다. 검은색과 고동색을 주조로 디자인된 미니멀한 내부를 비추는 낮은 조도의 할로겐램프. 그 소심한 빛이 첫눈처럼 고요히 카펫 위로 내려앉는 것을 나는 황홀하게 바라보곤 했다. 주방에서 창고로 이어지는 좁은 통로에 입구를 훔쳐볼 수 있는 틈이 있었다. 영업시간이 되면 나비넥타이를 맨 남자들이 눈을 깔고 도열한다. 여자들은 아직 보이지 않는다. 그녀들은 어둠 속에서 제 아름다움에 취해 있다가 마치 난데없는 귀빈이라도 맞이하듯 총총걸음으로 달려나오며 환한 미소를 지었다. 여자들이 손님을 이끌고 방으로 들어가면 마담이 남자들에게 술을 들려 안으로 들여보낸다. 마담은 밤새 여자들을 이 방에서 저 방으로, 저 방에서 이 방으로 배치하며 보냈다. 그 룸살롱을 생각하면 엉뚱하게도 영화에서 본 중세 수녀원의 이미지가 떠오른다. 굳게 닫힌 밀실 사이를 은밀히 오가는 검은 옷의 여자들과 돈과 권력을 가진 남자들의 방문. 간혹 터져나오는 고성과 노랫소리만이 여기가 수녀원이 아니라는 것을 보여주지만 거기에도 분명 놀라운 금욕의 기운이 있다. 그토록 아름다운 여자들을 옆에 앉히고도 술만 마셔야 한다는 금기. 룸살롱의 미니멀하고 절제된 인테리어와 대리석 바닥은 그곳이 싸구려 사창가가 아니라, 실은 잘 꾸며진 중역의 사무실일지도 모른다는 인상을 풍긴다. 비서처럼 차려입은 여자들이 시중을 들고 남자들은 성적으로 놀라운 절제력을 발휘한다.

복도를 뛰어다니던 우리를 발견한 마담은 우리 귀를 잡고 경고했다.

"손님 눈에 띄면 너네 모두 쫓아낼 거야."

돼지엄마도 그 얘기를 전해듣더니 우리에게 경고했다.

"마담 이모 말 들어. 손님들은 너희 같은 애들을 피해 여기에 비싼 돈을 내고 오는 거야. 애들 보고 싶으면 자기 집에 가지 여기 오겠냐?"

그리하여 제이와 나는 홀과 룸을 제외한 모든 영역에서 받아들여졌다. 주방에서 야참을 얻어먹고 주류창고에서 숨바꼭질을 하다가 웨이터들의 숙소에서 잠이 드는 식이었다. 방만하게 흐트러지고 고약한 냄새를 풍기는 사내들의 침구에서 우리는 가난의 맨얼굴을 보았다. 미의 신전에서 시중드는 젊은 사내들의 겨드랑이에선 가난의 악취가 스멀스멀 풍겨나왔다. 그중에서 뽀빠이라 불리던 웨이터가 있었다. 주방이나 창고만 들락거린다고 우리를 생쥐라 불렀다. 그의 오른팔뚝은 푸른색 문신으로 어지러웠다. 가끔 셔츠를 걷어올려 그 문신을 우리에게 자랑스레 내보이곤 했다. 그가 힘을 주면 팔뚝 위의 글자들이 벌레처럼 꿈틀거렸다.

가끔 여자들이 제 흥에 겨워 우리를 껴안곤 했다. 더운 숨결이 목에 와닿을 때면 고추가 단단해졌다. 날마다 남자를 겪는 여자들의 손길에는 분명 특별한 에너지가 있었다. 지금도 나는 숨조차 쉴 수 없도록 품안 깊숙이 나를 안아주는 자세를 좋아한다. 이제 나는 안다. 세상 그 누구도 여섯 살의 내가 경험한 원초적 흥분을 재현해줄 수 없다는 것을. 지나간 기억은 외려 생생해지기만 하는데, 새로운 경험은 그에 터무니없이 미달한다는 것을 거듭하여 깨닫게 될 때, 인생은 시시해진다. 나는 너무 일찍 그것을 알아버렸다.

한때 내가 젊은 여자는 모두 날씬하다고 믿었던 것은 그 룸살롱에서 보낸 어린 시절 때문이었을 것이다. 물론 거기에도 예외는 있어

꽤나 통통한 여자가 하나 있었는데, 심술궂게도 우리만 보면 볼을 꼬집거나 엉덩이를 때렸다. 우리는 그 마녀를 피해다녔지만 그녀는 귀신같이 우리를 찾아냈다. 술냄새 풍기는 입으로 우리를 잡아먹을 것처럼 겁을 주다가 대뜸 귀를 잡아당겼다. 하루는 제이가 손톱으로 스타킹에 줄을 그어놓자 정말 마녀처럼 화를 내며 폭발하기도 했다. 업소 여자들은 스타킹에 줄이 가거나 손톱이 부러지는 것을 재수가 없다며 아주 싫어했다.

웨이터 뽀빠이와 마녀가 주류창고로 들어왔을 때, 우리는 술상자를 이리저리 옮겨 만든 아늑한 아지트에서 만화책을 보던 참이었다. 그들은 우리가 거기 있을 줄은 몰랐던 것 같다. 둘은 창고로 들어오자마자 얼굴을 마주보고 선 채로 서로의 몸을 더듬기 시작했다. 팰릿 위에 쌓아놓은 맥주 상자가 기차 소리를 냈다. 철커덕철커덕, 크르릉철커덕. 바닷속의 물풀처럼 한데 포개져 흐느적거리던 그들의 움직임이 갈수록 격렬해졌다. 마녀가 소리를 지르려 하자 뽀빠이가 입을 막았다. 그리고 천천히 움직임이 잦아들었다. 함부로 구부러져 있던 몸들이 서서히 바로 섰다. 비 맞은 개가 몸을 털듯 요란하게 옷매무새를 가다듬더니 한 사람씩 밖으로 나갔다. 그것은 마치 한 편의 연극 같았다. 두 배우가 차례로 등장해 바로 자기 몫의 연기에 돌입해 격정적으로 자기 할 일을 해치운 뒤 무대 뒤로 퇴장한 것이다. 뽀빠이의 몸에 매달린, 어딘가 비극적으로 보이는 고깃덩이가 내 눈앞에서 덜렁거리던 장면이 지금도 떠오른다. 나는 그것이 신체의 일부라는 생각은 하지 못했다. 뽀빠이는 그것을 물끄러미 내려다보다가 마치 수고했다는 듯 오른손으로 툭툭 처올린 다음, 바지를 단숨에 추켜올렸다. 덜렁거리던 고깃덩어리가 뱀의 혀처럼 쏙 그의 몸안으로 들어갈 때 나는 훅 하고 숨을 멈췄다.

우리가 낙원에서 추방당하게 된 사고 역시 그 창고에서 벌어졌다. 어느 날 아지트에서 정신없이 만화를 보다 문득 정신을 차려보니 어느새 제이가 스카치위스키 상자로 쌓은 탑의 꼭대기에 올라가 있었다. 내려오라며 손짓을 했지만 제이는 내 쪽을 보지 않았다. 대신 마치 더 높은 곳에 있는 누군가를 부르려는 듯 오른손을 앞으로 뻗으며 서서히 몸을 일으켰다. 제이는 위태롭게 균형을 잡으며 한 발짝쯤 떨어진 맥주 상자 탑 쪽으로 건너뜀 준비를 하는 것 같았다. 내가 제이를 데리고 내려오기 위해 서둘러 지그재그로 술상자를 딛고 올라가는 사이 제이는 균형을 잃고 비틀거리기 시작했다. 두 팔을 양쪽으로 벌리고 몸의 중심을 낮추는 것이 마치 권력자의 강압에 못이겨 마음에도 없는 춤을 시작하려는 어린 댄서 같았다. 탑이 점점 기울자 제이는 등을 구부려 두 팔로 상자를 꼭 부여잡았다. 그러자 탑은 더 빠른 속도로 기울어지기 시작했다. 오크통에서 십칠 년을 묵었다는 스카치위스키 상자들이 요란한 소리를 내며 사방으로 흩어졌다. 탑이 무너지는 순간이 돼서야 제이는 도움을 청하듯 내 쪽을 바라보았는데, 그 때문에 스카치위스키가 널브러진 곳과는 반대편으로, 다시 말해 내 쪽으로 떨어졌다. 값비싼 위스키가 바닥에 흥건했고 달큼한 술냄새가 맹렬히 코를 찔러 어질어질할 정도였다. 내 등을 적시는 그 차가운 액체가 마치 누군가의 피처럼 느껴졌다. 뽀빠이가 달려와 정신을 잃은 채 내 위에 널브러져 있는 제이를 들어 올려 밖으로 데리고 나갔다. 물장사를 하는 사람들의 장점이라면 어떤 끔찍한 사고에도 대체로 초연하다는 것이다. 그들은 말없이 깨진 병조각을 치우고 스카치위스키를 걸레로 훔쳐냈다. 그러나 우리를 곁눈질하는 눈길에서 우리가 당할 재난을 조금 고소해한다는 인상을 받았다. 나는 화장실로 끌려가 스카치위스키로 흠뻑 젖은 옷을 홀랑 벗고 강제로 샤워를 당했다. 시바스 리갈 로고가 새겨진 판촉용 티셔츠를 던지며 마담이 말했다.

"게임 오버야. 이제 너희는 여기 오지 마. 알았어?"

돼지엄마는 평생 해외여행이라고는 가본 일이 없었다. 괌이 태평양에 있는지 대서양에 있는지도 몰랐을 사람이었다. 아마 1997년 8월 6일 대한항공 801편이 폭우를 뚫고 무리하게 괌 하갓냐 국제공항에 착륙을 시도하지 않았더라면 괌은 그녀의 인생과 영원히 아무 관계도 없었을 것이다. 악천후에 착륙유도기기 고장, 조종사들의 판단 착오까지 겹쳐 괌 하갓냐 공항 인근의 니미츠 힐에 충돌한 보잉747기의 탑승자 254명 중에는 룸살롱의 사장과 마녀도 포함돼 있었다. 돼지엄마는 넋이 나간 사람처럼 TV 뉴스특보만 들여다보았다. 사장이 왜 하고많은 늘씬한 미녀들을 두고 제일 못난 마녀와 여행을 떠났는지 이해할 수 없다고 중얼거리기도 했다.

룸살롱을 인수한 새 주인은 대대적인 인테리어 공사를 하고 마담도 갈아치웠다. 새 마담은 자기 사람들을 데리고 왔다. 주방도 예외는 아니었다. 돼지엄마는 일자리를 잃었다.

　그로부터 많은 날이 흐르고 나서도 제이와 나는 화제가 떨어질 때면 언제나 그 시절로 돌아갔다. 그럴 때면 그곳은 마치 영원히 도달하지 못할 이상향처럼 묘사되었다. 먹을 것은 무한정으로 있었다. 쪽지에 적힌 주문이 작은 구멍으로 들어가면 푸짐한 술과 안주로 변해 나왔다. 그것은 숙련된 웨이터의 손에 들려 룸으로 들어갔다. 색색의 과일과 말린 해산물, 미국산 육포와 견과류…… 십수 병의 맥주를 가볍게 한 손으로 소리 없이 따는 웨이터들의 솜씨는 가히 묘기에 가까웠다. "소리가 나면 꼭 다 따지 말고 그냥 놔두라는 손님들이 있거든. 그런 말 나오기 전에 조용히 다 따버려야 되는 거야." 손톱을 길게 기른 요염한 여자들과 눈을 즐겁게 하는 안주, 다 먹지도 못한 채 버려지는 스카치위스키와 코냑, 버번, 그리고 산처럼 쌓인 맥주병. 만나기만 하면 우리를 번쩍 들어올려주곤 하던 덩치 큰 문지기. 분명 그 룸살롱에도 뒤를 봐주는 조직폭력배가 있었을 것이고 이런저런 트집을 잡아 돈을 뜯어내는 공무원이 있었을 것이고 그 밖에도 지저분하고 끔찍한 일들이 벌어졌을 테지만 적어도 우리 눈에는 보이지 않았다.

　얼마 지나지 않아 제이는 일반 초등학교에, 나는 장애아를 위한 특수학교에 들어갔다. 같은 집에 살고 있었으니 방과후에는 여전히 자주 어울렸다. 말을 못하는 나와 그런 나를 이해하는 제이 사이에는 다른 아이들은 이해하지 못하는 특별한 유대가 있었다. 내 마음속에서 굳어가는 말, 입 밖으로 뛰쳐나가지 못한 채 종유석처럼 굳어가는 그 무엇을 제이는 즉각 알아차렸다. 제이는 나를 대신해 사람들에게 말해주기 시작했다. 그것은 마치 염력으로 물체를 움직이는 것과 비슷한 경험이어서, 처음에는 신기했지만 나중에는 아주 당연한 것처럼 여겨졌다. 제이가 내 모든 심중을 단번에 알아차린 것은 아니었지만 적어도 두세 번 안에는 알아맞힐 수 있었다. 가끔 제이가 바보처럼 엉뚱한 예측을 계속하면 내 쪽에서 의지를 접거나 내가 원했던 것을 제이가 원하는 쪽으로 바꿔치워버렸다. 그랬다. 자신을 속인 것이다. 내가 원하는 것을 제이가 알아차려준다는 것의 달콤함에 취해 있었기 때문에 나는 그 환상을 깨고 싶지 않았다. 그래, 그거. 나는 고개를 끄덕여 제이가 원하는 것을 그냥 내가 원했던 것인 양 믿어버리곤 했다. 제이는 내 욕망의 수신자가 아니라 통역자였다.

5

어느 일요일 TV에서 두 라이벌 마술사가 주인공인 외국영화가 나오고 있었다. 상대방의 재능을 시기하는 한 마술사가 다른 마술사에게 몰래 훼방을 놓는다. 단단한 유리로 된 물탱크에 들어간 여자 조수가 결박을 풀고 그 안에서 빠져나오는 마술이었는데, 그 탈출이 아예 불가능하도록 문을 잠가버린 것이었다. 정해진 시간이 되어도 사랑하는 여자가 나오지 않자 마술사는 장막을 걷는다. 살려달라고 발버둥치는 여자의 모습을 보고 마술사는 필사적으로 물탱크를 부수려 하지만 어림도 없다. 사랑하는 사람과 불과 몇 센티미터도 떨어지지 않은 곳, 그러나 한 사람은 물속에 있고, 다른 한 사람은 물 밖에 있다. 말은 물탱크에 갇혀 나오지 못하고 두 연인은 손조차 잡을 수 없다. 시선만이 그 둘을 이어주고 있다. 눈을 부릅뜬 채 해파리처럼 차가운 물속을 부유하는 여자와 땅에 붙박여 절망하는 남자. 나는 이야기를 따라가지 못한 채 그 장면에 붙들려 있었다. 내 작은 몸의 세포 하나하나마다 작고 유독한 기포가 부글부글 생겨나 혈관을 타고 머리로 올라오는 것 같았다. 눈앞의 세상은 온통 보랏빛으로 변해갔다. 나는 리모컨을 들어 TV의 전원을 껐다. 나오던 소리가 사라지자 콩나물을 다듬던 엄마가 고개를 돌렸다.

"엄마."

나는 엄마를 불렀다.

"왜?"

엄마는 그때까지도 무슨 일이 일어나고 있는 건지 전혀 눈치채지 못했다.

"엄마."

"글쎄 왜 그러냐니까?"

"나 저거 그만 보고 싶어."

그제야 엄마는 앉은자리에서 벌떡 일어났다.

"너, 지금 말, 말한 거야? 한번 더 해봐, 응?"

나는 입을 꾹 다물고 눈물을 삼켰다. 엄마가 달려와 내 어깨를 붙잡고 앞뒤로 흔들었기 때문에 나는 하는 수 없이 또 말을 해야만 했다.

"그만 흔들어. 나 괜찮아."

엄마는 당장 나를 특수학교에서 일반학교로 전학시키겠다고 했다. 나는 말을 하게 된 것을 원망했다. 소중한 것을 속아서 빼앗긴 기분이었다. 도대체 말을 할 수 있어서 좋은 게 뭐지? 나는 특수학교의 친구들에게 이미 동화되어 있었다. 그들은 말이 없는 나를 불편해하지 않았다. 나는 수어를 배웠고 빨리 익혔다. 처음 수어를 하는 애들을 보았을 때, 나는 그 아이들의 빠르고 정교한 손의 움직임에 매료되었다. 아이들은 눈에 보이지 않는 새를 재빨리 만들어 허공으로 날리는 것 같았다.

다음날 엄마는 나를 데리고 득달같이 학교에 갔다. 그 무렵 나는 이솝우화에 푹 빠져 있었기 때문에 현실에서 벌어지는 일을 우화풍으로 바꾸는 놀이를 하곤 했다. 내 이야기 속에서 엄마는 욕심쟁이 주인이었고 나는 늙은 나귀였다. 자, 여러분, 옛날이야기 들어보세요. 뚱뚱한 욕심쟁이 주인은 늙은 나귀를 끌고 시장으로 갔어요. 이보시오들, 여기 말하는 나귀가 있소이다. 시장 사람들은 그 말을 믿으려 들지 않았어요. 에이, 나귀가 어떻게 말을 한단 말이오? 내 생전에 그런 어이없는 말은 처음 듣소. 아니, 이 나귀는 다릅니다. 어제부터 갑자기 사람의 말을 하지 뭡니까? 장사꾼들이 몰려들었어요. 그것참, 신기하군요. 한번 말을 시켜보시오. 주인이 나귀의 옆구리를 손으로 찔렀어요. 나귀는 깜짝 놀라 히힝 하고 소리를 질렀어요.

장사꾼들은 고개를 갸웃거렸어요. 그건 그냥 나귀의 울음소리잖소? 욕심쟁이 주인은 나귀를 붙들고 사정을 하였어요. 제발 사람의 말을 해다오, 내 체면을 봐서라도. 나귀는 주인의 눈물을 보고는 마음이 약해져 사람의 말을 하고야 말았어요. 장사꾼들은 깜짝 놀랐고 주인은 의기양양해졌어요. 자, 이제 얼마를 주시겠소? 사람의 말을 하는 나귀니 아주 비싼 값을 받아야겠소. 그러나 장사꾼들은 모두 고개를 가로저었어요. 에이, 사람의 말을 하는 나귀를 어디에 쓰겠소? 일을 시키면 불평을 할 것이고 다른 데 가서는 주인의 흉을 볼 것이고 죽을 때는 나를 원망할 텐데. 그냥 도로 데려가쇼.

엄마는 교문 앞에 잠시 멈추어 서서는 학교 부지를 매입하러 온 사람이라도 되는 것처럼 새삼 고개를 좌우로 돌려가며 학교 전경을 둘러보았다. 그러고는 교사를 향해 발을 내디뎠는데 그 발걸음은 내가 따라가기 어려울 만큼 빨랐다. 엄마는 교무실 문을 열고 나를 먼저 집어넣었다. 그러고는 내 뒤를 따라 들어와 버티고 섰다. 나의 담임선생은 때마침 교무실로 들어서던 참이었다. 그는 뇌성마비로 오른쪽 팔다리를 자유롭게 쓰지 못했으나 학생들에게는 다정한 사람이었다. 엄마는 선생에게 인사를 하고 나서 다짜고짜 내 옆구리를 쿡 찔렀다.

"뭐해, 선생님께 인사드려야지."

언제나처럼 나는 고개만 꾸벅 숙였다. 엄마가 내 볼을 꼬집었다. 나는 아얏 소리를 질렀다.

"보셨죠? 애가 이제 말을 하네요."

엄마의 말은 교무실 전체에 들릴 정도로 크고 날카로웠다. 맹렬한 부끄러움으로 인해 엄마의 모든 행동과 말이 백배로 증폭되어 보이고 들렸다. 나는 엄마가 창피해서 그 자리에서 딱 죽어버리고 싶었다. 엄마는 행복에 취해 병신들(엄마는 훗날 교무실에 있던 선생들을 싸잡아 그렇게 말했다) 앞에서 멀쩡한 것으로 판명난 아들을 자랑하고 그간의 마음고생을 보상받고 싶었던 것 같다. 선생님들은 냉랭하고 떨떠름한 얼굴로 엄마를 바라보았고 나는 그 눈길의 의미를 잘 알았다. 오직 엄마만이 지하철의 미친 선교꾼처럼 주변의 불쾌를 아랑곳하지 않고 고요한 교무실에 파문을 일으켰다. 담임이 불편한 입으로 더듬더듬 내게 말했다. 나는 그때 그의 목소리를 처음 들었다. 교실에서는 언제나 수어를 사용했기 때문이다.

"동규야, 너 이제 말할 수 있니? 응?"

"글쎄, 한다니까요."

내가 대답하기도 전에 엄마가 끼어들었다. 그러나 담임은 엄마 쪽으로는 눈길을 주지 않은 채 내 눈을 응시했다. 물론 나는 말을 할 수 있었다. 그러나 말을 하면 나는 그곳에서 추방될 것이고, 하지 않으면 엄마는 교무실을 떠나지 않은 채 나를 괴롭혀댈 것이었다. 엄마가 어깨를 꽉 잡았고 선생은 무릎을 굽혀(그에게는 어려운 동작이었다) 나와 눈을 맞추었다. 어찌해야 할지 모른 채 나는 눈알만 이리저리 굴려댔다. 엄마의 하이힐이 신경질적으로 딱딱 소리를 내며 교무실 바닥과 부딪치는 모습이 눈에 들어왔다. 마침내 부끄러움이 두려움을 이겼다. 엄마와 함께 어서 이 자리를 떠나고 싶은 마음으로 나는 입을 열었다.

"네, 선생님."

"잘됐구나. 한마디만 더 해보렴."

"죄송해요."

"얘는, 죄송하긴 뭐가 죄송해?"

엄마가 못 참고 또 끼어들었다. 담임은 장대한 활을 다루는 고대 그리스의 궁사처럼 한쪽 다리만 옆으로 쭉 뻗고는 그 탄력을 이용해 힘겹게 몸을 일으켰다. 그러고는 내 머리를 쓰다듬었다. 담임은 자기 자리로 돌아가 전학에 필요한 서류를 작성해주었다. 어쩌면 축하와 찬사를 잔뜩 기대했을지도 모를 엄마는 그것이 좌절되자 이제는 학교측의 착오로 멀쩡한 아이가 특수학교에 다니게 됐다는 식으로 은근히 공격을 했다. 담임은 엄마의 그런 공격을 묵묵히 받아넘기다 딱 한마디를 했다.

"이제라도 말을 하게 됐으니 얼마나 다행입니까?"

담임은 필요한 서류에 모두 서명한 후 그것을 학교 봉투에 담아 엄마에게 건네주었다. 엄마는 내용물만 빼내고 봉투는 다시 담임에게 돌려주었다. 나는 언제나 다정하고 유순했던 반 아이들, 거개가 듣지도 말하지도 못하는 농아 친구들에게 작별인사를 하고 싶었지만 담임은 허락하지 않았다.

"어머니도 같이 오셨는데 오늘은 그냥 가는 게 좋을 것 같구나. 다음에 놀러오렴."

색출되어 추방당하는 첩자가 된 기분이었다. 엄마는 교문을 지나다 걸음을 멈추더니 치명적 전염병의 진원지라도 지나온 듯이 학교 쪽을 향해 침을 뱉었다.

일반학교로 등교하는 첫날, 나는 귀를 틀어막고 아이들이 떠드는 소리를 견뎌야 했다. 쉬는 시간이 나에게는 고문과도 같았다. 아이들이 매미처럼 소리를 질러댔다. 귀를 막고 있는 내 곁으로 아이들이 하나둘 몰려들었다. 동물병원 진열장의 강아지에게 그러듯이 툭툭 건드려보기 시작했다. 특수학교에서 전학 온 나귀가 어떤 소리를 내는지 궁금했던 것이다. 나는 대답 대신 주먹을 휘둘렀다. 펀치에 맞아 앞니가 날아간 아이가 울음을 터뜨렸다. 새로 날 거야. 울지 마. 괜찮아. 선생이 달려와 맞은 아이를 달래고는 나를 번쩍 들어 아이들로부터 격리시켰다. 왜 때렸니? 선생이 집요하게 내게 물었다. 나는 입을 꾹 다물고 아무 말도 하지 않았다. 그러자 선생이 내 귓가에 대고 협박했다. 너 자꾸 이러면 특수학교로 도로 보내버린다. 그거야말로 내가 바라는 바였기 때문에 더욱 굳세게 말문을 닫아걸었다. 그러나 눈이 퉁퉁 부은 엄마가 외할머니와 함께 학교로 오면서 나의 침묵시위는 끝이 났다.

"너 이제 말한다며?"

쉬는 시간에 밖에 나가보니 제이가 있었다.

"응."

"다른 애 같아."

"나 맞아."

제이는 눈을 가늘게 뜨고 나를 살피면서 말했다.

"이따 집에 같이 가자."

"그래."

"뭔가 이상해."

제이는 내 입을 뚫어져라 바라보았다.

"왜?"

"네가 영어로 말하는데 내가 그걸 알아듣는 것 같은 기분이야."

6

내가 말을 다시 시작한 직후, 아버지와 엄마는 별거에 들어갔다. 공교로운 우연이었겠지만 어린 나로서는 마치 나 때문에 모든 것이 잘못되기 시작한 것처럼 보였다. 어느 날 저녁, 거실에 나가보니 삼촌이 무릎을 꿇고 있었다. 아버지는 입을 꾹 다물고 소파에 앉아 TV에만 시선을 고정하고 있었다. 한 시간도 넘게 그러고 있던 삼촌은 저린 다리를 끌며 집을 나섰다. 그후로는 발길을 하지 않았다. 명절이나 제사에도 얼굴을 비치지 않았다. 엄마는 부산의 외가로 내려갔다. 이혼이라는 말이 집 안팎에서 자주 들렸다.

꽘 사고 이후로 돼지엄마는 식당을 전전했다. 외환위기 직후여서 벌이는 들쑥날쑥이었다. 밤마다 소주를 마시기 시작한 게 그 무렵이었다. 고추장에 찍어 먹는 생마늘이 안주였다. 제이는 해장국 끓이는 법을 배워야 했다. 아침 일찍 일어나 북어를 기름에 달달 볶아 북

엇국을 끓여놓고 돼지엄마를 깨워 먹이고는 학교에 갔다. 그녀는 술만 취하면 제이를 앉혀놓고 고속버스터미널 화장실에서 데려오던 날의 이야기를 하곤 했다.

"미안하다. 내가 안 그랬어야 네가 좋은 데 갔는데."

제이는 그 이야기를 믿으려 들지 않았다. 술에 잔뜩 취했을 때만 하는 얘기였기 때문이다. 그러나 반복하여 듣게 되자 어쩌면 사실일지도 모른다고 생각하기 시작했다.

동네의 재개발이 시작된 것은 그 무렵이었다. 조합이 결성되고 사람들이 부지런히 돌아다니며 도장을 받아가고 플래카드가 나붙기 시작했다. 골목마다 사람들의 고성이 터져나왔고 드잡이가 다반사가 되었다. 평화롭던 동네는 여러 파로 나뉘어 흉흉해졌다. 아이들도 나뉘었다. 자기 집이 있는 아이들과 세를 들어 사는 아이들이 따로 놀기 시작했다. 보상금을 받을 수 있는 집주인과 그렇지 못한 세입자는 처지가 너무 달랐다. 우리는 집이 있기는 했지만 다세대주택으로 많은 돈을 들여 개조했기 때문에 보상금 받아 세입자들 보증금을 빼주고 나면 남는 게 별로 없는 상태였다. 제이네는 처지가 더 어려웠다. 이주가 본격적으로 시작되면 얼마 안 되는 보상금을 받고 동네를 떠나야 할 형편이었다.

사학년으로 올라가면서 제이와 나는 다른 반이 되었다. 아버지는 언제나처럼 집에 잘 들어오지 않았다. 처음에는 고모가 집을 드나들며 살림을 거들었지만 그마저도 점점 뜸해졌다. 돼지엄마는 여전히 술에 취해 있었다. 조선족 여성들이 들어오면서 식당의 일자리도 줄어들었다. 돼지엄마는 젊은 남자와 동거를 시작했다. 우리는 그를 뽕돌이라 불렀다. 필로폰을 한다는 소문이 파다했다. 뽕돌이는 운전면허학원 강사였다. 그는 월드컵에도 관심이 없었다. 제이가 거실에서 축구 시합을 보고 있어도 무관심하게 그 앞을 지나쳤다. 그는 한국 축구팀이 8강에 오른 것도 몰랐다. 돼지엄마도 마찬가지였다. 둘은 제이를 지나쳐 안방으로 들어가 문을 걸어잠그고 밤이 깊도록 나오지 않았다. 때로는 아침까지도 문이 잠겨 있었다. 제이는 끼니를 거르는 때가 찾아먹는 때보다 많았다. 준비물 없이 학교 가는 날이 태반이었다. 언제부터인가 뽕돌이는 운전면허학원에도 나가지 않고 집에만 틀어박혔다. 돼지엄마가 벌어오는 돈으로 버티는 게 분명했다.

우리 가족은 동네를 떠났다. 반도 다르고 집도 멀어지자 제이와는 점점 더 거리가 생겼다. 한국이 4강에 올랐다고 온 세상이 환희에 가득차 있을 때, 제이는 육중한 관 뚜껑을 밀어내는 심정으로 하루하루를 버티고 있었다. 준비물도 없이 등교하는 제이를 교사들은 마뜩잖게 여겼고 아이들도 그를 상대해주지 않았다. 그래도 학교가 집보다는 나았다. 집에 있으면 숨이 막혔다. 단단히 잠긴 안방, 그 완강한 거부의 상징 앞에서 제이는 어찌할 바를 모른 채 서성이곤 했다. 돼지엄마의 숨넘어가는 소리가 자주 벽을 넘어 들려왔다. 제이는 뽀빠이와 마녀가 주류창고에서 벌이던 이상한 짓이 뭘 의미하는지 분명히 아는 나이가 되어 있었다. 배가 너무 고플 때면 음식으로 넘쳐나던 룸살롱의 주방을 떠올렸다. 그리고 돼지엄마가 술만 먹으면 하는 얘기가 사실일지도 모른다고 생각하게 되었다.

7

중학교에 들어가고 얼마 되지 않아 제이의 담임이 나를 불렀다. 수학을 가르치는 그의 취미는 사진이었다. 아마추어 사진전에 작품을 내기도 했는데 그때마다 아이들을 반강제로 동원했다. 여울에 발을 담근 해오라기나 술에 취해 잠든 노숙자를 찍은 흑백사진을 보고 감상문을 써내야 했다. 머리가 벗어진 그는 '대머리독수리' 혹은 '호모 대머리' 같은 별명으로 불리곤 했는데, 정말 동성애자였는지는 잘 모르겠다.

그는 제이가 며칠째 결석하고 있다면서 이유를 아느냐고 물었다. 그러고 보니 학교에서 제이를 보지 못한 지가 꽤 된 것 같았다.

"반도 다르고 동네도 멀어서 잘 모르겠는데요. 요 며칠 못 보긴 했어요."

대머리독수리가 컴퓨터 모니터를 들여다보며 말했다.

"주소가 같은 걸로 나오는데?"

"그건 예전 주손데요. 우리집은 이사 나왔거든요."

"제이네는 계속 거기 살고?"

"아마 그럴 거예요."

대머리독수리는 볼펜을 돌리면서 혼잣말처럼 중얼거렸다.

"거기 아직도 사람이 사나?"

교문 쪽으로 코를 들이밀고 아이들이 나오는 족족 낚아채는 학원 셔틀버스 사이를 헤치고 나는 눈을 감고도 찾아갈 수 있는 옛집으로 향했다. 번듯한 건물이 늘어선 좁은 이면도로를 따라 내려오다가 6차선 도로에서 멈췄다. 허술하게 걸쳐둔 이 미터 높이의 그늘막이 동네를 두르고 있었다. 동네를 온전히 가리겠다는 욕망은 애당초 없어 보였다. 더럽고 성긴 이 장막은 그저 그곳이 곧 허물어지고 말 지역이라는 것, 번듯한 아파트촌으로 다시 태어나기 전까지 그저 임시로 존재하는 허망한 땅이라는 표지로 기능하고 있을 뿐이었다.

그 장막 안에 내가 태어나고 자란 집이 있었다. 그리고 거기 제이가 있을지도 몰랐다. 나는 몇 번이고 발길을 돌릴까 고민했다. 솔직히 말해 더이상 제이와 얽히고 싶지 않았다. 이제 나에게는 중학교에서 사귄 친구들이 있었다. 같은 아파트단지에 살고 학원도 같이 다녔다. 평범한 애들이었다. 걔들과는 심각할 일이 전혀 없었다. 시시덕거리며 만화책을 돌려보거나 편을 먹고 컴퓨터게임이나 하면 그만이었다. 그런 삶이 내 등뒤에 있었다. 그러나 제이에게 빚을 지고 있다는 마음이 늘 한편에 있었다. 아무도 나를 상대해주지 않던 시절, 제이만이 내 옆에 있었던 것을 나는 잊지 않았다.

나는 횡단보도를 건너 제이가 있을지도 모르는 곳을 향해 나아갔다. 사람이 떠난 집의 대문마다 붉은색 페인트로 X자가 거칠게 그려져 있었다. 허물어도 되는 집이라는 표시였다. 어떤 집의 지붕은 이미 내려앉았다. 눈알이 빠진 더러운 곰인형과 목이 꺾인 금발의 바비가 먼지를 뒤집어쓴 채 뒹굴었다. 전봇대와 전봇대 사이에는 재개발조합과 시공사가 내건 플래카드가 걸려 있었다. 모든 것이 빠르게 삭아가는 이 동네에서 오직 그것만이 새것이었다. 바탕은 희고 글자는 선명했다. 이주가 시작된 것을 환영한다, 행복이 우리 눈앞에 있다는 내용이었다. 벽보도 붙어 있었다. 내용인즉, 어서 서둘러 집을 비워 아파트촌이 들어설 수 있도록 협조하자, 그래야 하루빨리 번듯한 새집으로 입주할 수 있다는 것이었다. 벽보의 여백에 누군가가 붉은색 매직으로 '개소리'라고 휘갈겨놓았다. 그 낙서 옆에 또 누군가가 '너는 평생 거지로 살아라, 이 병신아'라고 적어놓았다.

아직 거주자가 떠나지 않은 집들로부터 의심의 눈초리가 느껴졌다. 어둠 속에서 조용히 밖을 살피던 눈길은 방문자가 고작 중학생이라는 것을 알고는 안심하고 다시 어둠 속으로 잠겨들었다. 재개발이 본격적으로 시작된 이후 누구도 집을 보수하거나 개축하지 않은 탓에 거리는 마치 오래전에 찍어 벽에 붙여놓은 사진처럼 보였다. 형태는 비슷했지만 색만 바랜 듯한 그 모습에서 친근감은 전혀 느낄 수 없었다. 오히려 악몽 속에서 곧잘 마주치곤 하는 낯선 거리와 닮아 있었다. 세트로 재현해놓은 고려나 조선시대 속으로 걸어들어가곤 하던 역사 다큐멘터리의 진행자가 뜬금없이 떠오르기도 했다.

어느새 나는 내가 태어나고 자란 집 앞에 도착했다. 녹슨 철대문에 붉은색으로 X자가 그려져 있었다. 문득 잠깐 다녔던 교회에서 배운 성경 속 이야기가 떠올랐다. 분노한 천사가 어린아이들을 죽이러 다닐 때에 선택받은 유대인은 대문에 표시를 하여 자식을 구했다는 이야기.

대문을 밀고 들어가자 화단 한구석에 내가 어릴 때 타고 놀던 장난감 자동차가 바퀴가 빠진 채 뒹굴고 있었다. 누군가 살고 있는 흔적은 보이지 않았다. 슬며시 겁이 났다. 지나가는 행인 하나 없었고 행여 소리를 질러도 아무도 나와보지 않을 것 같았다. 나고 자란 집만 아니었다면 나는 벌써 뛰쳐나왔을 것이다. 애써 두려움을 누르고 제이네가 세들어 살던 이층으로 올라가보았다. 층계는 내가 기억하고 있던 것보다 훨씬 좁고 위태로웠다. 현관문은 굳게 닫혀 있었고 안에서는 아무 소리도 들리지 않았다. 나는 조심스럽게 현관문의 손잡이를 당겨보았다. 문은 열리지 않았다. 완강하게 잠겨 있었다.

"제이야."

아무 응답도 돌아오지 않았다.

"안에 있니? 나야, 동규."

벨도 눌러보고 쾅쾅 두들겨도 보았지만 역시나였다. 흉물스런 동네의 광대한 침묵은 내가 바로 그 집에서 겪은 함구증의 기억으로 나를 끌고 들어갔다. 함구증은 정신의 폐소공포증이라고 할 수 있었다. 심장이 블랙홀처럼 모든 말을 내 내부로 빨아들이는 것 같은 기분이 든다. 그 인력이 너무 강해 그 어떤 것도 밖으로 내보낼 수 없을 것만 같다. 그것을 기억하는 것만으로도 숨이 막혀오는 것이다. 나는 층계를 달려내려왔다. 나에게 제이를 찾을 의무가 있는 것도 아니지 않은가. 내가 막 일층으로 내려와 대문으로 향할 때, 뒤에서 누군가가 내 허리춤을 억세게 뒤로 잡아끌었다. 나는 균형을 잃고 비틀거리며 그 힘에 끌려갔다.

"조용히 해."

제이였다. 그는 나를 데리고 자기 집이 아닌 반지하방으로 내려갔다. 한때 파키스탄인 남자 셋이 세들어 살던 곳이었다. 제이는 나를 그 안으로 밀어넣고는 신중하게 주변을 살핀 후 살그머니 문을 닫았다.

"너 혼자 온 거야?"

"왜 이래?"

"누가 보냈어?"

"너네 담임이."

제이는 조금 안심한 것도 같고 어딘가 실망한 것도 같았다. 나는 어둠에 익숙해진 눈으로 주변을 찬찬히 둘러보았다. 어수선한 바깥에 비해 집안은 놀랄 정도로 깔끔했다.

"왜 이층 너네 집이 아니라 여기 있어?"

"우리집 같은 건 없어. 이 동네에선 이제 살고 싶으면 아무 데서나 사는 거야."

"곧 헐릴 거라던데."

"그러겠지."

"아줌마는 어디 가셨어?"

제이의 표정이 굳어졌다. 그는 너무 지루해서 짜증이 난다는 듯 눈을 감고 고개를 꼬았다. 그것은 제이가 무척 화가 났을 때 하는 제 스처였다.

"이건 뭐야?"

나는 제이 등뒤에 버티고 선 두 장의 전신거울을 가리켰다. 거울은 직각으로 세워져 서로를 응시하고 있었다. 그래서 거울 속에 거울이, 그 거울 속에 또 거울이, 그 거울 속에 또 거울이, 무한히 증식하고 있었다.

"주위왔어. 거울을 버리고 가는 사람들이 많으니까."

제이는 질문의 핵심을 회피했다. 내가 궁금했던 것은 왜 이 두 장의 거울을 이렇게 마주 놓았느냐는 것이었지만 그는 화제를 슬쩍 돌렸다.

"뽕돌이 알지?"

"물론 기억하지."

우리가 이사 가기 얼마 전에도 제이는 얼굴에 푸른 멍이 들어 있었다. 뽕돌이에게 맞은 것이었다. 약에 취한 돼지엄마는 제이가 어떻게 되든 상관하지 않았다. 억척이던 돼지엄마가 그렇게 순식간에 허물어지는 것을 보고 모두가 놀랐지만 동네 사람 누구도 경찰에 신고하거나 하지는 않았다. 혹시 뽕돌이와 돼지엄마가 아직 이층에 살고 제이 혼자 이 텅 빈 반지하방에 사는 걸까, 라고 생각하고 있는데 내 생각을 읽기라도 한 듯 제이가 말했다.

"어느 날 학교에 갔다 와보니 집안이 깨끗했어. 둘이 뽕을 한 뒤로는 늘 집이 어지러웠거든. 이상하다고 생각했는데 밤이 돼도 아무도 오지 않았어."

"그게 언제야?"

"한 달쯤 됐어."

"그럼 한 달이나 너 혼자 여기서 산 거야?"

이 으스스한 폐허에서?

"그 새끼를 찾아야 돼."

"찾아서 뭘 하게?"

"복수해야지."

"복수라고?"

제이의 눈에서 푸른빛이 번뜩였다.

"너도 봤지? 이제 여긴 사람 하나 어떻게 돼도 아무도 몰라."

"경찰에 신고하는 게 어때?"

제이가 피식 웃었다.

"아마 나부터 고아원에 처넣을 거야."

자식을 버리고 종적을 감춘 양어머니에 대한 이야기는 경찰에게 잠깐의 이야깃거리도 되지 못할 것이었다. 이혼이라는 절차마저 번거로워하는 가난한 여자들은 조용히 집을 떠났다.

"이게 뭔지 알아?"

제이가 방 한가운데 세워놓은 거울을 가리키며 물었다.

"몰라."

"악마를 잡는 장치야. 일종의 덫이지."

"악마를 잡는다고?"

"책에서 읽었어. 이렇게 해놓으면 악마가 거울 사이를 지나다닐 수 있게 돼. 이 거울에서 나와서 저 거울로 건너가는 거야. 바로 그 순간에 저 거울을 천으로 가리면 악마가 미처 넘어가지 못하고 여기 남게 되는 거야. 그때 붙잡는 거지."

제이는 마치 새로 나온 TV의 성능을 소개하는 세일즈맨처럼 말했다. 그의 말에 따르면 금요일 자정이 악마가 가장 활발하게 거울 사이를 넘어다니는 시간이었다.

"너한테 잡히면 그게 악마냐?"

"악마는 어떻게 자기가 붙들렸는지 몰라. 그래서 그 세상으로 다시 돌아가려면 덫을 만든 인간의 도움을 받아야 되는 거야."

"악마는 잡아서 도대체 뭘 하게?"

어느새 나도 진지하게 묻고 있었다.

"아까 뭐 들었어? 복수한다니까."

"그래도 이런 식으로 계속 버틸 수는 없잖아? 먹을 건 있어?"

"빈집을 돌아다니면 먹을 게 좀 나와. 유통기한 지난 것을 버리고 가거든. 이사 나가는 집이 있으면 밤에 가서 쓸어와."

빈집만 터는 것은 아닐지도 몰랐다.

"설마 학교 가서 나 봤다고 할 건 아니겠지?"

제이가 다짐을 두었다.

"안 할게. 그렇지만 결국 여긴 재개발이 될 거라구. 불도저가 와서 밀어버릴 거야."

"그러니까 빨리 악마를 잡아야지."

제이가 웃음기 없는 얼굴로 말했다. 그는 악마를 움직이는 주문이라며 종이에 적은 이상한 글도 보여주었다. 인터넷에서 찾은 거라고 했다. 제이는 진지했다. 하지만 제이를 그대로 놔둘 수는 없었다.

"요즘 이 동네 불도 자주 난다던데?"

재개발구역을 둘러싼 흉흉한 소문이 파다했다. 사람들이 하나둘 떠나면서 불 꺼진 폐가가 늘어났다. 재개발에 반대하는 주민들을 달가워하지 않는 조합측은 치안의 부재를 문제삼지 않았다. 아니, 오히려 부추기기까지 했다.

"아, 그 도깨비불? 조합 새끼들이 지르는 거야."

제이가 단언했다. 제이는 식탁 옆에 쌓아놓은 분말소화기를 가리켰다. 빈집을 돌아다니며 모아온 것이라 했다.

"여자아이를 납치해서 죽이고는 물탱크에 집어넣은 놈도 있다던데?"

"별 소문이 다 돌지."

"넌 안 무서워?"

제이는 대답 대신 거울을 가리키며 씩 웃었다. 상쾌한 기운이 거의 없는 웃음이었다. 나는 자리에서 일어났다.

"학원 하나는 쨌는데 이번 거는 가야 될 것 같아."

제이가 먼저 나가 첨병처럼 밖을 살핀 후 나를 내보내주었다.

그후에도 제이는 계속 학교에 나오지 않았다. 나는 제이를 찾을 수 없었노라고 대머리독수리에게 거짓말을 했다. 나는 가끔 먹을 것을 싸들고 제이가 숨어 있는 반지하방을 찾아갔다. 악마를 사로잡는 일에는 별 진전이 없었다. 제이 말로는 분명히 뭔가가 거울 사이를 지나다닌다고 했다. 단지 그것을 제때에 잡을 수 없을 따름이라고. 이런저런 물질을 조합해가며 납을 금으로 만드는 일에 평생을 바쳤던 연금술사처럼 제이는 매주 금요일 자정마다 조금씩 방식을 바꾸어가며 시도했다. 주문의 문구를 수정하거나 거울의 각도를 미세하게 조정하거나 거울과 거울 사이에 촛불을 켜놓거나 하는 식이었다. 실패하면 또 한 주를 기다려야 했다. 오래 손질하지 않은 제이의 머리는 점점 덥수룩해져 뒤에서 보면 은퇴한 로커처럼 보였다.

"언제까지 이럴 거야?"

"잡을 때까지."

제이는 완강했다. 볼은 푹 패었고 내미는 팔에는 뼈만 남았다. 반지하방의 문을 열고 내려갈 때마다 차갑게 굳은 제이의 시체를 발견하게 될까봐 두려웠다.

8

때늦은 싸락눈이 흩뿌리던 4월의 어느 날. 나는 대머리독수리를 찾아갔다. 싸락눈이 교무실 창에 두서없이 달라붙었다가는 이내 녹아 사라졌다.

"만약 제이가 돌봐주는 어른 없이 혼자 살고 있다면 어떻게 되나요? 고아원 같은 데로 보내지나요?"

"너 이 녀석, 제이 만났구나."

대머리독수리가 귓밥을 파냈다.

"아뇨, 그냥 여쭤보는 거예요. 만약 그런 경우라면 어떻게 되는가 궁금해서요."

"그래서 제이를 만났다는 거냐, 안 만났다는 거냐?"

"……꼭 말씀드려야 하나요?"

그의 눈이 가늘어졌다.

"아니, 꼭 말해야 하는 건 아니다. 만약 제이가 그 동네에 혼자 살고 있다면, 너도 봐서 알겠지만 아주 위험한 일이야. 일단 안전한 곳으로 데려가야지. 걔를 위해서 말이다."

"제이가 원하지 않아도요?"

"자기가 원하지 않는다면야 다른 방법을 찾아봐야겠지. 민주주의 국가 아니냐."

며칠 후, 제이를 만나러 가는 내 뒤로 사람들이 붙었다. 그런 줄도 모르고 나는 제이가 있는 반지하방으로 성큼성큼 내려가 노크를 했다. 문이 열리자마자 경찰과 사회복지사, 재개발조합 임원들이 나를 밀어제치고 반지하방으로 들이닥쳤다. 바닥에 나동그라진 내 앞으로 제이가 개처럼 끌려 지나갔다. 발버둥치며 버텼지만 역부족이었다. 원망이 가득한 눈길로 제이는 나를 노려보았다. 그가 녹슨 철대문의 문고리를 붙들고 하던 말이 아직도 쟁쟁하다.

"하루만 봐주세요. 오늘이 13일의 금요일이란 말이에요!"

그 말이 무슨 뜻인지 아는 사람은 나밖에 없었다. 사람들은 제이를 길에 세워놓은 승합차까지 끌고 갔다. 경찰관이 승합차 문을 여느라 잠시 경계를 늦춘 사이, 제이는 온 힘을 다해 그들을 뿌리치고 달아났다. 제이는 다세대주택의 옥상으로 올라간 다음 지붕과 지붕, 옥상과 옥상 사이를 껑충껑충 뛰어 달아났다. 여러 번 다녀본 듯 거침이 없었다. 그렇게 한없이 달릴 수 있을 것 같았다. 사람들이 흩어져 제이를 추격했다.

나는 제이가 떠난 반지하방으로 들어가 두 거울 사이에 섰다. 수없이 복제된 나의 분신들이 보였다. 혹시 그때의 제이는 악마를 잡으려던 게 아니라 이 거울 속으로 들어가버리고 싶었던 것이 아니었을까. 아니, 이미 영혼의 일부 혹은 전부를 그 세계로 던져버린 것은 아니었을까? 그날 이후 그의 행적을 돌이켜 짚어보면, 두 개의 거울 사이에 버티고 선 순간 제이는 두 번이나 자신을 버린 세상의 규칙과 궤도로부터 벗어나 일종의 무한궤도 속으로 들어가버린 것 같다. 제이는 거울에서 거울로 건너뛰는 악마를 굳이 사로잡을 필요가 없었다. 무한궤도 속에서 끝없이 자기 자신만을 응시하는 자는 실은 악마를 대면하고 있는 것이며 거울 속에 들어 있는 것은 바로 그 자신일 수밖에 없다.

다음날, 대머리독수리가 나를 불렀다. 대머리독수리는 제이가 어젯밤 붙잡혔다고, 시설로 들어가게 됐다고, 여러모로 잘된 일이라고, 내가 친구를 위해 어려운 일을 했다고 치켜세웠다.

"어디서 잡혔나요?"

"그 집으로 다시 돌아왔다는 거야. 잠복중이던 조합 간부한테 걸 렸지."

그로부터 한 달도 안 돼 불도저가 재개발구역으로 밀고 들어갔다. 끝까지 남아 저항하던 이들은 다른 곳으로 옮길 돈도, 힘도 없는 거 동이 불편한 늙고 병든 이들이었다. 불도저가 진군하는 가운데 119 구급대가 들어가 그들을 들것으로 실어냈다. 단 며칠 만에 그곳은 화성의 표면과 비슷한 붉고 평탄한 땅 밑으로 그곳에 살던 사람들의 추억을 묻어버렸다. 대기업 계열의 건설회사가 아름다운 사진으로 장식한 가림막을 제대로 둘러세웠다. 그 회사 아파트 브랜드가 '꿈 에그린'이었던가, 'e-편한세상'이었던가. 기억이 가물가물하다.

소문과 달리 물탱크에서 발견된 여중생의 시체 같은 것은 없었다. 건설회사가 두려워했던 것은 부패하는 시체가 아니라 부패하지 않 는 것, 오래된 왕국의 유적이었다. 천년 묵은 기왓장이나 삼국시대 성벽의 소소한 흔적만 나타나도 공사가 중단돼버리기 때문이었다.

그해 겨울, 나는 제이에게 크리스마스카드를 보냈다. 주소는 대머 리독수리가 알려주었다. 그는 교육청인가로 전화를 몇 통 돌리더니 제이가 있다는 시설의 주소를 알아냈다. 어른들에게는 모든 게 참으 로 간단하구나, 하고 생각했던 기억이 난다.

"논산이 어디예요?"

내가 물었다.

"대전 근처야."

차가 있다면 두 시간 남짓이면 갈 거리였지만 중학생인 나에게는 외국만큼이나 멀게 느껴지는 곳이었다.

"카드나 한 장 보내주든지."

담임의 어미 사용은 언제나 사람을 불쾌하게 하는 데가 있었다. '보내주지 그러니'라든가 '보내주렴'이라든가 '보내주면 어떨까' 같은 어미를 다 놔두고 '보내주든지'를 썼다. 그 말투 때문에 제이에게 카드를 보낸다는 행위의 순수성이 더럽혀진 느낌이었지만 발상 자체는 내가 생각하지 못한 것이었다. 그때 내게는 이미 휴대폰이 있었지만 제이는 원래부터 갖고 있지 않았다. 논산의 시설에서라면 더욱 가능성이 낮았다.

나는 학교 앞 문구점에서 루돌프가 개다리춤을 추는 디자인의 카드를 하나 샀다. 뭔가를 적을 만한 공간은 정말 적었다. 그 안에서 나는 제이가 나에 대해 갖고 있을지도 모를 오해에 대해서도 해명해야 했고 안부도 물어야 했고 내 소식도 전해야 했다. 아무리 들여다봐도 그럴 만한 여유가 없었다. 에라 모르겠다 싶어 그냥 적고 보니 그저 평범한 크리스마스카드가 되어버렸다. 잘 있니, 나도 잘 있다. 거기는 좀 어떠냐? 메리 크리스마스다. 대충 이랬던 것 같은데 지금 와서 생각해보면 제이로서는 누구 놀리나 싶은 기분이 들었을 것 같기도 하다. 제이는 내가 학교에 일러바쳐서 자기가 시설에 들어가고 말았다고 생각할 것이 뻔한데, 태연하게 거기가 어떠냐고 묻고 크리스마스 잘 보내라고 하다니. 그렇지만 그때의 나로서는 내가 어떻게 쓰든 제이는 내 마음을 이해해주리라는 일말의 기대가 있었다. 그것은 내가 함구증을 앓을 때부터 쌓아온 우리 둘 사이의 신뢰로부터

비롯된 것이었다. 내가 말을 하지 못하던 시절에도 그는 나의 통역자가 아니었던가.

우체국에서 카드를 부치고는 광화문으로 나갔다. 서점에서 참고서를 사고 집으로 돌아오는 지하철에서 한 무리의 농아와 마주쳤다. 다섯 명의 내 또래 아이들이 수어로 대화를 나누고 있었다. 많이 잊어버리기는 했지만 대충은 무슨 뜻인지 헤아릴 수 있었다. 네 아이가 한 아이를 악의 없이 놀리고 있었다. 너 걔하고 사귀는 거지? 학교에 소문이 자자해. 놀림을 당하는 아이도 지지 않고 맞받아쳤다. 혹시 걔가 날 짝사랑하는지는 몰라도 난 아냐. 아이들이 고개를 가로저으며 웃어댔다. 그러다가 갑자기 영화 이야기로 흘러갔다. 아마도 외국 코미디영화를 보고 온 것 같았다. 소리는 듣지 못해도 자막이 있었으리라. 고요한 가운데 오직 표정으로만 짓는 웃음이었으나 무리에게서 뿜어져나오는 충일한 기쁨을 전동차 안의 모두가 느낄 수 있었다. 아이들은 배우의 표정을 흉내내기도 하고 영화의 클라이맥스에 대해서 이러쿵저러쿵 수다를 떨기도 했다. 다른 승객들은 그 아이들이 얼마나 많은 말을 한꺼번에 쏟아내는지 아마 상상도 못했을 것이다.

받아만 준다면 나는 그들 사이로 다시 돌아가고 싶었다. 슬픔에는 마음이 뜨거워지는, 그러니까 서러움에 가까운 감정이 있는가 하면 반대로 마음이 차가워지는, 비애에 가까운 심사도 있다. 그날의 나는 후자였다. 마음에 서리가 낀다고 해야 할까. 심장이 차갑게 식으면서 눈가가 시렸다. 그들은 그다음 역에서 일제히 내렸다. 수어를 하는 아이들의 손에서 새들이 날개를 퍼덕이며 날아올랐다.

2 장

9

보육시설 뒤에는 개 사육장이 있었다. 원래 소를 키우던 남자가 어느 해인가 솟값이 폭락하자 소를 모두 내다팔고 개를 사들였다. 좁은 철망에 수백 마리의 개가 갇혀 있었지만, 개들은 짖지 않고 조용했다. 남자가 개의 고막을 모두 공기총으로 뚫어놓았기 때문이다. 장전하지 않은 공기총의 총구를 개의 귓속에 들이대고 쏘면 발사된 공기가 개의 고막을 찢어놓는다고 했다. 개를 키우는 남자는 트럭을 몰고 다녔는데 가끔 보육원 원장을 만나러 왔다. 개를 보는 눈과 아이를 보는 눈이 다르지 않아 고아들은 본능적으로 그를 피했다. 한번은 여자아이 하나가 사라졌는데 모두들 개장수를 의심했다. 아이를 죽여 개에게 먹였다는 소문이 떠돌았다.

개 사육장 뒤에는 버섯을 기르는 남자가 살았는데 개를 키우는 남자와 앙숙이었다. 지금은 쓰지 않는 버려진 폐광이 그의 작업장이었다. 어느 날 제이는 다른 아이 몇몇과 함께 그곳에 몰래 숨어들어갔다. 어둡고 축축하여 등골이 오그라들었다. 굵은 나무토막마다 희고 매끈한 버섯이 음산하게 솟아올라 있었다. 아이들 중 하나가 그것이 모두 독버섯이라고 주장했고 그 때문에 말싸움이 붙었다.

"독버섯을 뭐하러 이렇게 돈 들여가며 키우냐? 미쳤냐?"

제이가 반박하자 독버섯이라고 주장한 아이가 버섯을 따서 들이밀었다.

"주인이 개사이코니까 그렇지. 그럼 먹어봐, 이 새끼야. 왜 못 처먹어? 독버섯 아니라며?"

제이는 버섯을 받아들고 물끄러미 바라보더니 다시 돌려주었다.

"네가 먹어봐."

"내가 왜 먹어? 독버섯이 아니라는 네가 먹어야지."

"나도 이제 독버섯이라고 생각해."

제이가 말했다.

"뭐?"

"생각해보니 네 말이 맞는 것 같아. 이건 독버섯이야. 독버섯 맞아."

제이가 갑자기 말을 바꾸자 아이는 혼란스러워하며 제이를 바라보았다. 제이가 버섯을 코앞까지 들이밀었다.

"자, 먹어보라니까. 왜? 독버섯이라 못 먹어?"

"이 새끼 완전 또라이잖아? 내가 왜 먹어?"

아이가 한 걸음 뒤로 물러서며 소리쳤다.

"먹어봐. 이 새끼야. 왜, 겁나냐?"

제이는 들고 있던 버섯을 입으로 가져갔다.

"잘 봐. 독버섯은 이렇게 먹는 거야."

제이는 애들이 보는 앞에서 버섯을 잘근잘근 씹어삼켰다. 독은 없었지만 제이는 그날 밤 내내 설사에 시달렸다.

버섯을 기르는 남자는 터널 바로 앞에 움막을 짓고 살았다. 티켓다방의 여자들이 움막 안으로 들어가면 사내아이들이 창문 틈으로 엿보곤 했다. 그는 언제나 '24시간 뉴스채널' YTN을 틀어놓고 살았고, 그 때문에 다방 여자들과 정사를 벌일 때도 언제나 배경음으로 뉴스가 들렸다. 심각한 목소리로 정치인의 동정을 전하는 앵커우먼의 목소리 뒤로 다방 여자의 기계적이고 무성의한 신음소리가 오버랩되었다. 정사가 끝나면 보온병에서 커피를 따라 말없이 함께 마셨다.

다방 여자들은 언제나 50cc 스쿠터를 타고 왔다. 움막을 떠날 때마다 여자들은 엔진오일이 타면서 내는 매캐한 배기가스와 값싼 향수 냄새를 뒤에 남겼다. 양자 모두 유독하였으나 제이는 그 위반의 냄새에 일찍부터 매료되었다. 가끔은 그것을 쫓아 길을 따라 내려가기도 했는데, 냄새는 언제나 개 사육장에 이르러 종적을 감추었다. 거기서부터는 개들의 세상이었다. 개똥, 개오줌 냄새가 천지에 진동했다. 제이는 사육장 주인이 없을 때를 틈타 그곳에 들어가곤 했다. 신경이 곤두선 투견용 맹견이 우리를 찢을 듯이 맹렬히 달려들 때마다 제이는 깜짝 놀라 뒤로 물러났다. 그는 갇혀 있는 개들의 몸에서 마지못해 살아가는 존재의 역겨운 악취를 맡았다. 그러면서도 동시에 제이는 갇힌 개들에게 강렬한 연민을 느꼈다. 특히 오른쪽 뒷다리를 저는 붉은 눈의 도사견 하나가 그의 마음을 사로잡았다. 둘은 한동안 눈싸움을 하듯 서로를 응시하곤 했는데, 그럴 때면 다른 개들조차 흥분을 누그러뜨리고 차분해졌다.

제이는 동물과의 교감이 남달랐다. 반면 인간과의 교류에선 늘 어려움을 겪었다. 처음 만난 사람, 특히 여성의 호감을 사는 편이긴 했지만 오래 지속되지는 않았다. 어떻게 그 호감을 관리해야 하는지 잘 몰랐던 것이다. 하지만 동물과는 놀라울 정도로 깊게 마음을 나누었고, 그럴수록 인간에 대한 제이의 기대는 점점 줄어들었다.

다방 여자들은 버섯농장만큼은 아니지만 개 사육장에도 들락거렸다. 어떤 날은 버섯농장에서 내려오면서 개 사육장에 들렀고 또 어떤 날은 그 반대였다. 아이들은 다방 여자들이 개 사육장으로 들어갈 때에는 따라가 엿보지 않았다. 걸리면 쥐도 새도 모르게 개밥이 되고 만다는 소문 때문에 겁을 먹었다. 제이만이 예외였다.

하루는 버섯농장 숙사에서 일을 마치고 나오는 다방 여자와 제이가 정면으로 마주쳤다. 여자가 남은 커피를 보온병에서 따라 제이에게 주었다.

"너 오늘도 여기 있구나."

제이는 달아날 준비를 했다. 가슴골이 훤히 들여다보이는 붉은 블라우스를 입은 여자는 그런 제이의 마음을 읽었는지 가볍게 제이의 팔을 잡았다.

"쿠키 좀 먹을래? 이건 손님 주는 거 아니고 내가 먹는 거야. 자, 먹어봐. 맛있어."

제이는 그것을 받아먹었다. 하이힐을 신은 여자는 제이보다 키가 훨씬 컸다. 그녀가 주는 커피와 쿠키를 두 손으로 차례차례 받아먹던 장면은 제이에게 그후로도 일종의 영적인 느낌으로 남았다.

"언제 누나랑 영화 보러 안 갈래?"

쿠키를 다 씹어삼킨 제이는 뒤로 돌아 언덕을 달려내려왔다.

10

야산과 보육원이 그가 아는 세상의 전부였을 때, 그는 세상의 지도를 그렸다. 가장 기슭에 어린아이들이 모여 있는 작은 마을이 있고 그 위에 사악한 군주가 지배하는 사나운 개들의 왕국이 있고 가장 높은 곳의 깊은 동굴에 버섯을 집 삼아 살아가는 요정의 세계가 있었다. 그리고 그 동심원들로부터 멀리 떨어진 곳에 꽃이 만발한 성, 즉 자신이 떠나온 곳을 그렸는데, 마치 고대인이 상상하던 이상향처럼 보였다. 제이는 아주 어려서부터 자기만의 세계지도를 갖고 있었다. 그는 학교에서 가르치는 지식에는 무관심했다. 자기만의 눈으로 세상을 보았고 어른들의 말은 거의 믿지 않았다. 이를테면 그는 학교에서 가르치는 민주주의가 헛소리라는 것을 일찍이 간파하였다. 그는 평등하게 같은 면적을 차지하고 똑같이 먹어대지만 갇혀 있는 우리에서 한 발짝도 벗어날 수 없는 개들의 운명에 대해 잘 알고 있었다.

불은 개 사육장에서 오십 미터쯤 더 올라간, 그러니까 버섯농장으로 올라붙는 경사 아래의 덤불에서 시작되었다. 처음에는 바람이 기슭에서 정상 쪽으로 불었다. 그래서 화염은 마른 덤불을 태우며 버섯농장 쪽으로 번져올라갔다. 불이야, 하는 소리에 새벽잠을 깬 원생들이 마당에 나와 산 쪽을 바라보았을 때에는 붉은 기운이 거의 버섯농장을 삼키는 것처럼 보였다. 그런데 갑자기 바람이 멈추더니 괴이한 정적이 찾아왔다. 그러나 그것도 잠시, 이번에는 정상에서 기슭 쪽으로 강풍이 불기 시작했다. 바람의 방향이 바뀐 것이다. 매캐한 연기 냄새를 맡은 개들이 더욱 맹렬하게 낑낑거렸다. 소방차가 오는 기미는 없었고 보육원 직원과 원생 들은 멀리서 불구경을 할 뿐이었다.

제이는 사육장 쪽으로 달려올라갔다. 호기심에 찬 아이 몇몇이 막대기를 휘두르며 뒤따랐다. 불티가 반딧불이처럼 허공을 날아다녔다. 제이는 달려내려오던 개 사육장 주인과 하마터면 부딪칠 뻔했다. 그는 넋이 나간 사람처럼 두 팔을 휘저으며 달리고 있었다. 겁을 집어먹은 아이 하나가 그를 따라 기슭으로 다시 내려갔다. 제이와 두 명의 아이는 불길이 거세게 번지는 사육장으로 들어가 개들이 갇혀 있는 우리를 열어젖혔다. 죽음의 냄새를 맡은 사나운 개들은 본성마저 잊고 꼬리를 내린 채 개장 밖으로 뛰쳐나와 화염과 반대 방향으로 내달렸다. 그러나 몇몇 개는 개장 밖으로 나올 엄두를 못 내고 겁먹은 눈으로 구석에 처박혀 바들바들 떨었다. 여름날의 날벌레 떼 같던 불티는 이제 주먹만한 불덩이가 되어 하늘을 날아다녔다.

"얼른 나와! 이 바보 같은 똥개새끼들아."

그래도 움직이지 않는 개들을 끌어내려 제이는 굴러다니는 신문지에 불을 붙여 우리 안으로 던져넣었다. 꼬리를 뒷다리 사이로 집어넣은 개들이 그제야 주춤거리며 우리 밖으로 뛰어나왔다. 궁둥이에 똥이 말라붙은 더러운 개들의 꽁무니를 따라 제이도 산기슭을 향해 달렸다. 개들은 사방이 잘 보이는 바위나 언덕 위에서 자신들이 떠나온 곳, 허기진 불길이 날름 집어삼킨 사육장 쪽을 바라보며 끙끙거렸다. 붉은 화염과 매캐한 연기, 사방에서 출몰하는 덩치 큰 개들로 세상은 절집에 걸린 지옥도처럼 보였다. 뒤늦게 출동한 소방차들이 구불구불한 길을 따라 위태위태하게 사육장 쪽으로 올라가는 모습이 보였다. 제이는 연기에 얼굴이 새카맣게 그을린 채 보육원으로 돌아왔지만 다른 원생들은 모두 더 아래쪽으로 대피한 후였다. 그는 보육원 마당에서 다른 원생들이 돌아올 때까지 기다렸다.

불길이 잡히자 원생들이 돌아왔다. 제이보다 나이가 많은 원생들이 개장수가 교통사고를 당했다는 소식을 전해주었다. 넋이 나간 채 뛰어내려가다 달려오는 우유 배달 트럭에 치였다는 것이다. 불길이 닿지도 않은 버섯농장에서 두 구의 시신이 나왔다는 소식이 그 뒤를 이었다. 버섯농장 주인의 몸은 예리한 칼로 난자당한 상태였고 함께 있던 다방 여자는 목이 졸린 것 같다고 했다. 그들은 잠든 상태에서 불의의 공격을 당한 것이 분명하다고, 살인한 자가 증거를 없애고자 불을 놓았으나 풍향이 바뀌면서 뜻대로 되지 않았던 것이라고, 보육원을 찾아온 경찰이 말했다. 보육원장이 개장수와 버섯농장 주인의 해묵은 원한에 대해서 경찰에게 말해주었다.

11

경찰이 버섯농장 숙사에서 뭔가를 찾는 동안, 보육원 앞 공터에 낯선 트럭 여러 대가 나타났다. 올가미가 달린 긴 장대를 든 남자들이 트럭에서 내려 산으로 올라갔다.

"개 잡으러 온 놈들이야."

제이보다 두 살 위의 사내아이가 눈을 빛내며 바닥에 침을 뱉었다. 임자 없는 개에 대한 사냥이 시작된 것이었다. 산으로 올라간 사내들은 송아지만한 개들을 올가미로 제압하여 끌고 내려왔다. 공포와 자유를 동시에 맛본 개들은 차례차례 그들이 싣고 온 철창 속에 갇혔다. 사내들은 한 마리라도 더 포획하기 위해 눈을 부릅뜨고 산을 뒤졌다. 산기슭에선 아직 모락모락 연기가 올라오고 있었다. 개들은 불길이 닿지 않은 버섯농장 근처에 숨어 있거나 아예 산을 넘어 시멘트공장 쪽 마을로 넘어가버렸다. 아이들 말로는 그쪽 기슭에도 트럭 몇 대가 진을 친 채 산에서 내려오는 개들을 노리고 있다고 했다.

제이는 예리한 못을 구해 개들만 남아 있는 트럭으로 접근한 뒤 타이어를 길게 찢어놓았다. 트럭이 푸쉭푸쉭 소리를 내며 천천히 주저앉았다. 제이의 체취를 기억하는 개들이 짖기를 멈추고 끙끙거렸다. 그중에는 붉은 눈도 있었다. 다리를 저는 붉은 눈은 가장 먼저 식용으로 팔려갈 것이었다. 제이가 다섯 대째 트럭에 펑크를 내고 있을 때, 벼락처럼 주먹이 날아와 그의 뒤통수를 때렸다. 제이는 정신이 혼미해지는 것을 느꼈다. 개장수 셋이 자신을 질질 끌고 보육원 원장실로 가고 있다는 것을 깨달았지만 온몸에 힘이 하나도 없어 발버둥조차 치지 못했다. 개를 잡을 때 쓰는 올가미까지 목에 걸려 있었다.

개장수들이 들이닥쳤을 때 원장은 TV를 보고 있었다. 원장의 시선이 올가미가 걸린 제이의 목에 가닿았다.

"근데 저게 뭡니까?"

원장은 개장수들에게 물었다.

"이놈 이거, 여기 원생 맞지요?"

개장수 하나가 조금 주눅이 든 목소리로 물었다. 원장이 고개를 끄덕이자 그들은 일의 전후를 설명하기 시작했다. 말이 다 끝나기도 전에 원장이 말을 자르고 들어왔다.

"저놈의 올가미는 좀 벗기면 안 되나요?"

개장수 하나가 황급히 제이의 목에서 올가미를 벗겼다. 원장의 말이 이어졌다.

"사정이야 안됐습니다만 원생이 저지른 일을 배상할 책임이 보육원에는 없다, 이 말씀이오. 정 억울하면 애 데리고 경찰에 가서 법대로 하시든가."

뒤에서 팔짱을 끼고 있던 늙은 개장수 하나가 앞으로 나섰다.

"이거 보세요, 원장 양반. 개새끼 한 마리 팔아봤자 타이어 하나 살 수 있는 줄 아십니까? 그런데 이 개호로씨발좆겉은놈의 새끼가 합이 스무 개나 되는 타이어를 때울 수도 없게 다 찢어놨단 말입니다. 이런 애비에미없는쌍놈의 새끼가 말입니다."

개장수가 제이의 머리통을 후려갈겼다. 제이의 작은 몸이 날아가 벽에 부딪혔다. 제이가 꿈틀거리며 몸을 일으켰다. 그리고 말했다.

"내가 왜 타이어를 찢은 줄 알아?"

제이를 후려갈긴 개장수가 팔을 걷어붙이며 물었다.

"오, 요 새끼 봐라. 그래, 왜 찢었냐? 한번 말 좀 해봐라. 아주 아가리를 찢어놓을 테니까."

"개도 영혼이 있어. 영혼이 있다고!"

제이의 목소리가 갈라졌다.

"영혼이 있어서, 그래서 어쨌다는 거야?"

개장수들이 약속이라도 한 듯 한 발짝씩 앞으로 나아갔다. 여차하면 등산화 발로 밟아버릴 태세였다. 그러나 제이도 물러서지 않았다.

"영혼이 있는 것을 그렇게 다뤄서는 안 된다는 거야."

제이는 눈을 똑바로 뜨고 개장수들을 노려보면서 결연하게 말했다.

"근데 요 쪼끄만 새끼가 아까부터 계속 반말 찍찍 지껄이네."

개장수들이 달려들려는 찰나, 원장이 책상을 손바닥으로 쾅 내리쳤다. 원장이 인상을 찌푸리며 재떨이에 담뱃재를 털었다.

"그만들 하세요. 애 데리고 백날 떠들어봐야 소용없어요. 맞아요, 걔 아비 어미 없는 호로새끼 맞아요. 그래서 책임질 사람이 아무도 없다 이거예요. 무슨 말인지 모르시겠소?"

일격을 당한 개장수들이 그 말의 의미를 잠시 곱씹는 사이, 마침 버섯농장에서 내려오던 형사가 커피를 얻어마시러 정복경찰 하나를 대동하고 원장실에 들렀다.

임자 없는 개를 사냥중이던, 그닥 떳떳할 게 없는 개장수들이 꼬리를 내리고 슬금슬금 원장실을 빠져나가려고 했지만 형사가 눈치를 채고 불러세웠다.

"어이, 거기, 뭐하시는 분들이실까?"

반말과 존댓말이 뒤섞인 이상한 질문이었다. 대답은 원장이 대신했다.

"개장수들이오."

형사가 종이컵의 커피를 홀짝이면서 비아냥거렸다.

"개장수들이 보육원에는 무슨 일이실까? 개 대신 사람이라도 입양해가시게?"

검정 패딩점퍼를 입은 개장수가 항변했다.

"아, 저 개쌍놈의 새끼가 우리 타이어를 다 찢어놨다니까요."

형사는 제이에게 눈길을 돌렸다.

"야, 너 몇 살이야?"

"열네 살인데요."

"어린 노무 새끼가 왜 남의 차 타이어는 찢고 지랄이실까? 부모도 돈도 없는 놈의 자식이."

제이는 아무 대답도 하지 않았다. 형사는 개장수들에게 말했다.

"거 웬만하면 그냥 가쇼. 부모도 없으니 누가 변상해줄 수 있는 것도 아니고."

"이 보육원도 감독 책임, 뭐 그딴 거 있는 거 아닙니까? 이것도 일종의 테러라 이겁니다!"

검정 패딩점퍼가 물러서지 않고 대들었다. 마침내 형사가 짜증을 냈다.

"이 양반들이 정말 좋게좋게 설명해주니까 한도 끝도 없구만. 그럼 우리 모두 서로 가서 정식으로 사건 접수 함 해보고 따져볼까요? 우리 개장수 선생님들께서 타이어 값 받을 수 있나 없나? 뭐? 테러? 테러면 쓰벌 FBI에 신고하든가."

개장수들이 눈빛을 교환했다. 그들은 관공서와 법을 좋아하지 않았다. 그들이 하는 모든 일이 법의 경계 위 혹은 그 바깥에 있었다. 사람들은 그들이 주인 있는 개도 몰래 잡아간다고 믿었고, 투견용이든 식용이든 개 사육에는 명백하게 위법의 소지가 있었다. 문과 가까운 곳에 서 있던 개장수부터 차례로 조용히 원장실을 빠져나갔다.

원장은 쓰러진 제이를 부축해 일으켰다.

"왜 타이어를 찢었을까, 우리 제이는? 원장님한테 말해보렴."

"영혼이 있어요."

"개는 영혼이 없지. 그건 인간한테만 있는 거야."

"그걸 어떻게 아세요?"

"인간이 죄를 저지른다는 것이야말로 영혼이 있다는 것을 입증하는 거란다."

원장이 변명하듯 말했다.

"동물은 죄가 없다. 아니, 죄를 지을 수조차 없지. 죄를 짓고 고통을 느끼고 용서를 구하는, 그래서 구원에 이르는 게 바로 인간이다."

"죄, 잘못, 인간, 동물. 이런 식으로 모든 것을 구분하는 게 바로 인간이에요. 그러니까 잘난 척을 하는 거예요. 내가 인간이다. 내가 제일 위에 있다. 나는 죄를 안다. 동물은 모른다. 그러니까 우리는 동물을 죽여도 된다. 이런 식이에요."

원장은 자세를 고쳐잡았다.

"그래서 네가 잘했다는 거냐? 남에게 피해를 입혔잖니? 그건 도둑질과 똑같은 거야. 안 그래?"

"남의 물건을 훔치는 것보다 더 나쁜 게 있어요."

"그게 뭐냐?"

"고통을 외면하는 거예요. 고통의 울부짖음을 들어주지 않는 거예요. 세상의 모든 죄악은 거기서 시작돼요."

"고통은 피할 수 없는 거야."

"피할 수는 없지만 노력은 할 수 있죠. 인간이든 동물이든 자기 이익을 위해 불필요한 고통을 줘서는 안 돼요."

"세상일이 네 말대로 간단하다면 좋겠지."

"뭐가 복잡한가요?"

"그렇다면 고통의 경중은 누가 가리지? 네가 가리나? 우리에 갇혀 있는 개들만 고통받는 줄 알아? 개장수도 먹고사느라 힘들다고. 그 사람들에게도 가족이 있어. 네가 타이어를 펑크냈기 때문에 그 집의 아이들이 하루를 굶어야 할지도 모르잖아?"

"그렇게 따지기 시작하면 우리는 아무것도 할 수 없잖아요?"

"너는 우선 어른이 돼야 한다. 그럼 자연히 알게 돼. 세상이 단순하지 않다는 것을."

"지금 판단하지 못한다면 어른이 돼도 마찬가지일 거예요. 저는 제 판단으로 행동한 거고, 그러니까 아무 후회 없어요."

"너는 세상에 원한을 품고 있어. 그래서 네 알량한 정의의 이름으로 그걸 심판하고 싶은 거야. 그건 위험해."

제이는 마치 전자제품 사용에 대한 안내를 들은 소비자처럼 진지한 얼굴로 고개를 끄덕였다.

"네, 위험하죠. 저도 알아요."

12

제이는 일주일간 독방에 갇히는 처벌을 받았다. 원생들을 처벌하기 위해 특별히 고안한 이 독방은 빛이 거의 들어오지 않았고 화장실도 없이 요강 하나만 덩그러니 놓여 있었다. 책도 가져갈 수 없어 오직 자기 자신의 숨소리를 듣는 것밖에 달리 할 수 있는 일이 없었다.

처음 이틀은 자기 안에 차오르는 맹렬한 감정이 무엇인지조차 몰랐다. 어둠의 이틀이 더 지나고 나서야 그것이 분노임을 알았다. 순도 백 퍼센트의 화. 뜨겁고 유독한 그것이 황산처럼 자신의 내면을 태우고 있다는 것을 분명히 느낀 것이다. 속이 너무 쓰라려 삼킨 것을 거의 소화시킬 수 없었다. 그는 자기 앞에 놓인 빈 밥그릇에 제가 먹은 것을 토했다. 그리고 그 순간부터 그는 아무것도 입에 대지 않았다. 하루이틀이 지나자 토사물이 말라붙어 이제 아무런 냄새도 풍기지 않았다. 속을 깨끗이 비운 채로 아무도 찾아오지 않는 길고 긴 밤을 홀로 보내는 동안 그의 정신은 다른 단계로 들어갔다. 그것은 선사의 참선이나 요기의 명상과는 달랐다. 자기 영혼을 다른 존재에게 불어넣어 그 삶을 자신의 삶처럼 살아가는 빙의에 가까웠다.

예컨대 그는 자신이 풀어준 붉은 눈의 영혼을 찾아냈다. 녀석은 아직 개 사냥꾼에게 포획되지 않은 채 야산을 배회하는 중이었다. 제이는 붉은 눈의 영혼 속으로 들어가 개의 눈으로 세상을 보고 개의 위장에서 보내는 허기의 신호를 느끼고 예민한 귀가 포착하는 두려움의 기미를 감지했다. 폐광 깊숙한 곳에서 붉은 눈은 몰려오는 매캐한 연기 속으로 달려나가던 순간을 거듭하여 꿈꾸었다. 흥분상태에서 다른 개의 귀를 물어뜯는 개싸움 장면도 꿈의 주된 테마였다. 그러나 그런 악몽의 순간을 제외한다면 붉은 눈의 영혼은 놀랍도록 평온했다. 가만히 앞발에 머리만 올려놓고도 얼마든지 시간을 견딜 수 있었다.

그러다 마치 플러그가 뽑히듯 도사견의 영혼으로부터 그의 영혼이 튕겨져나오는 순간이 찾아왔다. 제이는 자신이 미쳐가고 있는 것은 아닌가 걱정스러웠다. 그러나 이렇게 다른 영혼에게 접속하지 않고서는 길고 긴 어둠의 날카로운 이빨을 견뎌낼 자신이 없었으므로, 마치 해커가 보안의 허점을 찾아 시스템에 침투하듯, 방심한 영혼이 보이면 재빨리 그곳으로 스며들었다.

다방 여자를 태우고 왔던 50cc 스쿠터는 화염에 그을린 채 게거품 같은 소방액을 뒤집어쓰고 화재 현장에 나동그라져 있었는데, 얼핏 보면 곰팡이가 슨 것 같았다. 소방차가 물러간 후에도 스쿠터는 오래도록 검은 연기를 뿜었다. 타이어가 타면서 내는 연기였다. 제이는 오래도록 그 스쿠터 안에 머물렀다. 그 안에선 놀이동산에 있던 '귀신의 집'처럼 많은 목소리가 웅얼웅얼 들려왔다. 의외로 고요했던 투견의 내면과 달리 스쿠터는 자신을 주체하지 못하는 조증 환자처럼 쉴새없이 떠들어댔다. 그것이 스쿠터의 말인지, 아니면 그것을 거쳐간 여자들의 목소리인지, 그도 아니면 스쿠터에 깃든 또다른 혼백의 신세타령인지는 알 수 없었지만 제이는 이 스쿠터가 어쩐지 마음에 들었다. 시끌벅적하고 역동적이며 주변을 개의치 않는 거센 정신을 그는 감지할 수 있었다.

"스쿠터를 타고 달린다는 건 말야."

음색에 장난기가 서린 어떤 목소리가 말했다.

"요요를 가지고 노는 것하고 비슷해. 길이 스쿠터의 영혼으로 들어왔다가 다시 나가는 거야. 우리는 길 '위'를 달리는 게 아니라 길을 감아들였다 다시 놓아주는 거라고 할 수 있어. 길은 우리 밖이 아니라 내부에 있어."

쉴새없이 떠드는 목소리 사이로 차가운 영혼 하나가 말없이 슬쩍 들어왔다 나가는 것을 제이는 감지할 수 있었다. 어쩌면 스쿠터의 마지막 주인, 목이 졸려 죽은 그녀일지도 모른다고 생각했다. 눈썹 문신을 한, 입술이 도톰한 여자였다. 그녀가 준 쿠키의 맛이 떠올랐다. 이미 지나간 일이었지만 이상하게도 마치 앞으로 일어날 일처럼 느껴졌다. 기계에 깃든 제이에게 시간이라는 것은 별 의미가 없었다. 확실한 과거와 알 수 없는 미래라는 구분은 희미해지고 앞으로 일어날 일이 마치 이미 겪은 일 같았고 과거의 기억은 오히려 미래에 대한 불길한 예언처럼 느껴졌다.

갑자기 요란한 소리와 함께 모든 것을 태워버릴 것 같은 강렬한 빛이 쏟아져들어왔다. 제이는 눈을 뜰 수 없었다. 처벌과 감금의 시간은 이제 다 지나갔다고 누군가가 알려주었다. 낯선 곳에서 깨어난 주정뱅이처럼 제이는 현실감을 되찾기 위해 애썼다. 뒤죽박죽되어 있던 시간들이 어렵게 제자리를 찾아갔다. 마침내 함부로 버려졌던 육신으로 그의 영혼이 다시 깃들었다. 그는 피가 통하지 않아 마비된 오른쪽 다리를 질질 끌고 독방 밖으로 걸어나왔다. 그의 머리 바로 위에서 까마귀 두 마리가 요란하게 울더니 서쪽으로 날아갔다.

13

제이는 고속버스를 타고 서울로 올라왔다. 버스가 터미널로 미끄러져 들어갈 때, 그는 깊은 평온을 느꼈다. 돌아와야 할 곳으로 돌아왔다는 기분이었다. 수백 대의 버스가 뿜어내는 배기가스와 벽과 천장에 부딪혀 공명하는 디젤엔진의 소음, 사방에서 몰려드는 승객, 호객꾼과 광신도, 장사치 속에서 제이의 영혼은 위무를 받았다. 터미널 대합실의 한가운데에 우뚝 서서 제이는 눈을 감았다. 소리들이 거세게 덤벼들었고 냄새는 더욱 진득해졌다. 그런 채로 그는 지금의 자신보다 고작 두어 살 위의 소녀가 자기를 낳기 위해 이 터미널로 걸어들어오던 장면을 상상해보려 애썼다.

쉽지 않았다. 대신 문장 하나가 떠올랐다. '일어날 일은 일어나고야 만다.' 칼을 벼리듯 그 문장을 만지작거리는 사이 신경이 날카롭게 곤두섰다. 고속버스터미널이 어떤 거대한 괴물의 자궁처럼 보이기 시작했다. 그는 자기를 낳은 이 이상한 건물의 정신 속으로 파고들어가고 싶었다. 그러나 입구도, 그 어떤 신호도 찾을 수 없었다. 제이의 정신은 터미널의 먼지 속을 부유할 뿐, 더 깊숙이 들어가지 못했다.

아직은 때가 아닐지도 모른다.

제이가 다시 눈을 뜨자마자 현실의 터미널이 육박하듯 그에게 달려든다. 두 남자가 제이의 어깨를 치고 지나간다.

열여섯 살의 제이는 이제 대학로에 있다.

거리는 흐른다. 사람들은 끊임없이 여기에서 저기로, 저기에서 여기로 움직인다. 움직이는 사람들은 거리 그 자체에는 별 관심이 없다. 밝게 빛나는 쇼윈도와 반대 방향에서 밀려오는 사람들에게만 신경을 집중한다. 그들은 민감한 센서를 장착한 로봇처럼 여러 방향에서 흘러오면서도 서로 부딪치지 않고 제 갈 길을 간다. 그러다 누군가가 거리 그 자체에 관심을 가지게 되면, 예컨대 길에 떨어진 뭔가를 줍는다든가, 멈춰 서서 주위를 둘러본다든가 하면 흐름이 엉켜버린다. 그럴 경우 보통 사람들은 어떻게든 이 장애물을 우회하여 원래의 흐름을 찾아간다. 그러고는 장애물이 있었다는 것조차 망각한다. 그러나 거리의 존재들은 그렇지가 않다. 그들은 거리의 거주자이며 따라서 거리 그 자체에 관심이 있다. 거기에서 무슨 일이 일어나는지를 주시하게 된다. 담장 위의 길고양이가 오직 다른 길고양이만을 바라보듯, 그들은 단박에 서로를 알아본다. 이것이 거리의 삶을 시작한 제이가 처음으로 깨달은 것이다.

대학로의 제이는 군중 속에 섞여 무대 위에서 춤을 추는 소년들을 바라보고 있었다. 어린 댄서들은 제 몸을 얼마나 더 유연하게 굴신할 수 있는가, 중력에 반하여 얼마나 높고 화려하게 솟구칠 수 있는가를 보여주고 싶어 안달이 난 것 같았다. 동작 하나하나에 열광하는 소녀들이 소리를 질러댔고 그 소리는 다시 더 과격한 춤사위로 바뀌어 돌아왔다.

언젠가 제이는 기계가 되는 꿈을 꾼 적이 있었다. 기계로 살아가야 한다는 것을 깨닫고 그것을 받아들여야 하는 꿈이었다. 무슨 이유에서인가 제이는 기계로 개조되었고, 그것은 제이가 눈치채지 못하는 사이에 진행되었다. 정신을 차려보니 이미 기계가 되어 있었다는 식이다. 어쩌면 영화 〈로보캅〉에서 본 장면들이 영향을 끼쳤을지도 몰랐다. 그때 제이가 느낀 것은 슬픔이 아니었다. 기계로서의 성능을 어서 시험해보고 싶은 조급함이었다. 하늘을 날 수도 있고 주먹 한 방으로 벽을 뚫을 수도 있을지 모르잖아? 그러나 꿈속의 제이는 조금도 움직일 수 없었다. 갑갑해 미칠 것만 같은 순간에 갑자기 제이의 육신이, 이제는 기계가 되어버린 그것이 움직이기 시작했다. 어지러울 정도로 빠르고 절도가 있었으나 통제가 불가능했다. 그것은 제멋대로 움직였다.

제 머리를 축으로 삼아 팽이처럼 어지럽게 돌아가는 비보이의 스핀을 보며 제이는 그 꿈을 다시 떠올렸다. 그들의 춤을 보고 있자니 마치 정신은 여기에 있고 기계로 이루어진 육신이 저기에서 현란하게 움직이는 것 같은 기분이었다. 볼 수는 있되 통제할 수는 없는 여러 대의 기계가 어지러운 동선으로 서로 얽혔다. 제이는 무력감을 느끼고 몇 발짝 뒤로 물러났다. 그러다가 뒤에 서 있는 사람의 발을 밟았다.

발을 밟히기 전부터 목란은 제이를 주시하고 있었다. 이질적인 존재였다. 보풀이 일어난 니트스웨터를 입은 이 소년은 마치 아주 어려운 공식을 이해하려는 수학자처럼 무대 위의 댄서들을 바라보고 있었던 것이다. 내면의 힘을 끌어올려 무대 위에서 뿜어나오는 에너지에 맞서려는 것 같기도 했다.

"괜찮아."

목란이 사과하는 제이에게 말했다. 비틀거리며 빠져나가려는 제이를 목란이 붙들었다.

"너 어디 아픈 거야?"

제이는 고개를 저었다. 그리고 눈을 들어 목란을 보았다. 목란이 제이의 팔을 놓아주자 제이는 다시 비틀거리다가 겨우 중심을 잡았다.

"며칠째야?"

제이는 그 질문을 처음에는 이해하지 못했다.

"뭐가 며칠째야?"

"나온 지 며칠째냐고? 집 말이야."

보육원을 집이라 부를 수 있다면 사흘째였다. 그러나 제이는 대답하지 않았다. 제이는 목란과 함께 무대를 중심으로 형성된 반원형의 인간군집으로부터 빠져나왔다. 둘은 은행나무 그늘 아래 벤치에 앉았다. 취객들이 소리를 지르며 그들 앞을 지나갔다. 목란이 담배를 권했고 제이는 받아 피웠다.

"너는 며칠째야?"

제이가 물었다.

"뭐, 그냥 들락날락해."

목란이 말했다.

"난 제이야."

"재희? 여자 이름 같다?"

"제이야. 희가 아니고 이, 둘."

제이는 손가락으로 V자를 그려 보였다.

"넌 이름이 뭐야?"

"목란."

"이상한 이름이네."

"남 말 하시네."

목란이 쿡쿡거리며 웃었다.

"우리 아빠, 자기 잘나 죽거든. 튀고 싶었나봐."

그녀의 성은 염이었다. 염목란. 확실히 요즘 여자애들 이름은 아니었다.

"그래, 교과서에 나오는 독립운동가 이름 같다."

"북한의 국화야."

"북한의 국화를 딸 이름으로 지은 거야?"

"응. 내 생일이 7월 6일인데, 마침 그날 신문에 북한의 국화가 목란이라는 기사가 났다는 거야. 김일성이 처음 발견한 꽃이라나. 아빠가 그쪽에 좀 약해. 아마 지금도 평양에 있을 거야."

"정치 같은 거 하시는 건가?"

"아니, 영화 해. 요즘은 거기서 광고를 찍는다나."

목란이 그가 제작한 영화 몇 편의 제목을 주워섬긴다. 하나쯤은 제이도 들어본 영화다.

"쪽팔려."

목란이 신발코로 땅에 그림을 그리며 말했다. 그녀는 아버지를 떠

86

올린다. 못 말리는 바람둥이. 세 번이나 결혼하고도 정부 없이는 못 사는 남자. 목란은 그의 두번째 부인의 딸이었다. 목란에게는 네 명의 배다른 남자 형제가 있었다. 목란을 낳은 엄마는 다른 남자와 결혼해 살고 있었다. 목란은 아빠의 다른 소생들과 패키지로 묶여 그의 세번째 부인에게 맡겨졌다. 새엄마는 변호사였고 집에 들어오지 않는 날이 많았다. 오래지 않아 배다른 오빠 하나가 잠든 그녀를 추행했다. 첫번째 부인의 큰아들이었다. 그 사실을 안 아버지에게 두들겨맞자 그는 집을 뛰쳐나가 식당 앞에 잠시 정차해 있던 승용차를 훔쳤다. 새벽 네시에 그는 길에 세워져 있던 일곱 대의 차량을 들이받고 경찰에 잡혔다. 무면허에 음주운전이었다. 추격하던 택시 운전사는 중상을 입고 병원에 입원했다.

"영어로는 뮬란Mulan이라고 써. 여권에도 그렇게 올렸어. 혹시 그 애니메이션 봤어?"

제이는 고개를 끄덕였다. 어릴 때 본 디즈니 애니메이션이었다. 옛날 중국에 뮬란이라는 소녀가 아버지를 대신해 남장을 하고 전쟁에 나가 공을 세우고 돌아온다는 이야기.

"아빠 말로는 국제화시대, 다가올 통일시대에 맞는 이름이라나 뭐라나. 영어로도 쉽고 중국에서도 통하고 북한에서도 좋아할…… 존나 개 풀 뜯어먹는 소리. 딸년은 길에서 빌어먹고 있는데 뭔 국제화시대? 아, '남조선 꽃제비 염목란양' 이건 좀 어울리지 않냐?"

목란이 웃었다. 그러고 나서 제이에게 말했다.

"너 좀 특이하다."

"나? 나는 그냥 평범한데? 특이한 건 너 같은데?"

"아냐, 네가 더 특이해. 너 뭔가 사람을 꿰뚫어보는 것 같아. 속마음을 다 들키는 것 같은 기분이야."

"아니, 네 안으로는 들어갈 수가 없어."

제이는 고개를 저었다.

"너 디따 웃긴다. 그건 또 뭔 소리야? 안으로 들어오다니? 너 엑스맨이야? 돌연변이야?"

"동물원에 있는 호랑이를 볼 때하고 비슷한 것 같아. 우리는 서로의 눈을 들여다보지. 그리고 아주 잠깐 동안 서로 이해하는 것 같은 기분이 들기도 해. 그렇지만 호랑이가 몸을 돌려 사라지면 그런 일은 아예 일어나지 않았던 것 같기도 하잖아. 네가 어떤 애인지 아직 잘 모르겠지만, 아까 잠깐 그런 기분이 들었어."

"난 진짜 호랑이는 아직 본 적이 없어. 어쨌든 좋은 얘기지? 뭔가 통했다는."

"응, 그런 것 같아. 나는 사람하고는 잘, 아, 설명하기는 좀 어려운데, 뭐랄까, 잘 이어지지가 않아."

그럼 사람 아닌 어떤 것하고 서로 통하냐고 목란이 물으려는 순간, 제이의 등뒤로 비보이들이 모습을 드러냈다. 공연이 끝난 지 얼마 되지 않아 몸에서 더운 기운이 느껴진다. 그들은 제이를 문예회관 뒤의 어둑한 곳으로 끌고 갔다.

"집 나온 거냐?"

작지만 다부진 인상의 비보이가 물었다. 제이는 비슷한 거라고 대답했다. 리더로 보이는 그 비보이가 제이 앞으로 가까이 다가왔다. 제이는 주먹이 날아들지도 모른다고 생각해 아랫배에 힘을 주었다. 그는 작고 낮은 목소리로 말했다. 힙합풍의 옷을 입어서인지 말도 랩처럼 들렸다.

"여긴 가출한 애들이 많이 와. 그래, 너처럼. 왜 여기로 오는지는 잘 모르겠어. 하여간 와. 여기로. 아무래도 마음이 편하겠지. 자기 같은 애들이 많으니까. 아마 우리도 가출을 했다, 뭐, 그렇게 생각할 수도 있어. 날밤 까면서 죽때릴 때도 많으니까. 근데 우린 가출한 게 아니야. 연습할 데가 없어서 여기 오는 거야. 우리가 하루에 얼마나 연습하는지 알아? 합숙해가면서, 라면 끓여먹으면서, 땀냄새 발냄새에 절어가면서, 하루종일, 그래, 열두 시간도 넘게 연습해. 학교에선 문제라고 하지. 그래서 학교도 안 가. 그래, 집 나온 애들도 있어. 그렇지만 우리는 합숙하는 집도 있고 해야 할 일도 있어. 그게 너희하고 다른 점이지. 대책 없이 가출하고 어슬렁거리는 놈들 우린 싫어해. 왜냐하면 너희 같은 애들이 자꾸 얼쩡거리면 짭새가 붙어. 걔들은 눈깔이 존나 이상해서 우리하고 너네를 구별 못해. 그래서 애먼 우리를 자꾸 족쳐. 씨발, 나이가 어리다고 학교부터 대라고 하지. 근데 우린 학교에 발 끊은 지 오래야. 제 발로 나온 놈도 있고 잘린 놈도 있지. 하여간 그래. 그러면 이 짭새들은 부모한테 연락하겠다고 해. 물론 해도 돼. 부모도 우리 비보잉하는 거 다 알아. 그치만 오밤중에 경찰서에서 전화 오는 거 좋아할 사람은 없겠지? 아무리 다 내놓은 자식이라도 말야. 도대체 우리 부모가 오밤중에 파출소에 왜

오냐고? 죄도 없고, 가출한 것도 아닌데 말야. 경찰은 약과야. 〈PD
수첩〉 같은 데라도 나와봐. 교육청, 시청, 구청, 경찰 다 출동해서 여
길 아작낸단 말야. 너네는 며칠 여기서 어슬렁거리다 꺼지면 그만이
겠지만, 우린 안 그래. 이게 우리 밥줄이야. 무슨 말인지 알겠어?"

"여기 있지 말라는 거죠?"

제이가 대답했다.

"그래, 바로 그거야. 집으로 들어가라고는 안 하겠어. 빌어먹든 짱
깨가 되든 그건 네 자유니까. 그치만 여기서 얼쩡거리지 마. 우린 한
번은 말로 한다. 다음에는 말로 안 해."

제이는 그들이 얼마나 강한 육신을 갖고 있는지 방금 전에 보았
다. 한 손으로 물구나무를 선 채로 미동도 없이 온몸을 지탱하는 프
리즈 동작이나 땅을 파고들어갈 듯이 세차게 회전하는 드릴 동작에
서 깊은 인상을 받았다. 그들에게 힘으로 맞선다는 것은 불가능해
보였다. 나이도 서너 살은 많아 보였고 힘과 근력, 순발력 같은 체력
의 모든 영역에서 그들보다 열세였다. 게다가 그들이 자기 영역을
'순수'하게 지키고자 하는 이유도 납득이 갔다. 그렇지만 어린 제이
에게는 석연치 않은 부분이 있었다. 어째서 자신들보다 강한 경찰이
나 부모, 학교와는 맞서지 않으면서 자신들보다 약하고 어디에도 기
댈 데 없는 아이들을 억누르는가.

"약자에게 강하고 강자에게 약한 게 힙합은 아니라고 들었는데
요. 더 많은 회전을 하고 더 높이 뛰고 더 강력한 파워 무브를 보여주
는 게 전부는 아니잖아요?"

다른 비보이 하나가 앞으로 나섰다. 제이보다 머리 하나가 더 컸다.

"힙합정신이 어쩌니 하는, 인터넷에서 주워들은 개소리 할 거면 집어치우는 게 좋을 거야. 집 나온 지 얼마 안 된 모양인데, 형이 하나만 알려줄게. 잠깐 와서 보면 모든 게 다 잘 돌아가는 것처럼 보일 거야. 무대도 있고, 어라, 비보이들도 있네. DJ에 MC에, 앰프까지. 우와, 모든 게 평화롭고 순조로운 거 같지? 여자애들은 꺅꺅거리고. 근데 그 뒷면도 그럴 거라고 생각하면 너 좆되는 거야. 여긴 씨발, 정글이야. 미국? 미국 좋지. 힙합? 탄압받는 깜둥이들이 저항하기 위해 골목에 졸라 그래피티 난장 까고 모여서 다이다이로 배틀한다고 들었지? 거긴 흑인 함부로 못 건드려. 쪽수도 많고 정치적으로 힘도 있고. 우리? 씨발, 학교 안 다니는 십대는 인간도 아니야. 대한민국에 계급이 있다면 우리가 제일 밑바닥이야. 밟으면 그냥 밟히는 거야. 저항? 너나 많이 하세요, 이 입만 산 새끼야."

그는 제이의 눈앞에 제 오른손을 들어 보였다. 검지가 짧았다.

"영장이 나왔더라구. 눈 딱 감고 잘라버렸지."

제이는 대학로를 벗어나 동대문시장 쪽으로 걸어내려갔다. 목란이 따라왔다.

"저 오빠들 너한테만 그러는 거 아니야."

목란이 제이를 위로했다.

"실력은 세계대회 나가도 될 정도인데 툭하면 경찰이며 언론이며 자꾸 괴롭히니까 좀 짜증나나봐."

"여자애들은 가만두나봐?"

제이가 비아냥거리는 어조 없이 담담하게 물었다. 목란은 화제를 돌렸다.

"갈 데는 있어?"

"나는 길과 길이 만나는 데서 태어났대. 앞으로도 계속 길에서 살게 될 것 같은, 그런 예감이 있어."

"넌 무슨 애늙은이처럼 말하네? '나는 길과 길이 만나는 데서 태어났대.'"

목란이 제이의 말을 흉내냈다.

"븅신 찐따 같지?"

제이가 물었다.

"약간."

목란이 큭큭거리며 웃었다.

"너 폰 있어?"

"폰?"

"있어? 없어?"

"없어."

목란이 제이의 손을 끌어다 제 번호를 적었다.

"번호 하나가 모자란 것 같은데?"

제이가 손바닥 위의 숫자를 들여다보다 고개를 갸웃거렸다.

"마지막 번호는 3이야. 그건 외워."

그때부터 제이의 머릿속에서 목란은 3이었다. 길에서 떠돌던 날들, 3이란 숫자를 볼 때마다 목란을 생각했다. 목란의 얼굴과 목소리를 잊어버린 후에도 3이라는 숫자는 제이에게 어떤 느낌을 불러일으켰다.

"아."

제이가 목란에게 말했다.

"그 폰 좀 잠깐 써도 될까?"

목란이 선선히 폰을 넘겨주었다. 제이는 그것을 받아들고 번호를 누르기 시작했다.

14

제이에게서 전화가 걸려왔을 때, 나는 학원에서 집으로 돌아가는 중이었다.

"나야, 제이."

그는 보육원에서 도망쳐 서울로 돌아왔다고 했다. 나는 제이에게 지금 어디에 있느냐고 물었다.

"대학로."

"그럼 바로 근처잖아? 어디 잘 데는 있어?"

그는 밤에도 난방이 되는 화장실을 찾아냈다고 했다.

"노숙자 아저씨들이 아침에 머리 감으러 오기 전에는 나와야 돼."

나는 제이에게 우리집으로 오라고 말했다.

"됐어. 그냥 돌아다니는 게 편해."

다시 시설로 보내질 것을 염려하는 것 같았다.

"또 연락할게."

"누구 전화로 거는 거야?"

"응, 대학로에서 만난 애. 그런데 지금 가야 돼."

제이는 전화를 끊고 휴대폰을 목란에게 돌려주었다.

"아까 내가 마지막 번호 뭐라고 그랬지?"

목란이 물었다.

"3."

"좋아. 이제 가도 돼."

제이는 목란의 배웅을 받으며 떠났다. 취객 하나가 소리를 지르며 공원을 가로질렀다. 제이는 비보이들의 적의가 미치지 않는, 시내 중심가를 향해 걷기 시작했다. 잠잘 곳을 찾아야 했다. 4월 초, 봄은 왔으나 한뎃잠을 잘 수 있을 만큼 따뜻하지는 않았다. 제이가 끝내 찾아낸 곳은 중앙시장의 한 골목이었다. 그는 식당용 가구를 파는 가게와 식기를 파는 가게 사이의 좁은 틈새에 몸을 구겨넣었다. 잠이 오지 않았다. 말똥말똥한 정신으로 밤을 새우다시피 했다. 우리에 갇힌 식용견들이 끙끙대는 소리가 어디선가 들려왔다. 호된 운동으로 다친 근육처럼 마음의 긴장도 쉽게 풀어지지 않았다.

이날 일을 통해 제이는 도처에 사냥꾼의 시선이 있다는 것, 그리고 그 사냥꾼은 어른이 아니라 자신과 비슷한 나잇대의 소년들이라는 것을 알게 되었다. 이후로도 제이는 비슷한 일을 더러 겪었다. 그들은 제이가 나타나기만 하면 금세 주목했다. 아무리 빨리 지나가도 놓치는 법이 없었다. 어디에나 있는 이 패거리는 어른의 보호를 받지 못하는 고립된 소년을 귀신같이 발견해 자기들의 나와바리에서 추방했다.

그렇게 떠돌면서 제이는 자판기 반환구에서 동전 챙기는 법을 배웠다. 가상의 구역을 정하고 그 안에 있는 자판기들을 하루종일 돌았다. 자판기 관리자나 다른 소년들의 눈에 띄지 않도록 민첩하고 주의깊게 움직여야 했다. 교차로의 신호 주기와 이면도로의 교통 흐름을 익혔다. 동전을 긁어낼 때는 작은 왼손을 사용했다. 하루에 이천원에서 삼천원 정도를 벌 수 있었다. 그 돈으로 제이는 시장에서 파는 김밥을 사먹었다.

15

제이는 마지막 남은 돈을 털어 PC방으로 들어갔다. 그날은 날씨도 궂었다. 비가 내리는 봄밤을 밖에서 지새울 수는 없을 것 같았다. 지하도는 늙은 노숙자들이 점령하고 있었다. 편을 갈라 네트워크 게임을 하고 있던 세 명의 또래 옆에 앉게 되었다.

"야, 야, 야."

때가 꼬질꼬질하게 낀 흰색 후드티를 입고 있던 녀석이 그를 불렀다. 개중에서 덩치가 제일 컸다. 코밑이 검어 벌써 어른처럼 보였다.

"왜?"

"집 나왔냐?"

"비슷한데, 왜?"

"혼자야?"

"아니, 누구랑 만나기로 했는데."

"뻥까시네. 혼자 맞잖아!"

"그래, 맞아. 혼자야."

후드티가 옆에 앉아 있는 아이들에게 말했다.

"야, 이 새끼 혼자란다."

후드티가 제이의 등을 툭 치며 말했다.

"너도 낄래?"

제이는 그들이 하는 게임이 뭔지 알고 있었다. 초등학교 때 해본 적이 있는 전략 시뮬레이션 게임이었다.

"잘은 못해."

"쪽수만 채우면 돼."

제이는 후드티와 한 팀이 되어 다른 두 명과 싸우게 되었다. 원래 오기로 한 녀석이 나타나지 않은 모양이었다. 게임은 꽤 재미나게 흘러갔다. 후드티의 실력이 출중해 제이의 부족한 기술을 커버했다. 결국 제이네 편이 지기는 했지만 일방적인 승부는 아니었다. 게임이 진행되는 동안 세 아이들이 주고받는 대화를 통해 제이는 아이들의 현재 처지와 다음 행선지를 대충 짐작할 수 있었다. 게임이 끝나자 후드티가 일어나 가방을 들면서 다른 두 명에게 말했다.

"야, 씨발 가자."

"어디 가?"

제이는 자리에서 일어나는 아이들에게 물었다. 뉴욕 양키스 모자를 쓴 아이가 핀잔을 주었다.

"알면 뭐하게?"

제이는 용기를 내 조심스럽게 말을 꺼냈다. 돈이 다 떨어져서 PC방에서도 나가야 되니 혹시 잘 데 있으면 하루만 재워줄 수 없냐고. 야구모자가 피식 웃었다.

"븅신이 껨 한 판 껴줬더니 이제 아주 같이 놀려고 그러네."

가장 덩치가 큰 후드티가 제이에게 다가와 물었다.

"너, 우리 노예 할 수 있어?"

"노예?"

"노예 몰라? 시키는 대로 다 하는 거."

셋은 제이의 입을 주시했다. 제이에겐 선택의 여지가 없었다.

"알았어. 할게."

야구모자가 끼어들어 후드티를 제지했다.

"존나, 오늘 첨 본 새끼를 어딜 데려가. 됐어, 우리끼리 가면 돼. 그냥 가, 씨발."

"어딜 가는데?"

제이가 물었다.

"됐어, 넌 새꺄, 알 거 없어. 그냥 찌그러져 껨이나 해. 존나 꼬질

한 새끼가."

귀에 피어싱을 한 애가 제이를 윽박질렀다.

"씨발새끼가. 한다잖아, 노예. 그럼 너님이 대신하실래요?"

후드티의 말에 피어싱이 뒤로 물러나며 바닥에 침을 뱉었다. 후드티는 제이에게 말했다.

"야, 일단 우리 지금 여자애들 만나러 가거든. 그쪽이 넷이라는데 우리 셋이니까 너까지 하면 딱 넷이네."

"에이, 씹새끼, 껴주지 말래니깐, 증말. 냄새 난다니까, 진짜루."

야구모자가 인상을 구기며 다시 한번 반대하고 나섰다. 그러자 후드티가 버럭 화를 냈다.

"아, 그 새끼 졸라 지랄하네. 니가 엮었냐? 하여간 지도 빈대면서 말 졸라 많네. 좀 셔럽하세요, 이 씨발아."

야구모자는 구시렁거리기는 했지만 더는 반대하지 않았다. 후드티가 제이의 팔을 잡아 의자에서 일으켰다.

"아 참, 여기 정액으로 끊었는데……"

머뭇거리는 제이를 후드티가 더 거센 힘으로 잡아끌며 말했다.

"정액은 씹새야, 니 좆에서 나오는 게 정액이고."

다른 둘이 무지하게 재미있는 농담이라도 들은 것처럼 웃어댔다. 제이는 그들을 따라 PC방을 나섰다. 가는 길에 후드티가 제이에게 간단하게 오리엔테이션을 했다. 암호처럼 들렸다.

"야, 네가 막이야. 우리가 먼저 찍고 그담이 너야. 씹창이 걸려도 구시렁대기 없는 거다. 보지가 셋이면 너는 그냥 탁탁탁이나 해. 알

왔어? 넌 억울해하지 마. 그리고 입 처닫고. 넌 오늘밤은 입도 뻥긋하지 마."

동대문의 의류전문 쇼핑몰 앞에서 여자애들과 만났다. 공장에서 찍어내기라도 한 듯 키도 비슷하고 패션도 같은 스타일이었다. 스키니진에 몸에 쫙 달라붙는 셔츠에 싸구려 카디건을 걸쳤다. 얼굴마다 화장을 진하게 올렸다. 그래서인지 앞에 서 있는 남자애들보다 서너 살은 많아 보였다. 그러나 태도와 표정에서 숨길 수 없는 어린 티가 묻어났다. 여자애 하나가 도드라졌다. 시원한 눈에 턱선이 갸름했다. 남자애들 눈길이 그쪽으로 쏠렸다. 모두를 대표해 협상하는 역할은 그중에서 가장 키가 큰 깻잎머리 여자애가 맡고 있었다. 그 옆에 두 개의 큐빅 머리핀을 꽂은 여자애가 보좌라도 하듯 서 있고 풍선껌을 씹는 애는 약간 뒤에 물러서 있었다.

"일단 뭐 좀 먹을까?"

후드티의 제안에 모두가 동의했다. 그들은 근처 떡볶이집에 들어가 자리를 잡았다. 여자애들이 무지막지하게 떡볶이와 순대를 먹어치웠다. 아침부터 굶은 기세였다.

"왜 이제 나왔냐?"

후드티가 묻자 깻잎머리가 대답한다.

"스케줄 맞추기가 어려워서."

여자애들이 까르르 웃었다. 세 명의 여자애는 나머지 하나, 예쁜 애를 데리고 가출하기 위해 기다렸던 것이다. 예쁜 애가 하나도 없으면 여자애들의 가출은 실패하기 십상이다. 가출한 첫날, 늦어도 둘째 날까지는 지붕이 있는 잠자리를 구해야 한다. 잠자리를 제공해 줄 남자를 끌어들이기 위해선 예쁜 여자애가 필수다. 하나라도 있어야 거리의 가출시장에서 흥행이 되고 잠자리도 구할 수 있다는 것을 경험을 통해 배운 것이다. 이들은 망설이는 예쁜이를 어르고 겁주어 결국은 끌어들였다.

여자애들이 데려온 예쁜이는 지연이었다. 얼굴의 균형이 어딘가 잘 맞지 않았지만 확실히 시선을 끄는 데가 있었다. 남자애들이 소주와 안주를 사서 여자애들을 데리고 후드티의 집으로 향했다. 다세대주택의 반지하인 그의 집에는 부모가 없었다. 원래 그곳에 살던 부모가 할아버지가 돌아가신 뒤 할아버지네 집으로 옮겨갔기 때문에 방 두 개짜리 집에는 그와 누나가 사는데, 누나는 집에 안 들어온 지가 두 달이 넘었다고 했다.

"걔 원래 잘 그래."

후드티가 씹어뱉듯이 말했다. 남자애들이 우르르 몰려내려간 뒤에도 여자애들은 뒤에 남아 가벼운 말싸움을 벌였다. 후드티가 다시 나가 뭐라고 말하자 그제야 여자애들이 하나둘 지하로 내려오기 시작했다. 이어 소주잔이 돌고 취기가 오르면서 옷 벗기 게임이 시작됐다. 게임에 질 때마다 하나씩 옷을 벗어야 한다. 계속해서 게임에 지던 여자애 하나가 드디어 청바지를 벗었다. 브래지어와 팬티만 남은 상태. 우워워워. 변성기를 지나는 어린 남자들의 음성은 마치 오랑우탄의 울음소리 같았다.

게임은 계속된다.

모두가 주목하는 지연의 옷도 하나둘 벗겨진다. 제이 역시 게임에 계속 지면서 팬티만 남았다. 여덟 명의 어린 몸에서 뿜어져나오는 비린내와 열기가 지하방을 채웠다. 제이를 제외하면 다들 한두 번 해본 짓이 아닌 듯, 소리는 꽥꽥 질러대지만 별 저항이 없었다. 어떻게 일이 진행될지를 이미 잘 알고 있는 것처럼 보였다. 정말 잘 알고 있는 것일까, 이 아이들은? 제이는 두려웠다. 지연과 그의 눈길이 잠깐 마주쳤다가 미끄러졌다.

여자애들의 가슴이 하나둘 모습을 드러냈다. 키도 비슷하고 패션도 똑같은 여자애들의 가슴이 모두 다르게 생겼다는 것에 제이는 살짝 충격을 받는다. 이미 어른처럼 부풀어오른 애도 있고 아직 지방이 충분히 모이지 않은 애도 있었다. 참외처럼 길쭉하게 바깥쪽을 향해 벌어진 것도 있는가 하면 복숭아처럼 단단하고 둥근 것도 있었다. 술기운에 흥분까지 겹쳐 모두의 호흡이 가빠지고 게임의 속도도 빨라졌다. 마침내 한 여자애(아마 큐빅이었을 것이다)가 마지막 남은 속옷을 벗어야 하는 순간에 갑자기 게임은 끝나버렸다. 깻잎머리가 갑자기 일어나서 소리를 질렀기 때문이다.

"아, 씨발, 언제까지 게임만 할 거야."

후드티(는 이미 벗어던졌지만 달리 부를 이름이 없는 그)가 일어나 난데없이 깻잎머리의 따귀를 때렸다. 이런 쌍년이. 그러자 모두가 요란하게 웃음을 터뜨렸다. 심지어 맞은 애까지도. 뭐야, 아프잖아, 라고 칭얼대다 깔깔거리며 웃었다. 후드티는 깻잎머리의 팔목을 잡은 채 안방으로 데리고 들어갔다. 팬티만 입은 채로 그녀는 바닥에 널린 과자봉지를 경중경중 건너뛰면서 그를 따라 들어갔다. 그것을 신호로 야구모자가 계속 눈독을 들이던 지연의 팔목을 잡았는데, 여기서 문제가 생겼다. 지연이 야구모자를 거부한 것이다. 야구모자가 어이없다는 듯 큐빅과 풍선껌을 바라보았다. 두 여자애는 흥분한 야구모자를 진정시키고 지연을 구석으로 데리고 갔다. 속삭인다고 했겠지만 다 들렸다. 여자애들이 물었다.

"대주는 게 싫어, 아님 쟤가 싫어?"

"다 싫어."

지연이 인상을 팍 찌푸리며 말했다.

"니가 아주 배가 불렀구나. 이제 와서 싫다면 어떡해? 길바닥에서 잘 거야?"

"몰라, 그냥 싫어. 오늘 컨디션도 졸라 별루야."

안방에서는 침대 삐거덕거리는 소리가 벌써 요란했다. 조바심에 서성대던 야구모자가 못 참고 지연에게 달려들었다.

"이런 씨발년이 지금 장난하나?"

제이는 튕겨 일어나 야구모자의 허리를 잡아 쓰러뜨렸다. 야구모자는 제이의 팔을 뿌리치면서 무릎으로 얼굴을 찼다. 제이는 코피를 흘리며 나가떨어졌다. 그래도 분이 안 풀렸는지 야구모자는 제이의 배를 있는 힘을 다해 발로 여러 차례 걷어찼다.

"우와, 사커킥이다."

구경하던 여자애 하나가 킥킥대며 말했다. 야구모자는 안방 문을 벌컥 열더니 한창 엉켜 있는 후드티에게 소리를 질렀다.

"야, 나와봐. 아, 빨랑 나와봐."

"아, 뭐야, 씨발."

머리가 헝클어진 후드티가 밖으로 나왔다. 구석에 서 있던 여자애들은 성기를 덜렁거리며 튀어나온 후드티를 보자 자기도 모르게 몇 발짝 뒤로 물러났다. 나오자마자 상황을 파악한 후드티는 소리를 버럭 질렀다.

"이 썅년들이…… 하기 싫으면 다 꺼져! 이 씨발년들이 재워줬랬더니 지랄을 해, 지랄을!"

여자애들이 그 기세에 놀라 더이상의 설득을 포기하고 지연의 머리채를 잡아 바닥에 꿇어앉혔다. 속옷만 걸친 지연의 육신이 빈 콜라캔처럼 납작하게 찌그러졌다. 안방에서 알몸으로 튀어나온 깻잎머리가 그대로 지연의 얼굴에 옆차기를 날렸다. 큐빅과 풍선껌이 지연을, 마치 부축이라도 하듯 겨드랑이에 손을 넣어 번쩍 들더니 질질 끌고 가 건넌방에 처넣었다. 지연은 뒤따라 들어간 세 남자아이와 오랫동안 그 방에 있었다. 남은 여자애들은 전반전을 끝낸 핸드볼 선수처럼 바닥에 철퍼덕 주저앉아 담배를 피웠다. 가슴과 다리를 그대로 드러낸 채였다. 다들 다리와 허벅지, 팔에 담배빵과 자해의 흔적이 있었다. 표정에는 동요가 없었다. 감정을 억누르고 있다기보다 깊은 잠에서 막 깨어난 듯 멍해 보였다.

"야, 살살들 해. 애 잡겠다."

깻잎머리만이 건넌방을 향해 빽 소리를 질렀을 뿐이다. 제이는 벌떡 일어나 화장실로 달려갔다. 아무도 청소 같은 것은 하지 않는 더러운 변기에 대고 먹은 것을 게워올렸다. 떡볶이를 먹어서인지 붉은 토사물이 쏟아져나왔다. 머리가 어지럽고 속은 계속 메스꺼웠다. 술 때문인지 아니면 눈앞에서 벌어지는 일 때문인지 알 수 없었다. 제이는 화장실에서 나오자마자 구석에 가서 쓰러졌다. 비몽사몽간에 주변에서 일어나는 일에 대해 서서히 감각을 잃어가는 동안에도 애들은 파트너를 바꿔가며 섹스를 계속했다.

제이가 정신을 차린 것은 다음날 오후가 돼서였다. 아이들은 튀김을 사다 먹으며 놀고 있었다. 여자애들은 번갈아 화장실을 들락거리며 화장이나 샤워를 했다. 남자애들은 컴퓨터로 슈팅 게임을 하거나 여자애들을 붙잡고 묵찌빠를 했다. 제이를 가장 혼란스럽게 만든 것은 아이들에게서 어젯밤 그 소동의 흔적을 전혀 발견할 수 없다는 것이었다. 담배빵의 위협 속에 윤간을 당했던 지연은 남자애들과 태연하게 장난을 치며 농담 따먹기를 하고 여자애들과는 시시덕거렸다. 밤새 다시 질서가 찾아온 것이다. 제이는 깨달았다. 여기는 인간의 세계가 아니라 날것 그대로의 야생이라는 것을.

남자애들이 제이의 뒤통수를 툭툭 치면서 한마디씩 했다.

"붕신, 기절했대매? 클클클."

"이런 새끼가 나중에 더 열심히 해요. 졸라."

야구모자는 인상을 쓰며 제이를 위협했다.

"한 번만 더 어제처럼 지랄하면 죽여버린다. 노예새끼가 어디서 개기고 있어."

제이는 대꾸하지 않고 말없이 식은 튀김을 먹었다. 그러고는 구석에서 아이들의 움직임을 바라보았다. 남녀 그룹의 짱인 후드티와 깻잎머리가 마치 부부처럼 집을 관리하기 시작했다. 중요한 문제는 둘이 상의해서 결정했다. 그렇게 결정된 문제에는 모두가 따라야만 했다. 그러지 않으면 담배빵 같은 처벌이 가해질 것이 분명했다. 이것은 이들이 십여 년 전 놀이터에서 하던 소꿉놀이의 악몽 버전 혹은 포르노 버전이라고 할 수 있었다. 여덟 명의 남녀는 좁은 집을 일개미처럼 쉴새없이 들락거렸다. 제이는 버스터미널의 공중화장실보다도 더러운 화장실을 혼자 치웠다. 마땅한 세제가 없어 비누거품을 내서 닦았다. 시설에서 종종 하던 일이었다. 오줌이 마려운 피어싱이 청소를 하는 제이를 발견하고는 화장실 문을 활짝 열어 모두에게 보였다. 아무 이유 없이 모두가 와하하 웃었다. 피어싱은 방금 닦아놓은 변기에 보란듯이 오줌방울을 요란하게 튕기며 소변을 봤다.

여자애들은 컴퓨터 앞에 모여 싸이월드를 했다. 현실에서는 아무것도 없는 애들이 인터넷에는 다들 화려하게 꾸민 방을 가지고 있었다. 여자애들은 거기서 모두 잘 아는 여자애 하나를 씹고 있었다. 험한 말이 쉴새없이 오갔다. 학교로 돌아가면 그 '씨발년'부터 손을 보겠다고 했다. 그러더니 다른 사이트로 옮겨 뭔가 열심히 자판을 두들기더니 깻잎머리가 밖으로 나가 휴대폰을 받았다. 돌아온 깻잎머리가 오른손 주먹을 불끈 쥔 채 모두에게 "예스!"라고 외쳤다. 다들 좋아라 하며 거울을 보네, 화장을 고치네, 부산을 떨더니 밖으로 뛰쳐나갔다.

"오빠, 우리 갔다 올게."

"치킨 꼭 사와. 스파이시한 걸로."

"알았어."

여자애들이 사라지자 집안이 휑해졌다. 제이가 물었다.

"쟤들 어디 가?"

"치킨 사러."

후드티가 킬킬거리며 말했다. 약 두 시간 후에 여자애들이 정말 치킨을 사가지고 돌아왔다. 풍선껌만 좀 울적해 보였고 나머지는 여전히 밝았다. 풍선껌은 화장실에 들어가 오래도록 나오지 않았다. 울고 있는 게 분명했다. 다른 여자애들은 프라이드치킨을 뜯어먹으며 마치 무용담을 자랑하듯 풍선껌이 만나고 온 중년의 변태에 대해 떠들었다.

그런 나날이 계속됐다. 낮이든 밤이든 여자애들이 나가 돈을 벌어오면 그것으로 치킨, 피자, 탄산음료와 소주를 사서 먹었다. 제이는 남자애들뿐 아니라 여자애들 뒤치다꺼리까지 도맡아 했다. 재떨이를 비우고 토사물을 치우고 생리대를 사다주고 담배 심부름을 했다. 밤마다 난장이 벌어졌다. 더이상 옷 벗기 게임은 필요 없었다. 콘돔도 피임약도 없이 아이들은 어지럽게 몸을 섞었다. 후드티가 깻잎머리에게 제이의 동정을 떼주라고 선심 쓰듯 말했지만 깻잎머리는 단칼에 거절했다. 깻잎머리는 제이가 '더럽고 구리다'고 했다. 그러나 실은 야구모자의 눈치를 보는 것 같았다. 다른 여자애들도 마찬가지였다.

어느 새벽, 잠에서 깬 제이는 옆에서 웅크리고 잠든 지연을 발견했다. 그는 지연의 얼굴을 살며시 쓰다듬어보았다. 희고 보드라웠다. 그는 그녀의 입술에 입을 맞췄다. 지연은 천천히 잠에서 깨어났다. 게슴츠레 눈을 떠 누가 자기에게 입을 맞추고 있는지 확인한 지연이 벌떡 튕겨 일어나며 꺅 소리를 질렀다. 마치 이런 일은 난생처음이고, 세상에서 제일 끔찍한 일을 방금 경험했다는 듯이.

여자애들이 깨어났고 이어서 야구모자와 피어싱이 거실로 나왔다. 그리고 제이를 밟기 시작했다. 무슨 일이 있었는지 묻지도 않은 채 반사적으로 발길질을 했다. 숨을 쉴 수 없을 정도로 쏟아지는 발길질을 말린 것은 지연이었다. 나 따먹힌 거 아니야. 때리지 마. 그만 때려. 그러나 폭행은 집주인 후드티가 나오고서야 완전히 끝났다.

"소년원 가고 싶어? 그만해."

야구모자는 울고 있는 지연의 머리채를 끌고 방으로 들어갔다. 제이는 화장실로 기어가 얼굴을 씻었다. 온몸이 타오르는 기분이었다. 거센 살의인지 뜨거운 정염인지 스스로도 구별할 수 없었다. 그랬다. 그럴 나이였다. 뭔가 부글거리면 그저 부글거린다는 것만 느낄 뿐인 때였다. 화장실 밖으로 나온 제이는 사과를 깎고 놓아둔 과도를 한참이나 노려보았다. 뭔가 위험한 기운을 감지한 큐빅이 옆으로 다가와 말없이 제이의 팔을 잡았다. 친구 얼굴에 담배빵을 하려던 여자애의 손길이라고는 생각할 수 없는, 따사롭고 다정한 느낌이었다. 큐빅은 제이의 몸을 안았다. 제이의 머릿속에서 작고 예리한 칼에 대한 생각이 희미해졌다. 제이는 아무 말 없이 조용히 밖으로 나왔다.

골목은 평화로웠다. 코앞에서 열네댓 살의 어린 여자애들이 돌아가며 몸을 팔아 그 돈으로 살아가고 밤이면 난교가 벌어진다는 것을 아무도 모르는 것 같았다. 쓰레기를 버리러 나온 오십대 여자가 곁눈질로 제이를 살피더니 종종걸음치며 집으로 들어갔다. 아니, 어쩌면 다들 알고 있을지도 모른다. 그냥 눈감고 있는지도. 붉은 벽돌담장 위에서 발정난 삼색고양이 한 마리가 요란하게 울고 있었다. 제이는 스스로에게 물었다. 도대체 왜 이런 일이 일어나는 것일까. 그로서는 아무런 답도 알아낼 수가 없었다. 몸이 으슬으슬 떨렸다. 제이는 그들의 세계로 다시 돌아갔다.

며칠이 지나자 조금씩 변화가 생겼다. 난교가 줄어들고(완전히 없어진 건 아니었다) 고정된 짝이 생겼다. 배탈이 심하게 난 풍선껌이 집으로 돌아가면서 여자애도 셋이 되었다. 짱인 후드티가 깻잎머리와 잤고 지연은 야구모자와 잤다. 피어싱은 큐빅과 잤다. 제이는 그대로 노예로 남았다.

시간이 흐름에 따라 여자애들의 말발이 조금씩 강해졌다. 돈을 벌어오는 게 여자들이어서인지, 아니면 원래 그렇게 돌아가는 것인지 제이로서는 알 수 없었다. 남자애들도 깻잎머리의 잔소리를 듣기 시작했다. 집은 처음보다 조금 깨끗해졌고 남자애들도 그것에는 불만이 없었다. 여자애들이 돈을 벌어오면 모두들 PC방에 가 네트워크 게임을 하거나 노래방에 가서 방방 뛰며 노래를 불렀다. 때로는 얼굴이 반반한 지연이 영상채팅으로 남자를 유인한 뒤, 실제로는 큐빅이나 깻잎머리가 대신 상대했다. 여자애들은 한 번에 오만원에서 십

오만원 정도를 벌어오는 것 같았다. 한 명이 모텔에 들어가 있는 동안 다른 여자애들은 밖에서 폰을 들고 서성였다. 그동안 남자애들은 집에서 뒹굴며 컴퓨터게임을 했다.

"오늘은 쟤 건들지 마. 몸이 안 좋아."

깻잎머리가 남자애들에게 말했다. 큐빅이 두 남자에게 항문성교를 당하고 온 날이었다. 여자애들이 무너진 큐빅을 부둥켜안고 울었다. 그렇게 한참을 엉엉 통곡하더니 금세 말끔하게 화장을 하고 기분전환한다며 노래방에 갔다. 자정을 넘겨 돌아온 여자애들의 손에 상처가 있어 무슨 일인가 물었더니 우연히 외나무다리에서 만난 년이 하나 있어 '썹창을 날렸다'고 했다.

하루는 야구모자의 생일이라며 여자애들이 케이크를 사들고 왔다. 싸구려 샴페인을 터뜨리고 폭죽을 터뜨렸다. 여자애들은 케이크를 야구모자의 얼굴에 처발랐다. 남자애들은 야구모자를 홀랑 벗겨 생일빵이라며 발로 밟았다. 그 와중에 앞니 하나가 부러졌는데도 좋다고 실실 웃었다. 나중에는 술에 취해 '영구 없다' 흉내를 내기도 했다. 그러는 그를 엎어놓고 모두 모여 등을 손바닥으로 두들겨대며 노래를 불렀다. 왜 태어났니, 씨발아, 왜 태어났니, 씨발아, 이 좆같은 세상에 왜 태어났니.

"언제까지 이렇게 사는 거야?"

여자애들이 돈을 벌러 나간 어느 저녁, 멍하니 앉아 TV를 보는 후드티에게 제이가 조심스럽게 물었다. 처음에 후드티는 제이의 말을 이해하지 못하는 것처럼 보였다. 마치 외국어라도 들은 것처럼 입을 약간 벌리고 미간을 찌푸렸다.

"이렇게? 이렇게가 뭔데?"

지난밤 먹다 남긴 차가운 닭다리를 뜯으며 그가 삐딱하게 되받았다. 제이는 방을 둘러보며 말했다.

"보시다시피 이렇게. 여자애들하고."

"여자애들하고 뭐? 언제까지 난장 깔 거냐고? 왜? 싫어? 싫으면 꺼져."

"그게 아니라 궁금해서 그래. 늘 이런 거야?"

제이는 후드티가 갑자기 달려들지도 모른다고 생각해 마음의 준비를 했다. 그러나 후드티는 대수롭지 않게 받았다.

"기집애들 금방 갈 거야."

"어디로? 언제?"

"모르지. 우린 씨발, 그냥 벗겨먹을 때까지 벗겨먹는 거야. 기집애들 저것들 오래 안 가."

"오래 안 간다니? 집으로들 다시 돌아가는 거야?"

"뭐, 제 발로 그러고 싶은 년은 아마 하나도 없을걸. 그치만 지들이 갈 데가 거기밖에 더 있냐? 그냥 저러다 지들끼리 사이가 틀어져. 한 년을 왕따시키기도 하고 편 갈라서 싸우기도 하고, 그러다 갑자기 뿅!"

후드티가 킬킬대며 웃었다.

"졸라 싸우던 년들이 갈 때는 또 같이 가요. 하여간."

"왜 싸우는데?"

후드티가 신기하다는 듯 제이의 얼굴을 물끄러미 바라보다 피식 웃었다.

"왜 싸우냐고?"

그는 방을 휘 둘러보더니 씹어뱉듯 말했다.

"이게 사람 사는 거냐?"

열여섯 살짜리 동갑내기 입에서 튀어나올 말 같지가 않아 제이는 놀랐다.

"다 한때 지랄이야. 이 짓을 씨발, 어떻게 맨날 하냐. 근데 저 새대가리년들은 아이큐가 나빠서 그런지, 원래 허벌창이라 그런지 금방 잊어버려요. 그렇게 기어들어갔다가 멤버 구해서 또 나와. 그랬다가 또 기어들어가고."

컴퓨터 모니터 앞에 앉은 둘은 수천 명의 테러리스트를 쏘아 죽였다. 자살폭탄을 몸에 두르거나 유탄발사기, AK47 자동소총으로 무장한 거한들이 피와 골수를 뿌리며 쓰러졌다. 모니터 하단이 붉게 물들었다.

그러는 사이 여자애들이 돌아왔다. 야구모자 역시 긴 잠에서 깨어났다. 여자애들이 사들고 온 피자 냄새를 맡은 것이다.

제이도 한 조각의 피자를 얻어먹었다. 배가 불러진 아이들이 다시 나른한 일상으로 돌아가자 제이는 컵라면과 화장실 청소에 쓸 락스를 사러 마트에 갔다. 장을 보고 돌아오는데 낯선 승합차 한 대가 집 앞에 주차돼 있었다. 나올 때는 보지 못한 차였다. 제이는 멀리서 차 안을 살폈다. 건장한 남자 다섯이 거기 있었다. 그들은 후드티의 반지하방 입구를 지켜보고 있었다. 제이는 승합차가 보이지 않는 곳으로 돌아가 동정을 살폈다. 잠시 후, 승합차의 문이 열리면서 남자들이 주변을 살피며 반지하방으로 다가갔다. 한 명이 벨을 누르고 나머지는 약간 떨어진 곳에서 대기하다가 안에서 문을 열자마자 일제히 몰려들어갔다. 별 저항 없이 아이들이 줄줄이 끌려나왔다. 마치 이런 일이 일어나리라 늘 예감하고 있던 것처럼 보였다. 지연은 스니커즈도 신을 새가 없었는지 한쪽 발에만 남자용 삼선슬리퍼를 신고 있었다. 지연과 깻잎머리, 큐빅은 승합차에서 삼십 미터쯤 떨어진 또다른 승합차에 따로 태워졌다.

동네 사람들이 몰려나와 한낮의 소동을 지켜보며 혀를 끌끌 찼다. 마치 이런 일은 꿈에도 예상하지 못했다는 얼굴들이었다.

16

이와 비슷한 일을 제이는 그후로도 몇 번 더 겪었다. 더럽고 좁은 집에 소주병과 닭뼈가 뒹구는 방, 밤마다 술을 마시고 난장을 까는 어린 남녀들, 별것 아닌 일로 주고받는 잔혹한 폭력. 그것에 대해 더는 옮기고 싶지 않다. 다만 제이가 마지막으로 겪은, 그리고 가장 끔찍했던 그룹에 대해서는 언급하고 지나가자. 그 그룹은 가벼운 정신적 장애가 있는 한나라는 여자애를 감금하다시피 하고 그애 앞으로 나오는 기초생활수급비와 장애수당으로 생활하는 애들로, 열일곱 살짜리 남자애가 리더였다. 그는 인터넷 채팅으로 한나를 만났다. 자기가 먼저 한나의 집으로 들어간 후, 자기 여동생과 중학교 동창 남자애를 불러들였다. 여동생의 이름은 금희였고 동창 남자애는 나이키라 불렸다.

제이는 편의점에서 컵라면을 먹다가 금희를 만났다. 금희는 제이가 마음에 들었다. 그래서 이렇게 말했다.

"너 쫌 귀엽다. 나 방 있는데 글루 갈래?"

그러지 않을 이유가 없는 제이는 금희를 따라갔다. 가는 길에 누군가 버려놓은 매트리스를 발견했다. 금희가 제이더러 같이 들고 가자고 했다. 제이는 혼자서도 할 수 있다며 번쩍 들었다. 보육원에서 대청소 때마다 하던 일이었다.

"중심만 잘 잡으면 돼."

남자애 둘은 툭하면 한나를 때렸는데 그럴 때면 금희는 두 남자에게서 떨어져 인터넷 서핑을 하거나 제이 옆에 붙어 있었다. 한나를 때리는 이유는 좀 어이없는 것이었다. 한나는 공식적으로 리더의 '것'이었는데 어느 날 나이키와 키스를 하다가 리더에게 걸렸다. 정확히 말하자면 나이키가 한나를 추행하다가 리더에게 걸린 것이다. 리더는 먼저 나이키를 불러내 자초지종을 물었다. 나이키는 한나가 자기에게 추파를 던졌다고 변명했다. 그렇게 일단 수컷들 사이에 질서가 잡히자 리더와 나이키는 한나를 의자에 묶어놓고 '벌'을 주기 시작했다. 그들이 거듭하여 물은 것은 '왜 나이키를 꼬시려고 했느냐'는 것이었는데, 그야말로 고문을 위한 고문이었는데, 한번 시작되자 누구도 멈출 수가 없었다. 리더는 나이키에게 얕잡아 보일까봐, 나이키는 리더에게 오해받을까봐, 금희는 한나 같은 애와 한통속으로 보일까봐 브레이크를 걸지 않았다. 지능도 떨어지고 상대방이 뭘 원하는지 파악하는 데 서툰 한나는 엉뚱한 대답을 했고 두 소년은 그럴 때마다 고문의 강도를 높였다. 뜨겁게 달군 숟가락으로 허벅지를 지지거나 의자에 묶어놓은 채로 잠을 재웠다. 한나가 소변을 지리자 더럽다고 또 때렸다.

제이는 자기를 좋아하는 금희에게 도대체 왜 가만있느냐, 너희 오빠에게 이제 그만하라고 말해야 하지 않느냐고 따져 물었다. 금희는 게임이 진행되는 컴퓨터 모니터에 시선을 고정한 채 차갑고 무심한 말투로, 신경 꺼라, 쟤는 좀 혼나야 된다, 고 했다.

며칠 후, 남자애들은 한나 앞으로 나온 수당을 찾으러 은행에 가고 금희는 미용실로 머리를 자르러 갔다. 한나는 여전히 의자에 묶여 있었다. 금희의 방에 혼자 남아 있던 제이는 오랜만에 영혼이 요동하는 것을 느꼈다. 보육원의 독방에서 느꼈던 감각의 혼란이 다시 시작되었다. 그의 정신이 몸의 속박으로부터 풀려나 다른 숙주를 찾아 떠돌기 시작한 것이다. 부유하던 그의 영혼은 한나가 묶여 있는 의자에 스몄다. 조악한 합판으로 만들어진 의자는 고통스러워했고 그 파장이 제이의 정신을 뒤흔들었다. 임계치를 넘어선 분노로 평정을 잃은 의자는 갈라진 음성으로 문법에 맞지 않는 문장을 속사포처럼 쏟아냈다. 의자는 한나의 몸에서 흘러 번지는 체액과 그것으로 인해 받는 부당한 모멸에 괴로워했다. 그녀의 고통은 물리적으로 의자와 결부돼 있었고 그것은 유용성을 긍지로 삼는 의자의 본성을 거스르는 것이기도 했다. 제이는 한나의 결박을 풀었다.

"아빠한테 가서 말해. 애들이 널 괴롭힌다고."

알코올중독자인 그녀의 아버지는 건설현장에서 날품팔이로 살아가고 있었다. 가끔 들러 한나를 만나고 가기는 했지만 애들이 자신을 대신해 덜떨어진 딸을 돌봐주고 있으니 다행이라는 눈치였다.

"애들 오기 전에 얼른 도망가, 얼른!"

한나는 고개를 저었다. 그녀는 리더를 사랑한다고 말했다.

"너 사랑이 뭔지는 알아?"

제이가 물었다.

"나 바보 아니야. 사랑 알아. 나 사랑해. 걔가 나를 사랑해서, 사랑해서 그러는 거야. 나는 다 참을 수 있어. 나 다시 해줘."

그녀는 혀짤배기 말투로 애원하며 제이에게 두 손을 내밀었다.

"뭘 해달라는 거야? 다시 묶어달라는 거야?"

"응."

"그건 안 돼."

"내가 원해. 내가 원해. 내가 원한다니까."

그녀는 막무가내로 보채며 울었다. 그러면서 제이를 때렸다. 지린내가 후끈 풍겼다.

"그럼 샤워라도 해."

그녀는 단호하게 고개를 저었다.

"나 샤워 싫어."

나이키와 키스했기 때문에 이런 고통을 당했는데 샤워를 하라니, 라고 생각하는 것 같았다. 그녀는 오직 리더가 돌아오기 전까지 이전의 상태로 돌아가고 싶어할 뿐이었다. 그 맹목에 질린 제이는 다시 밧줄을 집어들었다. 그리고 그녀를 묶었다. 의자는 몹시도 삐걱거렸고, 그럴 때마다 제이는 의자가 지르는 비명을 들을 수 있었다.

"이르지 않을게. 나 암말도 않을 테야."

한나는 제이가 한 일을 이르지 않겠다고 선심 쓰듯 말했다. 리더는 제이보다 키가 한 뼘은 더 컸다. 싸워서 그를 이길 수 없다는 것쯤은 제이도 알고 있었다. 게다가 나이키가 늘 함께 있었다. 그런데 이제는 설령 싸워 이긴다 해도 아무 소용이 없지 않은가. 구덩이에 빠진 영혼에게 밧줄을 내려준다 해도 그가 타고 올라올 의지가 없다면 헛일이었다. 타이어를 찢어도, 강한 적을 쓰러뜨려도, 자신이 바꿀 수 있는 것은 아무것도 없다. 이것은 단지 내가 어리기 때문일까, 힘이 없고 세상을 몰라서일까. 한 번도 종교를 가져본 적 없던 제이도 신을 생각하지 않을 수 없었다. 신이 아니고서는 이런 일은 도저히 해결할 수 없을 것 같았다. 제이는 경찰에 고발할까도 생각했다. 그러나 한나가 부인하는 한, 이들은 곧 다시 풀려나 한나에게 돌아올 것이다.

금희가 미용실에서 돌아오자 제이가 말했다.

"한나를 풀어줘."

"내가 왜?"

"네가 풀어줘야 돼. 어서 풀어줘."

"싫어. 오빠가 가만있지 않을 거야."

"네가 쟤를 풀어주지 않으면 나는 이 집을 나갈 거야."

그녀가 눈을 굴리며 제이의 진의를 탐색했다. 제이는 좀더 단호한 어조로 명령했다.

"풀어줘. 그리고 너네 오빠한테 말해."

"그럴 수는 없어. 이 기집애가 꼬리를 쳤단 말이야."

"말도 안 되는 소리 하지 마. 혹시 쟤 덕분에 네가 편할 수 있다고 생각하는 거야? 그런 거야?"

금희의 눈꼬리가 사납게 치켜올라갔다.

"아, 이제 이 기집애가 너한테까지 꼬리를 치다? 이 쌍년이?"

금희는 묶여 있는 한나의 머리채를 잡아 휘둘렀다. 한나가 의자에 묶인 채 모로 쓰러졌다. 제이는 왼손으로 금희의 목을 움켜쥐었다. 묶여 있던 한나가, 자기가 맞을 때도 울지 않던 한나가, 금희가 숨을 몰아쉬며 고통스러워하자 상처입은 암소처럼 울부짖기 시작했다. 제이는 한나를 풀어준 뒤 대신 금희를 끌어올려 의자에 앉혔다. 그리고 단단히 묶었다.

"사랑해. 내가 너 사랑하는 거 알잖아? 왜 이러는 거야, 정말."

금희가 애걸했지만 제이는 듣지 않았다. 그는 한나를 방에 가두고 남자애들이 돌아오기를 기다렸다. 만일을 위해 과도를 준비해 말라비틀어진 고무나무 화분에 숨겨두었다.

리더와 나이키는 처음엔 아무것도 알아차리지 못했다. 신발을 벗어던지고 무심히 방으로 들어가려다 의자에 묶여 있던 금희가 소리를 지르며 울부짖자 그제야 발걸음을 멈추었다. 그러나 그때까지만 해도 도대체 무슨 일이 일어난 것인지 단박에 파악하지는 못한 상태였다. 의자 위의 여자애가 한나가 아니라 금희라니. 어떻게 이런 일이 가능한 것일까? 제이는 화장실 문을 열어젖히며 걸어나와 의자를 사이에 둔 채 그들과 마주섰다. 리더의 팔뚝에 서서히 힘이 들어가는 것이 보였다. 목소리가 떨렸다.

"이런 씨발, 이게 무슨 좆같은 짓이야?"

"좆같은 짓이라고? 뭐가?"

제이가 차분하게 되물었다.

"오빠, 저 또라이새끼 미쳤어. 나 얼른 풀어줘. 팔 아파 죽을 것 같아."

금희가 소리쳤다.

"저 새끼가 묶은 거야?"

나이키가 물었다.

"내 목도 조르고. 나 뒈지는 줄 알았어. 완전 돌았어, 저 새끼."

"그러게 이런 씨발새끼는 왜 데리고 왔어?"

"얼른 풀어달란 말이야."

그러나 리더는 제이에게서 시선을 떼지 않았다. 동생을 풀어주는 동안 제이가 덮칠지도 모른다고 생각하는 것 같았다. 나이키가 의자를 우회하여 주춤주춤 제이 쪽으로 접근했다.

"가까이 오지 않는 게 좋을 거야."

제이가 말했다. 리더가 제이에게 가까이 가는 나이키를 눈짓으로 제지한 뒤 물었다.

"하나만 물어보자. 너 왜 이러는 거야? 너 정말 미쳤어?"

"금희가 나이키한테 꼬리를 쳤어. 그래서 내가 벌을 주는 거야. 왜? 그러면 안 돼?"

"이게 뭔 개 풀 뜯어먹는 소리야?"

나이키가 깜짝 놀라 버럭 소리를 질렀다.

"오빠, 저 새끼 미쳤다니까. 왜 자꾸 말을 섞고 그래. 그냥 죽여버려."

"그래, 죽여서 앞마당에 파묻지 뭐."

리더가 음산하게 말하며 한 발짝 앞으로 조심스럽게 다가섰다. 제이는 어쩌면 여기서 죽을지도 모른다는 생각이 들었다. 화염에 휩싸인 개 사육장의 모습이 떠올랐다. 밤새 끙끙대던 개들의 울음소리, 그리고 개들의 영혼 속으로 스며들던 밤의 고요에 대해서도 생각했다. 그러자 눈앞에 닥친 일이 별로 두렵게 느껴지지 않았다. 그리고 파묻네 어쩌네 하는 리더의 허세도 오히려 제이의 날선 긴장을 누그러뜨렸다.

"나도 네 동생한테 물어볼 게 좀 있었어. 금희가 저 나이키 새끼한테 꼬리를 쳤거든. 그래서 왜 그랬는지 나도 좀 물어볼라구. 너희는 좀 빠져."

"이 새끼, 진짜 어이없네. 뭐 이런 또라이새끼가 있어?"

더이상 참지 못하고 리더와 나이키가 의자를 돌아 제이 쪽으로 달려들었다. 나이키가 제이의 허리춤을 잡자 리더가 발로 제이의 무릎

께를 찼다. 제이도 지지 않고 달려드는 리더의 얼굴을 주먹으로 때렸다. 그러면서 뒤로 물러나 화분에 숨겨둔 과도를 꺼내 바로 휘둘렀다. 돌부리에 바퀴가 걸린 인라인스케이트처럼 궤도를 이탈한 칼이 어지러운 궤적을 그렸다. 붉은 피가 천장까지 튀는 것을 제이는 똑똑히 볼 수 있었다. 아악 소리를 내며 나이키가 어깨를 잡고 주저앉았다. 남방셔츠의 앞섶이 벌어져 있었다. 칼이 셔츠를 찢고 어깨에 자상을 낸 것이다. 타이어를 찢을 때와는 또다른, 그것보다는 좀더 부드러운 느낌이었다, 고 제이는 훗날 회상했다. 리더가 놀라 뒷걸음질을 쳤다. 나이키는 피가 번지는 바닥을 엉금엉금 기면서 무기가 될 만한 것을 더듬어 찾았다. 그러나 그럴 만한 것은 제이가 이미 다 치워놓은 뒤였다. 그의 청바지가 바닥에 떨어진 핏방울을 흡수하여 검게 변해갔다.

제이는 리더에게 말했다.

"물어보라니까, 네 동생한테. 왜 나이키한테 꼬리를 쳤냐고."

리더는 아무 말도 하지 않고 눈을 굴리더니 제이에게 말했다.

"칼 내려놓고 조용히 나가면 안 쫓아갈게. 내가 약속해."

"뭐? 저 씨발새끼 그냥 보내면 안 돼!"

나이키가 소리를 질렀다. 그러나 리더는 그의 말을 막고 제이에게 말했다. 그의 음성이 가볍게 떨리는 것을 제이는 놓치지 않았다.

"칼 놓고 집에서 나가. 네가 왜 이러는지는 모르겠지만 하여튼 나가. 병원도 데려가야 되고. 너도 봤지? 피 존나 나는 거? 냅두면 죽어."

"꿇어."

제이가 말했다.

"뭐?"

"다 들었잖아? 저기 벽 쪽으로 가."

예상외로 순순히 리더는 벽을 보고 책상다리를 하고 앉았다. 그러나 무릎을 꿇지는 않았다. 제이는 그 뒤로 다가가 목덜미에 칼을 대고 다시 말했다.

"꿇으랬지."

리더는 무릎을 꿇었다. 나이키도 옆으로 기어와 엎드렸다. 그는 무릎을 꿇을 힘도 없었다. 그때쯤에는 금희도 입을 다물고 공포에 질린 모습으로 제이의 눈치를 보고 있었다. 제이는 말했다.

"나는 히어로 같은 게 되겠다는 게 아니야. 그냥, 씨발, 사람이 사람한테 저래서는 안 된다는 거야. 내 말이 어려워?"

제이가 칼끝으로 리더의 목덜미를 건드렸다. 리더가 고개를 저었다.

"안 어렵지? 안 어려울 거야. 나는 말을 쉽게 하거든."

제이는 영화에서 본 것처럼 오른발을 들어 무릎을 꿇고 있는 리더의 등을 찼다. 리더가 중심을 잃고 앞으로 고꾸라졌다. 걸어나오면서 힐끗 금희의 얼굴을 보았다. 금희는 그의 시선을 외면하고 고개를 외로 꼬았다. 아무것도 나아지지 않을 것이다. 며칠이 지나 다시 와보면 이들은 똑같이 살고 있을 것이다. 어쩌면 한나는 더 심하게 괴롭힘을 당할지도 모른다. 하지만 그렇다고 해서 제이가 무기력에 빠진 것은 아니었다. 오히려 그는 자기 몸에서 자라나기 시작한 강력한 힘을 느꼈다. 보육원의 독방에서부터 시작된 정신적 변화가 점점 형체를 갖추어가고 있었다.

제이는 현관을 나서면서 이들의 신발을 모두 집어들어 옆집 담장 너머로 던져버렸다. 그러고는 거리를 향해 달리기 시작했다. 안전한 곳에 다다라 숨을 돌리던 제이는 심장을 쥐어짜는 듯한 극심한 격통을 느꼈다. 제이는 피를 뿌리며 쓰러지던 나이키의 모습을 다시 보았다. 동시에 머리가 빠개질 것 같은 두통이 엄습했고 오른쪽 어깨는 뜨거운 물을 뒤집어쓴 것처럼 화끈거렸다. 나이키에게 가한 고통이 자신에게 되돌아왔음을 깨닫고 제이는 눈물을 흘렸다. 이것은 부당하다. 너는 죄를 지었고 나는 그것을 응징했을 뿐이다. 그런데 왜 너의 고통을 내가 겪어야 하는가. 눈을 감아도 환영은 계속 찾아왔다. 사육장의 개들, 의자에 묶인 한나와 폭행을 당하던 지연의 모습이 보였다. 동시에 제이의 몸은 어디에 묶이기라도 한 것처럼 꼼짝도 할 수 없는 상태가 되어 부들부들 떨었다. 제이는 새벽이 다 되어서야 컴퓨터 전문상가의 경비원에게 발견되었다. 제이의 몸은 상처와 흉터투성이였다. 허벅지에는 담배로 지진 듯한 화상이, 어깨에는 칼이 베고 지나간 듯 붉게 벌어진 열상이 있었다. 팔과 다리는 피가 통하지 않아 마비되었고 바지는 그가 싼 무른 똥과 오줌으로 젖어 있었다. 경비원은 제이의 얼굴에 물을 뿌려 깨우고 밖으로 몰아냈다.

그후로 제이는 혼자 움직였다. 공중화장실이나 건물 내부의 계단,

경비가 허술한 아파트의 지하 보일러실에서 잤다. 가는 데마다 모기가 들끓어 온몸이 피부병을 앓는 사람처럼 붉은 반점으로 덮였고 얼굴에는 버짐이 피었다. 포장마차를 하는 아주머니가 만두와 떡볶이를 주곤 했다. 아주머니의 기분이 좋은 날은 삶은 달걀도 얻어먹을 수 있었다. 그러나 대부분의 날은 쓰레기통을 뒤졌다. 유통기한 지난 편의점 김밥이 최고였지만 구하기는 쉽지 않았다. 알바들이 남겨야 차례가 돌아왔다. 패스트푸드점의 쓰레기통은 포장째 버리는 경우가 많아 운이 좋은 날은 포식도 할 수 있었다. 처음 몇 달은 설사를 자주 했지만 나중에는 장이 적응을 했는지 그 빈도가 현저히 줄어들었다.

그렇게 일 년이 지났다. 제이는 거리에서 열일곱이 되었다. 오래 씻지 못한 날이면 인도의 걸인처럼 보일 때도 있었다. 더이상 쓰레기통은 뒤지지 않았다. 하루에 한 번 생쌀을 씹는 것으로 섭생을 끝냈다. 최소한으로 먹고 조용히 움직였다. 재활용품 처리장에서 주운 책을 읽기는 했지만 하루의 대부분은 조용한 곳에서 생각을 하며 보냈다.

3 장

17

그곳은 사층짜리 건물의 지하 카페였다. 홀은 네 개의 기둥을 제외하면 훤히 다 트여 있었고 천장이 높았다. 블랙으로 마감한 벽과 부드러운 노란빛이 발광하듯 뿜어나오는 벽감은 돼지엄마의 룸살롱을 연상시키는 데가 있었다. 시선은 자연스럽게 홀 중앙으로 향했다. 강렬한 빛줄기가 천장에서 아래로 내리꽂혔다. 차고 축축한 드라이아이스와 퀴퀴한 담배연기가 뒤섞여 공기는 매캐했다. 트랜스풍의 일렉트로닉 사운드가 둔중하게 깔렸다. 소리가 사람과 사람 사이를 에어커튼처럼 가르고 있어, 손님들로 북적이는데도 마치 외로운 행성에 홀로 당도한 우주인 같은 기분이 들었다. 그렇게 생각하고 보니 빛줄기는 UFO에서 내려보내는 빛기둥으로, 그 둘레에 배치

된 테이블은 외계인을 영접하러 몰려든 지구인처럼 보였다.

빛기둥의 하단에 가로세로 이 미터 남짓 되는 정육면체의 아크릴 큐브가 놓여 있었다. 그 안에 비스듬히 뉘어놓은 마네킹 하나가 보였다. 마네킹은 쫙 달라붙는 검은 스키니진에 가슴골이 깊게 파인 흰색 시폰블라우스를 입고 있었다.

주문을 받으러 온 여자에게 콜라를 주문했다.

"다이어트 콜라로 드릴까요?"

"아무거나 주세요."

그 순간 마네킹이 꿈틀거리며 몸을 일으키기 시작했다. 무심한 얼굴로 주위를 슬쩍 일별하더니 가볍게 하품을 했다. 천장에서 떨어지는 미색 각광이 그녀의 맨발을 핥고는 천천히 얼굴 쪽으로 움직였다. 살아 있는 인간이 분명했다. 그러나 조명과 세팅이 자아내는 효과 때문인지 마치 사이보그 혹은 미지의 생물처럼 보였다. 나는 입을 벌린 채 그것을 바라보았다. 우리 평범한 인간들은 어미의 자궁에서 축축한 핏덩이의 모습으로 세상에 나왔다. 그러나 큐브 안의 그것은 범속한 인간의 불결한 축축함이나 징그러운 부산함과도 거리가 먼 완전체에 가까워 보였다.

그녀가 하는 일은 단순했다. 큐브 바깥을 우주공간 같은 일종의 진공상태로 여기고 태연히 살아가면 되는 것이었다. 이어폰을 낀 채로 만화책을 보거나 넷북으로 웹서핑을 하기도 하고 때로 친구들과 메신저를 하는 것 같기도 했다. 그러다 피곤하면 키티 고양이가 그려진 분홍색 담요를 덮고 잠시 눈을 붙이기도 한다. 웰치스를 마시고 치즈케이크를 잘라먹었다. 그것은 실험극 같기도 하고 미국에서 유행한다는 리얼리티 프로그램 같기도 하고 또 어떻게 보면 고대 문명에서 행해졌다는 인신공양의 제의 같기도 했다. 일체의 더럽고 지저분한 것이 배제된, 뭔가를 먹을 수는 있지만 배설은 상상할 수 없는, 아니 상상해서는 안 되는 공간.

다이어트 콜라를 가져온 웨이트리스에게 물었다.

"혹시 염목란이라는 애, 여기서 일하지 않아요?"

"글쎄, 그것도 일이라면. 근데 아직 일이 안 끝난 것 같은데?"

웨이트리스는 입을 비죽거리더니 큐브를 가리켰다. 나는 큐브로 시선을 돌렸다. 간헐천처럼 드라이아이스가 슉슉 뿜어져나와 시야를 가렸지만 큐브는 엄연히 거기 있었다.

어렸을 때 온 가족이 바닷가로 놀러간 일이 있다. 아마 동해 어딘가였을 것이다. 밤이 되자 아빠는 우리를 횟집으로 데려갔다. 솜씨 좋은 요리사가 쳐서 올린 회 접시 위의 넙치는 아직 살아 있었다. 절망적으로 뻐끔거리는 넙치의 입과 초점 없는 눈이 지금도 생생히 떠오른다. 남자라면 이런 것도 먹을 줄 알아야 한다고 말하면서 아빠는 그 넙치의 살 한 점을 내 입에 쑤셔넣었다. 그때의 기분이 다시 생생하게 되살아왔다. 큐브 속의 목란이 잔혹한 일을 당하고 있는 것은 분명 아니었다. 그러나 굳이 보고 싶지도 않고 보지 않아도 좋았을 어떤 것을 적나라하게 까발려 우리 눈앞에 들이대고는 그것을 좋아하고 받아들이기를 바란다는 점에서 그 요리사나 이 카페 주인은 닮은 구석이 있었다.

목란에게서 전화를 받은 것은 전날 오후였다. 핸드폰 주소록에 '제이'라는 이름으로 등록해놓았기 때문에 영락없이 제이인 줄 알았다.

"어, 제이야."

그러나 돌아온 것은 여자아이의 목소리였다.

"나 제이 아닌데."

"그럼 누구세요?"

"너 걔 친구 맞지?"

"그런데요?"

"너도 걔랑 연락이 안 되는 모양이구나. 대뜸 제이냐고 하는 거 보니까."

목란은 제이의 행방을 궁금해하고 있었다. 그것은 나 역시 마찬가지였다.

"묘하게 자꾸 궁금해지네. 나한테 번호 따가고 전화 안 한 애는 걔가 처음이거든."

대꾸할 말이 마땅히 떠오르지 않아 나는 잠자코 그녀의 다음 말을 기다렸다.

"너 어느 학교야?"

내가 학교 이름을 대자 목란이 자기가 알바하는 곳이 바로 근처라며 시간 나면 한번 놀러오라고 했다.

"학생도 들어갈 수 있는 데야?"

그때쯤에는 나도 조심스럽게 반말을 했다.

"그럼, 그냥 카페야. 너 나를 무슨 개날라리쯤으로 생각하고 있구나.”

　그렇게 말하던 목란이 저 큐브 안에서 태연하게 하품을 하고 있
었다. 나는 빨대로 콜라를 빨아마셨다. 그르륵그르륵. 빨대에서 나
는 소리를 듣다가 문득 수조 속에서 탈출하지 못하던 여자의 모습
이 떠올랐다. 무력한 마술사와 그의 여자. 그 입에서 맹렬히 뿜어나
오던 기포, 흐느적거리는 여자의 몸. 그 장면을 떠올리자 속이 메슥
거리기 시작했다. 소리를 지르고 싶었다. 달려가 큐브를 부수고 싶
었다. 바보 같은 생각인 것을 알면서도 멈출 수가 없었다. 나는 자리
에서 벌떡 일어났다. 그런데 그 순간 다시 한번 드라이아이스가 무
겁고 축축하게 깔리더니 중앙을 비추는 각광의 조도가 서서히 낮아
졌다. 임무를 마치고 돌아가는 UFO처럼 천장에서 중앙으로 내리꽂
히던 빛기둥이 희미해지더니 이내 사라졌다. 그와 동시에 그 빛기둥
아래에서 숨쉬던 존재도 어둠 속으로 모습을 감추었다. 잠시 지상에
내려왔던 외계생명체, 임무 완료와 동시에 워프.

　밖으로 나왔지만 목란의 모습은 찾을 수 없었다. 담벼락에 등을
대고 담배를 피워물었다. 두 대쯤 피우고 나자 속이 가라앉았다. 그
때 뒤에서 오토바이 시동 거는 소리가 들렸다. 돌아보니 헬멧 대신
고글만 쓴 여자아이가 가와사키에 올라타고 있었다. 목란이라는 확
신은 없었지만 나는 주춤거리며 다가갔다.

　“나 동규라고, 제이하고……”

　그녀는 고글을 이마로 밀어올리며 눈을 찡그렸다.

　“아까 카페에 들어오는 거 봤어. 반가워.”

다행히 목란이었다.

"오토바이 멋지……다."

햇빛 아래에서 보는 목란은 큐브 속에서와는 조금 달랐다. 조명이 부여하던 입체감이 사라지자 아까와 같은 신비감은 희미해졌다. 그러나 여전히 예뻤다.

"어디 또…… 가나봐?"

"응, 알바가 하나 더 있어."

안장에 몸을 얹고 앞으로 숙인 목란의 실루엣에서 나는 눈을 떼지 못했다.

"또 아까처럼 어디 들어가 있는 거야?"

"아니, 이번에는 개업하는 가게에 여자애들 데리고 가서 춤춰줘야 돼. 테이블 위에 올라가서 흔들어주면 되는 거야."

"그렇구나."

백팩 틈으로 체크무늬 교복 스커트 자락이 살짝 보였다. 교복으로 갈아입고 추는 것이리라.

"근데 제이라는 애, 정말 전혀 연락이 안 돼?"

목란이 물었다.

"나도 궁금해하던 참이야. 그때 네 폰으로 통화한 게 마지막이야. 일 년은 된 것 같아."

"베프 맞아? 하여간 이상한 애긴 했어. 이 동네에 있으면 내 눈에 한 번은 띄었을 텐데, 전혀 안 보이더라구. 혹시 보면 내가 궁금해하더라고 전해줄래?"

"어쩌면 악마를 잡았을지도 몰라."

가와사키에 시동을 걸려던 목란이 고개를 들었다.

"그게 무슨 소리야?"

나는 제이가 재개발구역의 반지하방에서 거울 두 장을 마주 놓고 시도하던 흑마술에 대해 말해주었다. 피식피식 웃기는 했지만 목란은 흥미를 느끼는 것 같았다. 나는 서둘러 덧붙였다.

"악마를 잡아서 부리고 있다면 눈에 띄지 않을 수도 있어."

"그거 지금 나 웃으라고 하는 말이니? 이제 보니 너네 둘 다 좀 정상이 아니구나. 그럼 나 간다."

"저, 혹시 나보다 먼저 제이 찾거든 나한테 연락 좀 하라고 전해 줘."

"알았어."

목란의 가와사키가 요란한 폭음을 내며 달려나갔다. 큐브 속에서 하나의 점이었던 여자는 오토바이와 함께 선이 되어 멀어졌다.

18

다음날 점심시간에 밖에 나갔다 들어오던 같은 반 아이가 나를 불렀다.

"야, 동규방구."

학교에서의 내 별명이었다. 반에서 나의 서열은 너무 비만이라 몸을 제대로 가누지도 못하는 애 바로 위였다. 사실상 꼴찌였다. 공부도 못하고 싸움도 못하는 병신력 절정의 찐따. 그게 나였다.

"웬 이상한 노숙자가 너 찾아. 너네 아버지 같더라."

"어디서?"

"교문 앞 문방구. 갔다 오면서 빵 사와라."

나가보니 꼬챙이처럼 비썩 마른 남자가 서 있었다.

"누구세요?"

"나야. 제이."

서울을 떠난 게 열다섯 살 때였으니 이 년이 흘렀다. 소년의 용모가 변하기에 충분하고도 남을 시간이지만 제이는 괄목상대라는 말이 무색할 정도로 달라져 있었다. 키가 훌쩍 커서 족히 백팔십 센티미터는 돼 보였고 몸에 군살이라고는 하나도 없었다. 깎지 않은 수염으로 덥수룩한 얼굴은 햇볕에 그을린 광대뼈가 붉게 도드라졌다. 도마에 꽂아놓은 칼처럼 팽팽하고 예리한 인상이었다.

"너 정말 제이 맞아?"

열일곱의 소년으로는 아무도 봐주지 않을 어른의 얼굴이었다. 눈과 볼에는 내가 알던 제이의 모습, 어린 시절의 기운이 남아 있었다.

"내가 그렇게 변했나?"

"길에서 마주치면 못 알아보겠는데?"

제이는 나의 안부를 물었다. 그러나 나는 그의 안부를 되묻지 않았다. 그의 몸 전체가 그의 안부를 대변하고 있었다. 우리는 문방구 옆 편의점 의자에 앉았다.

"뭐 좀 먹을래?"

제이는 고개를 저으며 주머니에서 쌀을 꺼내 보여주었다.

"그게 뭐야?"

"쌀 몰라?"

제이는 생쌀을 입에 털어넣고 으득으득 씹으며 말했다.

"난 이거면 돼."

나는 편의점에 들어가 삼각김밥을 사서 밖으로 나왔다.

"그래도 좀 먹지 그래?"

제이는 김밥에 힐끗 눈길을 주기는 했지만 역시 고개를 저었다.

"어제 꿈에 널 봤어."

제이가 말했다.

"이상한 일이네. 어제 목란이란 여자애를 만나서 네 얘기를 했는데."

"목란? 걔가 누군데?"

"일 년 전에 대학로에서 만났었다던데? 걔 폰으로 나한테 전화도 했잖아."

제이는 그제야 기억하는 것 같았다.

"아……"

나는 목란을 만나게 된 사연을 전해주었다. 제이가 물었다.

"폰 좀 줘볼래?"

제이는 내 폰을 열어 통화기록을 보았다.

"3이 맞구나."

"그게 무슨 소리야?"

"그 여자애 번호. 그런 게 있어."

제이는 폰을 내게 다시 돌려주었다. 나는 제이에게 물었다.

"왜 여태 연락 안 했어? 이 지경이 되도록······"

"너한테는 연락 안 하려고 그랬어."

제이는 으득으득 생쌀을 씹으며 말했다.

"왜?"

"네가 나 넘겼었잖아."

"그건······"

"변명할 것 없어. 난 지금의 내가 더 좋으니까."

"잠은 어디서 자?"

"조금 춥게 자려고만 하면 잘 데는 많아."

"정말 안 먹을래?"

나는 삼각김밥을 다시 제이에게 내밀었지만 그는 이번에도 고개
를 저었다. 나는 그것마저 꾸역꾸역 입에 쑤셔넣었다.

"넌 어때?"

제이가 물었다. 나는 변화된 내 상황에 대해 말해주었다.

"아버지가 재혼을 했어. 새엄마한테 애가 둘이야. 걔들이 날 무서
워해. 나만 보면 깜짝깜짝 놀라. 아침마다 기억이 리셋되는 애들 같
아. 날마다 얼굴에 '누구세요?'라고 써 있어."

"어제 꿈에 네가 어떤 투명한 방 앞에 서 있었어. 나는 그 방안에
있었는데, 내가 아무리 들어오라고 해도 너는 들어오지 않았어. 아

니, 그러지 못하는 것 같았어. 내가 주인공인 영화를 보는 관객처럼."

"혹시 거기 여자애 하나 없디?"

"아니, 너밖에 없었어."

"그래서 어떻게 됐어?"

"네 몸이 터졌어. 폭탄처럼 빵! 그래서 내가 너무 아팠어."

"아팠다고?"

"난 요즘 자주 아파. 심장을 걸레처럼 누가 쥐어짜는 것 같아."

"심장병 아니야?"

"특정한 패턴이 있어. 물건이든 기계든 동물이든 사람이든 상관 없어. 그 무엇이든 그 존재에 합당하지 않은 고통을 겪고 있다면, 나도 그걸 느낄 수 있어."

움푹 꺼진 제이의 두 눈이 형형하게 빛났다. 그에게서 나는 어떤 귀기를 느꼈다.

"고통만 느껴?"

"기쁨도 느끼지. 그들이 행복해한다면. 그런데 기쁨의 순간은 흔치 않아. 대부분은 고통이야."

제이는 자신이 지나온 지난 이 년간의 궤적에 대해 이야기했다. 듣는 것만으로도 마음이 좋지 않았다. 특히 가출한 애들과 지내던 날들이 그랬다.

"어젯밤 한강 다리 아래에서 비를 피하고 있었어. 그런데 또 심장이 아파오더라고. 그리고 네 생각이 났어. 그래서 네가 고통받고 있다고 생각했지."

함구증의 시절에 제이는 내 욕망의 통역자였다. 이제 그는 내 고통을 읽으려 하고 있었다. 나는 쉽게 읽고 던져버릴 수 있는 대중소설이 되고 싶지는 않았다.

"난 괜찮아. 새엄마하고 썩 좋지는 않지만 삼 년만 버티면 대학에 가잖아."

대학이라는 단어를 내뱉는 순간 문득 죄책감이 들어 나는 살짝 고개를 숙였다.

"대학은 왜 가? 가고 싶어?"

제이가 물었다.

"가야 하니까."

"그런 건 누가 정했지?"

"세상이 정했잖아."

반감이 실려 말꼬리가 살짝 올라갔다.

"정말 그럴까?"

"네가 갈 수 없다고 해서 그게 다 무의미한 건 아니야. 사람들이 다 그렇게 하는 데는 그만한 이유가 있는 거라구."

"나는 단지 질문을 하고 있는 것뿐이야. 지난 일 년간 나는 나 자신한테 묻고 또 물었거든. 그게 어느새 버릇이 됐나봐. 내 고통의 이유는 무엇인가? 타인의 고통은 왜 나의 고통이 되는가? 신이 내게 이런 운명을 준 것에는 어떤 의미가 있는가? 고속버스터미널에서 죽었어야 할 내가 지금까지 살아 있다면 그것은 무슨 뜻일까? 이런 질문을 하는 거야. 나는 새벽에 일어나 밤늦게까지 돌아다녀. 조용한 곳을 찾아 책을 읽고 생각을 해. 그런데도 늘 시간이 부족해."

"그래서? 답은 찾았어?"

"내 등에 이상한 거 나 있는 거, 너도 알지?"

"알아. 네가 흔적기관이라고 우겼잖아? 꼬리뼈처럼 퇴화한 날개 뼈라고."

"농담처럼 말했지만 실은 반쯤 믿었더랬어. 내 등에는 자라다 만 날개가 있다고. 언젠가 그게 다시 자랄 거라고."

"그래서 이제 날개 다 났어?"

나는 제이의 등을 만져보았다. 별로 달라지지 않은, 어릴 적 그대로였다.

"안 났는데."

"이야기책에 나오는 날개 달린 장수, 뭐 그런 게 될 줄 알았는데, 그건 아니었던 것 같아."

"그럼 뭐야?"

"우리가 사는 이 지구에는 특별한 목적을 가진 기계들이 있어. 바로 센서야. 감각을 하는 게 그것의 목적이야. 지구 곳곳의 센서들이 기온과 습도와 바람을 측정하지. 어떤 센서는 전나무 가지에 매달려 있다가 시베리아호랑이가 지나가면 반응하고 사진을 찍어. 센서는 너무나도 많아. CD의 홈을 읽기도 하고 적외선으로 피사체와 렌즈 사이의 거리를 재기도 하고. 그런데 고통을 감지하는 센서는 없어."

"그게 너라는 거야?"

"그래, 나는 그렇게 만들어진 것 같아. 아침에 출근하는 사람들이 내 앞을 지나가면 그들의 고통이 내 영혼을 짓눌러. 그들이 지고 가는 삶의 무게로 가슴이 터질 것 같아."

"거기서 벗어나고 싶지는 않아? 너도 편하게 살고 싶을 거 아니야?"

"그럴 수는 없어. 이건 내 운명이야."

"정신 차려. 너는 기계가 아니잖아? 남의 고통을 느끼게만 하고 그걸 극복할 방법은 주지 않았을 리가 없어."

"신은 원래 그런 존재야. 신은 비대칭의 사디스트야. 성욕은 무한히 주고 해결은 어렵도록 만들었지. 죽음을 주고 그걸 피해갈 방법은 주지 않았지. 왜 태어났는지는 알려주지 않은 채 그냥 살아가게 만들었고."

"내가 도와줄 수 있는 건 없어?"

"없어."

제이는 웃으며 고개를 저었다.

"그래도 필요한 거 있으면 말해."

제이가 말없이 제 코트 주머니에서 쌀 한 줌을 집어 내밀었다. 더러운 손바닥 때문에 쌀 알갱이들은 더 하얘 보였다. 나는 엉겁결에 손을 내밀어 받았다. 나는 몇 알을 집어 입에 털어넣고 으득으득 씹었다. 점심시간을 마치는 종소리가 울렸다. 제이는 멀어지는 항구를 돌아보는 선원의 눈길로 학교 중앙의 시계탑을 올려다보았다. 교실을 향해 달리는 내 목덜미에 제이가 던진 말이 와서 감겼다.

"뛰지 마. 네가 이 우주의 중심이야."

그 말을 듣는 순간 참을 수 없는 반발심이 들었지만 당장은 그 이유를 알 수 없었다. 그러나 찜찜한 무언가가 오랫동안 마음 한구석에 들러붙어 있었다.

19

지하철역에 설치된 대형 TV에서 제이는 일 년 전 대학로에서 자신에게 다구리를 가한 비보이들을 보았다. 무슨무슨 크루라는 그럴듯한 이름을 가진 그 팀은 독일 어디선가 열린 세계 비보이 경연대회에 나가 1등을 하고 막 귀국한 참이었다. TV 예능프로그램에 출연한 그들은 채 흥분이 가시지 않은 얼굴이었다. 제이에게 '입만 살아 있는 새끼'라고 비웃던 장신의 비보이는 오른손에만 검은 장갑을 끼고 있었다. 사회자는 거듭하여 이번 대회가 비보이계의 월드컵과 마찬가지임을 강조했고 그들 역시 말끝마다 '대한민국'과 '국민 여러분의 성원'을 언급했다. 마지막 결승에서 미국 대표팀과 맞붙었다는 것을 특히 강조했다. 힙합과 비보잉의 본산인 미국팀을 보기 좋게 꺾은 대목을 회고하는 부분에서는 힙합 대신 감상적인 대편성 교향곡의 선율이 배경으로 흐르면서 화면 가득 태극기가 나부꼈다. 제이는 그제야 일 년 전에 그들이 자신을 왜 대학로에서 몰아내려고 했는지 깨달았다. 그들 말대로 제이와 그들은 너무 달랐던 것이다.

제이에게 그런 금의환향의 꿈 같은 것은 존재하지 않았다. 돌아가야 할 곳도, 반겨줄 사람도 없었으므로 비단옷은 필요하지 않았다. 손가락을 잘라서라도 차별과 멸시를 딛고 보란듯이 성공하겠다는 꿈도 없었다. 대신 제이에게는 아직 분명치 않은 어떤 사명감 같은 것이 있었다. 그러나 마음속에서 꿈틀거리는 그 에너지는 아직 발현의 방법과 때를 찾지 못한 상태였다.

제이는 오랜만에 대학로를 찾았다. 그가 만났던 비보이들의 모습은 보이지 않았지만, 다른 비보이들이 무대 위를 오가며 연습을 하고 있었다. 물론 목란의 모습도 보이지 않았다. 제이는 목란이 일한다는 카페로 갔다. 뚜벅뚜벅 계단을 내려간 그는 사람들이 미처 알아보고 저지할 틈도 없이 바로 큐브로 다가갔다. 큐브 안에 비스듬히 누워 있던 목란은 처음에는 제이를 알아보지 못했다. 제이는 투명한 아크릴 벽에 입김을 불고 손가락으로 'J'라고 썼다. 목란은 그 문자의 의미를 알아차렸다. 둘의 눈길이 마주쳤다. 제이가 양손을 대고 밀자 큐브는 힘없이 쓰러졌다. 사람들은 큐브가 그렇게 허약하다는 사실에 놀랐다. 그것은 마치 SF영화에 나오곤 하는, 강력 자기장으로 둘러싸인 난공불락의 행성처럼 보였던 것이다. 놀란 직원들이 달려와 제이를 끌어냈다. 반항하지도 않는 제이의 턱을 카페 사장이 주먹으로 거듭 때렸다. 목란은 뭐에 홀리기라도 한 사람처럼 무너진 큐브 속에서 일어나 끌려가는 제이의 뒤를 따랐다. 사장과 직원 둘이 제이의 허리춤을 잡고 일층으로 올라가 경찰이 오기를 기다렸다. 목란이 그들에게 다가가 말했다.

"성매매 알선했다고 말할 거예요."

카페 사장은 목란의 기습에 할말을 잃었다. 옆에 있던 직원이 대신 나섰다.

"너 죄 없는 사람 무고하면 어떻게 되는 줄 알아?"

"무고가 뭐예요? 그거 먹는 거예요?"

카페 사장이 제이와 목란을 번갈아보며 기가 차다는 듯이 물었다.

"이 거지새끼가 네 남친이냐?"

목란이 휴대폰을 흘깃 내려다보며 말했다.

"경찰 올 때 다 됐어요. 112 순찰차 보통 오 분 안에 뜨잖아요. 아저씨 아홉시 뉴스에 나올 수도 있어요. 사람들은 믿고 싶은 것만 믿으니까요."

"이 쌍년이 정말. 원하는 게 뭐야?"

"걔 놔주세요."

목란이 제이를 가리켰다.

"나중에 알바비 달라고 왔다간 죽을 줄 알아."

카페 사장은 제이의 허리춤에서 손을 놓았다. 목란이 오토바이를 끌고 오자 제이는 그 뒤에 탔다. 사장이 뱉은 침이 등에 묻었지만 그는 상관하지 않았다. 어차피 더러울 대로 더러워진 옷이었다. 둘은 한강변으로 나갔다. 벤치에 앉자 목란이 물었다.

"나 거기 있는 거 어떻게 알았어?"

"동규 만났어."

목란은 흥미로운 얼굴로 제이를 올려다보았다. 씻지 않은 얼굴은

꾀죄죄했지만 눈만은 형형하게 빛났다. 목란은 제이의 그 눈에서 깊은 인상을 받았다.

"근데 너 세다. 남의 가게에 들어와 막 깽판 치고……"

"물건은 원래 누구에게도 속해 있지 않아. 주인이 있다고 해서 그 사람 것은 아니야. 그리고 큐브는 너를 가두고 있었어. 큐브도 그건 원하지 않았어."

"아니야, 나는 돈을 벌고 있었어. 내가 자발적으로 들어간 거야."

"계단을 내려가는데 그 큐브의 목소리가 들렸어. 부끄러워하고 있었어."

"너 혹시 이상한 목소리가 막 들리고 그래? 그런 거야?"

"네가 무슨 말 하려는지 알아. 그래, 이런 소리 하면 정신병원에 가겠지. 하지만 난 조현병은 아니야. 내가 듣는 목소리는 나를 겁주거나 하지 않아. 나는 그들과 대화를 해."

"그게 미친 거지."

"이해하라고 하지는 않겠어. 나는 분명히 들었어."

"그럼 나를 구하려던 게 아니고 그 큐브를 구하려던 거였어?"

"큐브에 가까이 가니까 네가 있더라. 그때 가슴이 또 아프기 시작했어."

"내가 불쌍해서? 내가 뭐 감금당했던 것도 아닌데."

"너는 거기 있어서는 안 되는 애야. 그러니까 그건 부자연스러운 것이지. 여기는 너에게 잘 어울려. 강이 있고 바람이 불어. 바람이 네 머리를 날리잖아? 햇빛이 머리카락 끝을 잘게 부수는 것 같아. 아름

다워. 지금 내가 보고 있는 이 장면은 아마 내가 죽을 때 마지막으로 떠올리게 될 장면 중에 하나일 거야. 그런데 지하 카페의 큐브는 너에게 맞지 않아. 그래서 큐브가 울부짖었던 거야. 그 소리가 나에게까지 들렸던 거고."

"그게 왜 정작 나한테는 안 들렸지?"

"너의 감각이 고장났기 때문이야."

"무슨 감각? 나 멀쩡한데?"

"아메리카 원주민은 나무를 베기 전에 나무에게 용서를 구했대. 그들은 나무가 사라진다는 것이 뭘 의미하는지 알았던 거야. 나무에게 용서를 구함으로써 그들은 나무의 부재를 받아들일 수 있게 돼. 평생 보던 나무를 베어 없앤다는 것은 자기 마음의 일부를 잘라버리는 것과 같아. 그들에겐 화폐가 없었어. 사물과 그들은 직접적으로 맺어져 있었어. 돈을 받고 일을 한다는 의식이 너의 참인식을 가로막고 그 때문에 너는 큐브를 느낄 수 없었을 거야."

"무슨 말인지 모르겠어."

"마음의 눈을 열고 주변을 깊이 살펴. 사람들이 하는 뻔한 말을 믿지 마. 그래야 너 자신을 구할 수 있어. 넌 소중하니까."

제이의 마지막 말이 유명한 화장품 광고를 연상시켰기 때문에 목란은 자기도 모르게 피식 웃고 말았다. 그러나 제이의 표정에서 그가 그 광고를 전혀 모른다는 것을 알아차리고는 조금 당황했다.

"너 그 광고 모르는구나. '당신은 소중하니까요.'"

"몰라."

목란이 손을 뻗어 제이의 손을 잡았다. 그 손이 따뜻했다.

"내 오토바이는 어때? 얘는 나한테 어울려?"

목란이 물었다.

"네 느낌은 어때?"

"좋아. 편해. 잘 맞아."

"네 오토바이도 너를 좋아하고 있어."

제이는 웃음기 없는 얼굴로 목란에게 말했다.

20

제이는 그런 식으로 사람을 만나고 다녔다. 나와 목란에게 그랬듯 불쑥 찾아가서 사람을 놀래켰다. 처음 찾은 곳은 후드티가 살고 있던 집이었다. 후드티는 피자 배달을 시작했다고 했다.

"삼십 분 안에 배달 못하면 내가 물어내야 돼."

그의 몸에서 쉰내가 풍겼다.

"그런 좆같은 경우도 있구나."

"일부러 문을 안 열어주는 놈들도 있어. 삼십 분 넘기려고."

"개새끼들."

"누나가 집으로 기어들어왔어. 그래도 너 하나쯤은 재워줄 수 있어."

야구모자와는 길에서 우연히 마주쳤다. 아직 소년티를 벗지 못한 야구모자는 제이를 알아보지 못했다. 일 년 사이에 이십 센티미터나 키가 큰 제이는 어른처럼 보였고 또래의 패션과는 전혀 무관한 그의 차림새는 기괴하고 낯설었다.

둘은 담배를 나눠 피웠다. 야구모자 역시 배달 일로 살아가고 있었다. 골목마다 하나씩은 있는 프랜차이즈 치킨점이었다.

"치킨. 우리 가게 치킨 맛있어. 진짜 맛있어."

야구모자는 주문처럼 그 말을 되뇌었다. 제이는 지적장애아 한나를 감금하고 고문하던 집에도 찾아갔다. 집에는 평범한 가족이 이사 들어와 살고 있었다. 구멍가게에 가서 물으니 남자애들은 소년원에 갔고 금희는 모르겠다고 했다. 제이는 한나가 아버지와 이사 갔다는 집으로 찾아갔다. 일 년 사이 한나는 몸이 엄청나게 불었다. 그녀는 아직도 리더를 사랑한다며 울었다. 제이는 가슴을 쥐어뜯으면서 그 집에서 나왔다.

그들을 만날 때마다 제이는 간단하고 명료한 메시지를 전했다. 너희는 잘못된 장소에서 잘못된 방식으로 살아가고 있다. 그것은 너희의 잘못이 아니다. 그러나 나는 너희로 인해 아프다. 아이들은 제이가 자기들의 고통에 공감하는 존재라고 느꼈고, 그의 기이한 생활 태도에 외경심을 품었다.

이 시기 제이의 움직임을 보면, 마치 오랜 수련을 끝내고 산에서 내려온 무협영화의 주인공을 연상시킨다. 누구든 거침없이 만났고, 몸에 밴 자신감과 기이한 풍모가 또래 아이들에게 특히 깊은 인상을 남겼다. 드문 일이기는 했지만 가끔 수십 명의 아이들이 제이를 둘러싸고 그의 말을 듣기도 했다. 가출을 했거나 학교를 그만둔 애들이 대부분이었지만 간혹 멀쩡히 학교를 다니는 애들도 있었다.

"한밤중에 공원으로 모여든 길냥이들 같지 않니?"

그런 자리에서 마주친 목란이 나에게 물었다.

"고양이들이 집회라도 하듯 한데 모여서 꾸벅꾸벅 졸고 할짝할짝 대다가 슬그머니 돌아가잖아."

제이는 시내 전역을 걸어서 다녔고 필요한 것은 즉석에서 구했다. 의류수거함의 자물쇠쯤은 간단하게 따고 필요한 옷과 신발을 찾았다. 정 필요하면 도둑질도 서슴지 않았다. 제이는 물건의 소유에 대한 개념이 다른 사람과 달랐다. 자신은 물건과 직접 교감을 나누는 존재이므로 물건의 뜻을 존중하기만 한다면 잠시 가져다 쓰는 것은 아무 문제가 되지 않는다고 생각했다. 그러면서도 자신만의 복잡한 금기를 지켰다. 제이는 붉은색을 피했다. 붉은색은 고통과 불운을 상징한다고 생각했다. 붉은 셔츠, 쇠고기, 충혈된 눈동자와 적십자사 헌혈차를 멀리했다. 책을 읽을 때는 반드시 첫 장과 마지막 장을 찢어내버리고 두번째 장부터 읽었다. 작가들은 시작과 끝에 사람을 홀리는 뭔가를 숨겨놓는다고 말했다. 제이가 다 읽은 책은 그래서 다른 누구도 제대로 읽을 수 없었다. 제이는 자기가 읽은 책의 마지막 독자였다.

수에도 큰 의미를 두었다. 아침에 처음 보는 자동차의 번호판 숫자를 모두 합한 수의 끝자리가 4이면 그날은 아무것도 하지 않았다. 3의 배수는 제이에게 신성한 수였다. 3, 6, 9, 15 같은 숫자를 중시

했다. 12나 24는 4의 공배수여서 제외되었다.

제이의 그런 괴벽에 매료되는 애들이 하나둘씩 생겨났다. 처음에는 웃고, 두번째에는 말을 걸고, 세번째에는 경청하고, 네번째에는 말없이 따랐다.

21

내가 가출한 것은, 많은 사람들이 오해하는 것과는 달리, 제이와 아무 관련이 없었다. 나는 여러 차례에 걸쳐 그 부분을 해명했지만 사람들은 끝내 나를 '제이를 따라 집을 나온 아이'로 기억했다.

새엄마의 노골적인 박대와 차별이야 너무나도 흔해빠진 스토리였다. 만약 내 인생이 한 권의 책이었다면 이쯤에서 덮어버렸을지도 모른다. 그러나 그 어떤 진부함 속에서도 계속되는 게 인생이다. 새엄마가 데려온 두 여자아이는 나만 보면 좀비라도 만난 것처럼 겁을 집어먹고 새엄마의 치마폭 뒤로 숨곤 했다. 서로간에 증오와 불신의 에너지가 축적되었다.

파국은 엉뚱한 방향에서 왔다. 아버지가 잠복근무로 집을 비운 밤에 도둑이 든 것이다. 복면으로 얼굴을 가린 도둑들은 옆집 옥상을 통해 우리집으로 넘어들어왔다. 그들은 새엄마를 위협해 패물과 약간의 현금, 그리고 양주 몇 병을 강탈하고 유유히 집을 빠져나갔다. 내가 집에 있었더라면 이 사건은 어쩔 수 없이 당한 횡액 정도로 치

부되고 말았을 것이다. 그러나 그날 밤 나는 제이, 목란과 함께 있었다. 그 무렵 나는 하루라도 목란을 보지 않으면 미칠 것 같은 상태였다. 목란을 보려면 제이 곁에 있어야 했다. 새벽녘에 돌아온 집은 모든 불이 환히 밝혀져 있어 마치 상을 치르는 집처럼 보였다.

"왜 전화를 안 받아?"

아버지는 현관에서 신발을 벗던 나의 뺨을 후려갈겼다.

"지금이 몇 시야? 너 도대체 뭐하는 놈이야?"

새엄마와 아이들이 거실 소파에 앉아 나를 보고 있었다. 안방으로 끌려들어간 나는 아버지에게 취조를 당하기 시작했다. 새엄마는 내가 직접은 아니더라도 이 사건과 관련이 있다고 믿는 눈치였다. 새엄마는 아버지에게 강도들의 목소리가 변성기를 갓 지난 남자애의 그것이었다고 말했다. 새엄마는 '요즘 들어 내가 나쁜 친구들과 어울리는지 밤마다 늦게 들어오고, 어디 다녀왔는지도 통 말하지 않으며 어딘가 이상하다'고도 했다. 아버지의 의심에서 벗어나려면 나는 제이와 있었던 일을 알리바이로 대야 할 것이었다. 하지만 그러고 싶지 않았다. 아버지는 모든 사람을 잠재적 범죄자로 보는 사람이었다. 만약 내가 제이가 어떻게 살아가고 있는지 털어놓았다면 아버지의 의심은 더욱 확고해졌을 것이다. 아버지 같은 형사가 볼 때, 집도 없이 떠도는 열일곱 살의 고아보다 더 적당한 절도 용의자는 찾기 어려울 것이었다.

"저를 의심하시는 거예요?"

아버지는 날카로운 눈길로 나를 노려보기는 했지만 거기서 더 나가지는 않았다.

"누가 너를 의심한다더냐."

"그런데 왜 범인 취조하듯이 저를 다그치세요?"

"아비가 새벽 네시에 들어온 자식한테 지금까지 어디 있었는지 묻는 게 이상한 거냐?"

"하필이면 집에 도둑이 들어 다 털린 날에 그러시니까요."

"그래, 말 잘했다. 하필이면 집에 도둑이 들어 다 털린 날 밤에 도대체 어디 있다 이제 오는 거냐? 네가 이 집 장남이잖아? 여자 셋만 있는 집 아니냐. 네가 지켜야지."

"나랑 아무 관계 없는 여자들인데요. 그리고 그건 아버지가 하실 일이잖아요?"

"이 자식이. 너 정말 이런 식으로 나올 거냐?"

"이제 가서 자도 돼요?"

"하나만 말해. 지금까지 누구랑 있었냐?"

"여자애하고 있었어요."

"여자애하고?"

"네."

아버지는 믿기 어렵다는 표정이었다. 내가 여자랑 잘 수 있다는 게 믿기지 않는 건지, 그런 얘기를 아버지한테 대담하게 털어놓는 게 믿기지 않는 건지 분간하기 어려웠다.

"너도 이제 어른이라는 거냐? 막 나갈 테니 냅두라는 거야?"

"그런 말은 안 했는데요."

"새벽까지 남자애하고 같이 있는 여자애라면 어떤 애인지 안 봐도 뻔하지."

마누라가 자기 동생하고 놀아나는 것도 모르던 분께서 지금 뭘 안다고 떠드세요, 라는 말을 나는 겨우 목구멍 아래로 삼켰다. 다행히 나의 짧은 침묵은 순종으로 해석된 것 같았다.

"그만 가서 자라. 그리고 지금부터 내가 널 지켜보고 있다는 걸 잊지 마라. 나는 인간과 짐승이 한 끗 차이라는 것만 평생 확인해온 사람이다. 다시 한번 이렇게 늦게 집에 들어오면 그때는 아예 들어오지 못하게 할 거다."

자칫하면 더 험한 일을 당할 수도 있었다고 믿는 새엄마의 불안과 명색이 경찰이면서도 이런 일을 막지 못했다는 아버지의 수치심이 서로 상승작용을 일으켜 집안 분위기는 한동안 흉흉했다. 아버지는 무인경보장치를 달자는 새엄마의 말을 무시한 원죄가 있었다. 나는 누군가의 눈에 내가 잠재적 범죄자로 보일 수도 있다는 사실을 처음으로 깨닫고 충격을 받았다. 새엄마가 그 정도로 나를 불신하고 있을 줄은 몰랐던 것이다.

나는 다음날도 제이와 함께 있었다. 그리고 집으로 돌아가지 않았다.

"며칠 나하고 같이 있자."

제이는 몇 군데의 거처를 돌아가며 숙소로 이용하고 있었다. 목란은 친구의 자취방에서 신세를 지고 있었는데 제이도 가끔 거기에 들러 잠을 잤다. 그 밖에도 대여섯 군데의 숙소가 있었다. 주유소의 알바 휴게실, 중국집에 딸린 방, 교회에서 운영하는 쉼터도 제이가 자주 들르는 곳이었다. 혼자 사는 여자애들이 재워주는 경우도 점점 늘어났다.

"잘 생각했어."

제이는 집으로 돌아가지 않겠다는 나를 격려했다.

"오히려 좀 늦은 감이 있어."

처음에는 제이가 나를 응원한다는 생각이 들었지만 점점 의심이 생기기 시작했다. 목란은 제이의 발치에 앉아 마치 숭배라도 하듯 그를 올려다보며 그가 내 인생에 대해 내놓는 과격한 해결책에 감탄했다. 영화제작자 아버지 밑에서 비교적 유복하게 자라온 목란에게 제이는 존재 자체가 쿨이고 경이였다. 자기로서는 상상도 할 수 없는 환경에서 자라났지만 벌써 자기만의 독특한 정신세계를 구축한 성인으로 보였다. 그동안 비보이와 그 밖에 많은 거리의 사내들을 만났지만 제이 같은 아이는 없었던 것이다.

"싯다르타도 십대에 집을 떠났어."

"싯다르타, 그게 누구야?"

목란이 물었다.

"부처."

"부처가 원래 사람이었어?"

"우리처럼 십대였던 시절도 있었지. 결혼도 했었고."

제이를 올려다보는 목란의 시선에는 경외감이 어려 있었다. 물론 나는 알고 있다. 제이는 두 번이나 버려졌고 험난한 몇 년을 보냈다.

독서량이나 생각의 깊이에서 나를 압도하는 것도 사실이다. 그러나 그가 내 인생에 대해 툭툭 던지는 조언 혹은 해결책은 내가 겪고 있던 존재의 위기를 웃음거리로 만드는 것 같았다. 제이에게 그런 일쯤은 '아무것도 아닌' 일이었다. 부모가 이혼하고, 혼자 살던 아버지가 아이 둘 딸린 여자와 재혼하고, 그렇게 들어온 새엄마가 나를 끔찍하게 불신한다는 정도의 일은 TV만 틀면 나오는 진부한 이야기에 불과했다. 거기에서 벗어나는 것은 제이에게는 너무나 간단한 일이었다. 예컨대 제이는 이런 비유를 들었다.

"코끼리를 어릴 때부터 줄에 묶어놓고 키우면 나중에 커서 힘이 생긴 뒤에도 줄만 묶어놓으면 꼼짝을 못한다는 거야. 자기한테 그런 힘이 있는 줄 모른다는 거지."

제이 말대로라면 나는 줄을 끊을 힘이 있는데도 멍청하게 가정이라는 굴레에 묶여 있는 코끼리인 셈이었다. 목란은 그런 상투적 비유에도 감탄하며 제이를 우러러보았다. 제이의 독서는 아파트 재활용품 처리장에 나온 책들을 중심으로 이뤄졌으므로 계통도 체계도 없었다. 자기계발서에서 건진 듯한 잠언이 종교적 교훈과 뒤섞였고 싸구려 대중소설의 잔뜩 힘을 준 비장한 문체가 로맨스의 극적인 구성으로 스며들었다. 제이가 다른 사람의 인생이나 사회에 대해서 말할 때는 그가 사용하는 말이 전혀 거슬리지 않았다. 그런데 그가 내 삶에 대해서 말하기 시작하자 그의 말이 얼마나 텅 비어 있는지 문득 깨닫게 되었다. 제이에게 가닿는 내 모든 절실한 문제는 흔해빠진 재혼가정에서 벌어지는 별반 대수로울 것도 없는 이야기로 전락

해버렸다. 어쩌면 제이가 옳았을지도 모른다. 아니면 내 한심한 말재주가 제이의 상상력을 제한했거나. 내가 당장 겪고 있는 일조차도 막상 말로 옮기면 그렇고 그런 뻔한 이야기가 되어버리곤 했으니까. 그래도 제이는 다를 줄 알았다. 그러나 한때 내 욕망의 통역자였던 제이는 이제 나라는 인간의 내면을 읽을 생각이 없었다. 그러면서도 누구보다 나에 대해 잘 알고 있다는 자신감이 있었다. 그게 그를 더 오만하게 만들었던 것 같다.

목란은 나에 대해 동정하는 모습을 보여주기는 했지만 기본적으로 무관심했다. 목란에게 나는 제이와 어울리지 않는 지나치게 평범한 범생이었다. 그렇다고 공부를 잘하느냐 하면 그것도 아닌, 그야말로 존재감이 없는 어릴 적 친구일 뿐이었다. 제이가 극단적인, 그러기에 일견 명쾌해 보이는 '해결책'을 내 앞에 툭툭 던질 때마다 나는 권력자 앞에 나아가 청원을 하는 평민이 된 굴욕감을 맛보았다. 그로부터 몇 년 후, 케이블 채널에서 본 영화 〈대부〉에서 말런 브랜도는 자기를 찾아온 청원자에게 이렇게 말했다. "왜 더 일찍 나를 찾아오지 않았나?" 그 순간 그날의 제이가 떠올랐다. 허세 뒤에 숨겨진 어떤 비난의 태도. 그것은 딱히 나를 향한 것이었다기보다 세상 전체를 향한 것이었을 게다.

목란의 눈에 비친 나는 별것도 아닌 문제로 제이를 괴롭히고, 제이가 내놓는 탁월한 해결책 앞에서 주저하는 못난이였을 것이다. 제이가 제시한 산뜻한 해결책을 쉽게 받아들이지 못하는 것을 목란은 단지 내 우유부단한 성격 탓으로 봤을 게 분명했다. 그러나 나는 제이에게 실망했다. 나는 그에 대한 희망을 끝까지 버리지 않았다. 어렸을 적에 그랬던 것처럼 뒤늦게라도 나의 이런 마음을 헤아려 진지한 공감과 따뜻한 이해를 보여줄 거라고 믿었다. 그랬기 때문에 나는 내가 처한 상황과 그것을 겪어내는 내 마음의 괴로움에 대해 말하고자 했던 것인데, 그럴수록 나는 더 우물쭈물 중언부언하며 핵심에 다다르지 못했고 나의 언어는 무의미한 하소연과 징징거림 사이에서 왔다갔다했다. 제이가 다소 지루하다는 표정으로 몸을 일으켰다.

"그만 가자."

제이가 나를 데려간 곳은 작은 치킨집이었다. 배달을 하는 소년 둘이 거기서 먹고 자고 있었다.

"여기 애들이 도와줄 거야."

제이가 문을 두드리자 두 소년이 튀어나왔다. 제이는 내 사정을 설명하고 내 등을 떠밀어 방으로 밀어넣고는 목란의 가와사키를 타고 함께 떠났다.

방에 들어서자마자 퀴퀴한 냄새가 코를 찔렀다. 익숙했다. 돼지엄마의 룸살롱, 웨이터 숙소에서 나던 바로 그 악취였다. 담배 때문에 구멍이 뚫린 더러운 나일론 이불이 깔린 방에 작은 랩톱 하나와 TV, 소형 냉장고가 있었다.

"제이를 어떻게 알아?"

키가 작은 남자애가 손가락으로 자기 뒤통수를 가리켰다.

"그 새끼가 맥주병으로 깐 자리야. 머리가 길어서 안 보이지만 잘 보면 꿰맨 자국이 보일 거야. 근데 너 뭐 할 줄 알아?"

내가 우물쭈물하자 그가 다시 한번 물었다.

"오토바이 탈 줄 알아? 원동기 면허 있어?"

"아니."

"돈은 좀 있어?"

"별로 없는데."

"너도 생쌀 씹고 다니냐?"

"아니."

"그럼 대체 뭐 믿고 집 나왔냐?"

나는 대꾸하지 않았다.

"제이가 부탁했으니까 일단 여기서 지내. 주인한테는 우리가 말해줄게. 알바 하나 더 쓸 형편은 아니니까 그냥 잔심부름이나 좀 해주고 버리는 닭 있으면 얻어먹어."

낯선 배달 소년들 곁에서 잠을 청하던 그 새벽, 나를 괴롭힌 것은 제이와 내가 다시는 하나가 될 수 없으리라는 예감이었다. 우리는 완벽한 타인이 되어가고 있었다.

며칠 후, 나는 휴대폰의 발신지를 추적해온 아버지에게 붙들려 집으로 끌려갔다. 그러나 한 달이 채 지나지 않아 나는 다시 집을 나왔다. 다시 붙잡혀 들어갔고 또다시 가출했다.

"판사들은 중범, 그러니까 같은 죄를 거듭 저지르는 것을 아주 싫어한다. 절도를 거듭하면 살인보다 높은 형량을 받기도 하지. 세상의 법은 집요하고 가혹하다. 나는 그 법을 집행하는 사람이지만 집에서는 그러고 싶지 않다. 그게 가능하지도 않지. 이런 시대에 가장

이 할 수 있는 일은 오직 포기뿐이다. 아버지가 널 포기하지 않게 해다오."

"그냥 절 포기하세요."

그러는 사이 나는 원동기 면허를 취득하여 오토바이를 몰 수 있게 되었다. 피자 배달을 시작했고 적게나마 돈을 벌었다. 예전만큼 자주는 아니지만 배달이 끝난 밤이면 제이와 목란을 찾아갔다. 나는 선불 휴대폰을 사서 사용하기 시작했고 그 때문에 아버지의 추적을 따돌렸다고 생각했지만, 어쩌면 아버지가 더이상 나를 잡으러 다니지 않는 것일지도 몰랐다. 어쨌든 몇 달에 걸쳐 가출과 귀가를 반복한 끝에 나는 완전히 아버지로부터 벗어날 수 있었다.

22

봄이 되면 폭주족이 원효대교 아래나 여의도 고수부지로 모여든다. 목란이 제이를 태우고 원효대교 아래로 갔다.

"거기 뭐가 있는데?"

제이가 물었다.

"폭주족."

"왜 거기로 모여들어?"

"폭주족 상담하는 자원봉사자들이 거기 있거든."

"폭주하는 애들이 상담을 받겠다고 거기 몰려간다는 거야?"

"물론 그럴 리가 없지."

"그럼 왜 가?"

"컵라면을 주거든. 처음에는 그것 때문에 애들이 가기 시작했는데 그러다보니 거기가 무슨 집회장소처럼 돼버렸어. 사람 많이 모이는 데 다 좋아하잖아."

아이들이 나타나기 시작한 것은 자정이 거의 다 되어서였다. 원효대교 아래 공원으로 집결하는 오토바이는 다양했다. 할리 데이비슨이나 BMW 같은 고가의 오토바이만 없을 뿐, 온갖 종류의, 다양하게 개조한 오토바이들이 모여들었다. 피자 체인점 로고와 배달 상자까지 그대로 달린 배달용 오토바이도 있었다.

내가 합류한 것도 그즈음이었다. 나는 배달에 쓰는 오토바이를 타고 갔다. 제이는 치렁치렁한 검정 모직코트를 입고 있었다.

"〈매트릭스〉 찍냐?"

제이는 대꾸 없이 빙긋 웃었다. 목란은 몸에 딱 붙는 스키니진을 입고 위에는 얇디얇은 카디건을 걸쳤다.

"안 추워?"

"너는 맨날 무슨 애늙은이처럼 춥다춥다 하더라."

목란이 입을 비쭉거렸다. 아이들이 목란에게 다가와 인사를 하고 지나갔다. 같이 서 있던 제이도 주목을 받았다. 폭주족들은 출정을 앞둔 병사들처럼 소그룹 단위로 모여 담배를 피웠다. 오토바이를 얻어타려는 여자애들 역시 서너 명의 소그룹을 이뤄 돌아다녔다. 여자애들은 목란을 보면 슬금슬금 피했다.

"나 잠깐 둘러보고 올게."

제이는 일정한 거리를 두고 그 그룹들 사이를 배회했다. 모두가 경계의 눈초리로 제이를 힐끔거렸다. 공회전을 하는 오토바이들은 상처입은 짐승처럼 거친 숨을 내쉬며 웅크리고 있었다. 볼륨을 한껏 올린 록이나 힙합이 강력한 출력의 우퍼를 통해 울려나오기도 했다. 제이가 너무 가까이 접근하면 보란듯이 잇새로 침을 쏘는 애들도 있었다. 훗날 제이는 그 장면을 이렇게 술회한 바 있다.

"그 아이들이 나를 기다리고 있다는 느낌이었어. 성난 개떼처럼 으르릉거리기는 했지만 막상 내가 다가가면 꼬리를 내리고 받아줄 것 같았어. 그리고 어떤 목소리도 들었어. 가서 그들과 하나가 돼라. 그들을 이끌고 더 높은 곳으로 나아가라. 뭐 그런 것이었어."

제이는 느낄 수 있었다. 원효대교 아래 집결한 저 수백 대의 2기 통 내연기관들이 지금 어린 운전자들 못지않게 흥분하고 있다는 것을. 출정을 앞둔 기마대의 말처럼 거친 숨을 내뿜으며 어서 달려나가기만을 기다리고 있다는 것을. 무엇보다 제이의 영혼이 저 뜨겁고 충동적인 기계와의 소통을 절절히 바라고 있었다. 저기에 올라타기만 한다면 자신은 누구보다도 더 긴밀하게 제 몸은 기계로, 기계는 제 몸으로 화할 것 같았다. 불에 탄 스쿠터로 빙의할 때의 기분도 그대로 되살아났다.

자정이 넘어가자 원효대교의 분위기는 서서히 술렁거리기 시작했다. 한 그룹이 요란한 폭음을 내며 도심 쪽으로 떠나자 다른 그룹들도 그들을 따라 강변을 떠나기 시작했다. 서울시에 제출할 폭주 청소년 대상 설문조사에 응해주며 시간을 죽이던 애들도 하나둘 자기 오토바이로 돌아가 시동을 걸었다. 떠나가는 아이들을 자원봉사자들이 배웅했다.

"조심들 해."

경광봉을 손에 든 아이들이 그것을 휘둘러 작별인사를 했다. 서너 그룹이 먼저 시내 쪽으로 떠났다. 헬멧을 쓴 아이는 하나도 없었다. 여자애들이 괴성을 지르며 핸들을 잡은 남자들을 자극했다. 문자를 주고받으며 상황을 파악하던 다른 그룹들도 하나하나 전열을 정비하기 시작했다. 분위기가 그렇게 막 달아오르기 시작할 무렵, 새로운 그룹 하나가 원효대교 아래로 내려왔다. 얼핏 보기에도 서른 대는 넘어 보이는, 상당히 규모가 큰 그룹이었다. 막 떠나려던 나머지 그룹들이 마치 영접이라도 하듯 잠시 멈춰 선 채 새로 도착하는 그룹을 맞았다. 그들이 조우한 곳에는 가로등이 없어 자원봉사자들이 모여 있는 공원 쪽보다 훨씬 어두웠다. 오토바이의 하이빔 헤드라이트만이 그들 서로를 비춰주었다. 역광을 받은 실루엣들이 부산히 움직였다. 마치 벌통에 모여든 꿀벌이 웽웽대듯 멈춰 선 오토바이들을 둘러싸고 수십 대의 오토바이가 뱅뱅 맴을 돌았다.

제이도 몇 발짝 앞으로 나아가 어둠 속에서 빙빙 돌고 있는 오토바이들을 바라보았다. 그때까지도 강변을 어슬렁거리던 여자애들이 뒷자리가 빈 오토바이에 올라타고 있었다. 제이는 그룹의 중심에서 가장 빛나는 오토바이를 주목했다.

"태주네 그룹이야."

목란이 말했다.

"태주가 누구야?"

제이가 물었다.

"제일 잘나가는 폭주 그룹의 리더. 그리고 내 옛날 남친."

태주의 그룹은 열병식을 하듯 원효대교 아래를 한 바퀴 빙 돌았다. 목란을 발견한 태주가 그 앞으로 와 오토바이를 멈추었다.

"잘 지내?"

"그럭저럭."

"옆에 있는 거지는 누구야?"

태주가 눈싸움을 하듯 제이를 노려보았다. 제이도 피하지 않았다.

"싯다르타."

목란이 대답했다.

"싯다르타가 누구야?"

"그런 게 있어."

태주는 기수를 돌려 램프 쪽으로 움직이기 시작했다. 그때까지 원효대교 아래 남아 있던 다른 그룹까지 흡수해 거대한 대열을 만든 후, 강북강변도로 방면으로 올라가기 시작했다. 개개의 오토바이가 증폭시킨 엄청난 배기음과 화려한 불빛이 한꺼번에 사라진 원효대교 아래는 실제 이상으로 적막하게 느껴졌다. 자원봉사자들이 일부 철수하기 시작했다. 일부는 새벽까지 남아서 자리를 지킨다고 했다. 나는 제이를 바라보았다. 제이의 영혼은 위스키 상자로 쌓은 탑을 다시 필요로 하고 있었다. 타고 올라 자신이 떠나온 세상을 내려다볼 위태로운 탑. 그것은 필경 무너질 것이고 나는 다시 한번 그 추락의 목격자가 될 것이었다.

23

벚꽃이 만개하던 4월의 여의도. 우리는 가로등 불빛 아래로 분분히 흩어지던 꽃잎을 가르며 달렸다. 제이와 나, 그리고 목란. 당시에는 주로 이렇게 셋만 몰려다녔다.

"너한테서 그 냄새 나."

벚나무 아래에서 하드를 먹다가 제이에게 말했다.

"무슨 냄새?"

"돼지엄마네 룸살롱 있잖아, 그 웨이터 숙소."

말하자면 가난의 냄새. 자기 방이 없는 어린 남자들의 퀴퀴한 비린내.

"남 얘기 하시네."

목란이 가와사키에 시동을 걸었다.

"가볼까?"

제이와 목란은 앞서거니 뒤서거니 한강변을 질주해나가기 시작했다. 오래 호흡을 맞춰온 남녀 아이스댄싱 듀오가 얼음을 지치는 장면을 연상시키는, 때로는 부드럽고 때로는 박력 있는 드라이빙이었다. 나는 그 둘 사이를 비집고 들어가 훼방을 놓았지만 곧 둘이 다시

한 덩어리가 되어 움직였다.

제이는 우리 셋 중에서 가장 늦게 핸들을 잡았지만 진도는 제일 빨랐다. 목란은 오토바이 그 자체를 좋아하지는 않았다. 그녀에게 그것은 단지 사교 수단일 뿐이었다. 옛 남친인 태주가 하루종일 오토바이 위에서 살다시피 했으니 그와 함께하려면 오토바이가 필수였던 것이다. 나는 잔기술은 없이 속도에만 탐닉하는, 제이 표현대로라면 '들이대는' 운전이었다. 제이는 말 그대로 오토바이와 한 몸이 되었다. 질주의 어떤 순간에 도달하면 제이는 곁에 있는 우리의 존재조차 잊어버렸다. 목란이 그 얘기를 꺼내자 제이가 고개를 끄덕였다.

"맞아, 그런 게 있어. 설명하기는 좀 어려워. 차하고 나하고 하나가 된다, 뭐 그딴 건 아냐. 내 정신이 차에 스미는 거야. 그 안으로 들어가서 생각하고 세상을 보고, 그러면서 움직이는 거야."

제이는 보육원의 독방에서부터 시작된 신비로운 경험에 대해 우리에게 말해주었다. 그러나 우리가 제이의 말을 액면 그대로 믿은 것은 아니었다. 그냥 '뻑이 가는' 어떤 순간이 있겠거니 하고 말았다. 그때까지만 해도 제이의 운전에는 우리가 얼마 후에 보게 될 일종의 신기가 아직 보이지 않았다. 단지 어느 누구와도 다른, 대담하면서도 우아한 자기만의 드라이빙 스타일을 막 선보이기 시작한 단계에 불과했다. 그러나 그것만으로도 제이는 서서히 다른 폭주 그룹의 주의를 끌기 시작했다.

"바다에 가본 적 있어?"

제이가 물었다. 물론 나는 알고 있었다. 제이는 바다에 가본 적이 없었다. 돼지엄마의 사전에는 '휴가'라는 단어가 등재돼 있지 않았다.

"그럼 너는 없어?"

목란이 되물었다.

"정근이가 놀러오라더라."

정근이는 얼마 전까지 제이와 알고 지내던 아이였는데 비 오는 날 피자 배달을 나갔다가 사고를 당해 다리가 부러지는 중상을 입었다. 삼십 분 배달 보증제니 뭐니 해서 이제 피자 배달은 목숨을 건 속도 경쟁이 되었다. 사고 이후에야 그는 서해안의 작은 시골 마을에서 올라왔다는 것을 모두에게 털어놓았다. 혼자 힘으로 먹고살 수 없게 된 그는 할머니가 계시는 바닷가로 돌아가는 수밖에 도리가 없었다.

"지금 확 뜰까?"

목란이 안장에 궁둥이를 얹으며 말했다.

"이 밤중에?"

내가 은근히 반대했지만 목란이 밀어붙였다.

"뭐 어때? 내일 아침에 올라오지 뭐. 두 시간이면 갈 거야."

우리 셋은 국도를 타고 달렸다. 각성제에 의지해 밤을 새워 달리는 대형트럭들이 비틀거리며 중앙선을 넘나들었다. 우리는 신호를 무시하고 남서쪽으로 내달렸다. 섬으로 건너가는 연륙교 머리에 도착한 우리는 그제야 시동을 끄고 엔진을 식혔다. 가로등 불빛이 검은 바다 위에서 번들거리며 빛났다. 목란의 긴 머리가 바닷바람에 휘날렸다. 나는 목란을 보는 게 좋았다. 세상의 온갖 좋은 것을 모아

빚어놓은 존재 같았다. 목란도 내가 자기를 본다는 것을 알고 있었다. 눈길이 자주 마주쳤다.

"바다다!"

제이가 바다를 향해 달리기 시작했다. 제이가 첨벙거리며 물속으로 뛰어들었다. 목란이 따라 뛰어들었다.

"아, 신발, 내 신발."

물에 뛰어들면서 제이의 슬리퍼가 벗겨졌다. 물은 차가웠고 밤바다는 그저 검은 잉크처럼 막막할 따름이었지만 우리는 낄낄 웃어댔고 서로를 밀쳤다. 슬리퍼를 찾는다며 텀벙거리다가 물싸움을 벌였다. 목란이 제이의 슬리퍼를 찾아 트로피처럼 높이 치켜들었다.

"여깄다!"

제이가 목란의 어깨를 감싸안더니 갑자기 볼에 입을 맞추었다. 나는 어두운 바닷가를 걸었다. 물에서 나온 제이는 담배를 피워물었고 나는 목란을 바라보았다. 멀리서 오토바이 배기음이 들려왔다. 정근의 동생이었다. 열네 살밖에 안 된 정근의 동생이 50cc 스쿠터를 몰고 있었다.

"촌에선 다 이래요."

우리는 그를 따라 시골길을 달렸다. 바다에서 뒹굴 때는 못 느꼈던 한기가 몸을 옥죄어왔다. 아침잠이 없는 정근의 할머니는 벌써 일어나 계셨다. 우리를 바라보던 할머니의 무심한 눈길은 지나가는 동네 개를 바라보는 시선과 다르지 않았다. 세상 모든 일에 대한 윤리적 판단을 오래전에 그만두었다는 인상을 풍겼다. 채 잠이 덜 깬 정근은 목발을 짚고 나왔다. 제이와 다양한 욕을 섞어 다정한 인사를 나누고는 나와 목란을 반겨주었다. 온수 보일러를 가동시키자 몇 분 후 뜨거운 물이 나오기 시작했다. 목란부터 차례로 샤워를 했다.

날이 밝아오자 우리는 할머니가 차려주는 아침을 먹고 다시 바닷가로 나갔다. 언덕 사이로 난 길을 따라가다 갑자기 광막한 바다와 직면하자 제이는 잠시 말을 잃었다. 목란도, 나도, 제이가 태우고 온 정근도 그 순간에는 잠시 침묵했다. 엔진이 꺼지고 말은 사라지고 곁에 누가 서 있는지조차 잊어버리게 되는 순간. 먼저 입을 연 것은 제이였다.

"아무것도 없네."

"그럼 바다에 바다 말고 뭐가 있나?"

여름마다 국내외의 이런저런 바다를 겪어온 목란이 말했다. 정근은 변명하듯 말했다.

"뭐, 아직 철이 아니니까. 글구 안에 뭐 존나 많아. 저기 바지락도 얼마나 많은데……"

제이는 바다의 기이함을 단숨에 파악했다. 바다, 그것은 거대한 없음이었다. 제이는 자신이 존재하지 않았던 과거와 존재하지 않게 될 미래를 떠올렸다. 시작도 끝도 없는 우주의 시간이 바다라는 형태를 빌려 나타난 것만 같았다.

24

폭주는 주말마다 벌어졌다. 목란과 나, 제이만 몰려다니던 목가적인 시기는 금세 지나갔다. 제이가 나타나기만 하면 수가 불어났다. 많은 날은 백 대 가까운 오토바이가 시내를 누볐다. 폭주가 끝나도 돌아가지 않고 제이 곁에 남아 있는 애들이 수십 명은 되었다. 그 안에서 나의 위치는 애매했다. 새로 합류한 제이의 추종자들은 거칠었고, 대놓고 나를 함부로 대했다. 제이가 내 존재에 관심을 기울여줄 때마다 황송함을 느꼈고, 그와 동시에 그러는 내가 싫었다. 아이들은 제이가 나를 상대할 때만 나를 잠시 의식했다가 곧 다시 잊어버렸다.

주말마다 제이는 왕의 삶을 살았다. 삼선슬리퍼를 끌고 다니는 반바지 차림의 왕. 그러나 그것이 그 세계의 패션이었다. 넘어지면 무릎이 까지도록 반바지를 입어야 하고 머리가 박살나도록 헬멧은 착용하지 않아야 한다. 어린 수컷들은 가슴을 내밀어 용기를 과시하고자 한다. 용기, 그것은 죽음의 가능성을 일소에 부치는 허세에서 온다. 그런데 그들은 아직 허세와 광기를 구별할 나이가 아니었다. 그래서 광기의 제이가 그들 위에 설 수 있었다.

제이가 높아질수록 나는 낮아졌다. 나는 어린 시절부터 왕을 보필해온 내시와도 같았다. 왕의 많은 것을 알고 있지만 그렇다고 마음대로 발설해도 되는 것은 아니었다. 아이들이 제이에 대해 말도 안되는 루머를 만들어 퍼날라도 나는 입을 다물었다. 교정하고 싶은 생각이 들지 않았던 건 아니지만 허위를 바로잡으려는 나의 노력은 제이와의 오랜 친분을 과시하여 더 높은 서열로 올라서려는 수작으로 보일 게 뻔했다. 게다가 제이 역시 자기를 둘러싼 갖가지 루머를 어느 정도 즐기는 것 같기도 했다.

알에서 깨어난 바다거북은 드디어 바다에 다다른 것일까? 잠복해 있던 제이의 본성이 깨어나기 시작했다. 인기가 권력이라는 것, 권력은 폭력이 본래 구현하려던 것을 폭력 없이 구현하는 힘이라는 것을 금세 알아차렸다. 제이는 도전자에게는 가혹하게, 추종자에게는 부드럽게 대했다. 눈짓만으로도 뜻이 이루어졌다. 도전자는 추방당하거나 곤욕을 치렀다. 그런 과정을 통해 제이가 이끄는 폭주 그룹은 그 어느 그룹보다도 일사불란하게 움직였다. 제이에 대한 충성심은 오직 폭력으로만 배양된 것이 아니었다. 제이는 경찰에 대해 이전의 폭주족과는 전혀 다른 방식으로 맞섰다. 이전의 그룹들이 경찰차만 보면 뿔뿔이 흩어져 도주했다가 다시 집결하는 식이었다면, 제이는 순찰차의 진행을 막거나 경찰의 방어선을 정면으로 돌파하는 길을 택했다. 경찰은 자신들에게 정면으로 맞서는 폭주족의 출현에 아직 준비가 돼 있지 않았다. 제이의 이런 과감함은 그를 따르는 폭주족에게 흥분과 자부심을 안겨주었다. 자신들은 다르다고 믿었고 그것은 곧 리더인 제이에 대한 숭배로 이어졌다. 때로는 제이 혼자서 여러 대의 순찰차를 끌고 다니다가 따돌리기도 했고 골목에 숨어 있다 튀어나오는 일종의 매복공격도 서슴지 않았다. 제이를 통해 아이들은 순찰차가 오토바이를 들이받을 배짱도 없고 오직 사고방지에만 급급하다는 것을 알게 되었다. 온갖 장비로 무장한 정복경찰이 헬멧도 무릎보호대도 착용하지 않은 슬리퍼 차림의 십대들에게 한없이 휘둘렸다. 낮의 세계에선 경찰이 왕이다. 배달을 가다가도 경찰만 보면 몸이 움츠러드는 게 배달 소년들이었다. 경찰은 헬멧 미착용, 신호위반 같은 사소한 위반에도 히죽거리며 범칙금을 매겼다. 꿀밤을 때리거나 귀를 잡아당기는 경찰도 있었다. 그러나 밤의 세계에서 경찰은 호구였다. 순순히 딱지를 받아들던 낮의 아이들이 밤이 되면 피에 굶주린 좀비처럼 경찰에게 달려들었다.

언젠가 제이가 이런 말을 했다.

"스트레스를 풀려고 폭주를 한다고? 그건 스트레스가 아니야. 가게 주인한테 쟁반으로 머리통을 맞았을 때 느끼는 게 스트레스야? 장난으로 엉뚱한 집에 배달시키고 위에서 내려다보며 킬킬거리는 애새끼들을 볼 때 느끼는 게 스트레스야? 껀수 잡으려고 만만한 우리 잡아서 반말 찍찍하면서 딱지 떼는 짭새 만나면 스트레스야? 아니야. 스트레스는 내일 시험이 있는데 공부가 충분하지 않을 때, 약속시간에 늦었는데 길이 꽉 막혀 있을 때, 그런 때나 느끼는 거야. 그럼 우리가 느끼는 건 뭐야? 분노야. 씨발, 존나 꼭지가 돈다는 거야. 그래, 우리는 열받아서 폭주하는 거야. 뭐에 대해서? 이 좆같은 세상 전체에 대해서. 폭주의 폭 자가 뭐야? 폭력의 폭 자야. 얌전하면 폭주가 아니라는 거지. 엄청난 소리를 내고, 입간판을 부수고, 교통을 마비시킬 때, 그제야 세상이 우리를 보게 되는 거야. 폭주는 우리가 화가 나 있다는 걸 알리는 거야. 어떻게? 졸라 폭력적으로. 말로 하

북북 서가가 추어나 그째 이야기들

"세상에는 이직 발견되지 않은 좋은 이야기가 숨어 있다고 믿습니다."

완벽한 아이

무엇으로도 가틀 수 없었던 소녀의 이야기

"다 널 위한 거야."
완벽한 아이는 어떻게 부모로부터
스스로를 지켜내고 해방시킬 수 있었을까?

모드 쥘리엥 지음 / 윤진 옮김 / 16,000원

금주 다이어리

어느 애주가의 맨정신 체험기

"중독에서 탈출하는 이야기를 이렇게 재미있게
쓸 수 있다니!" 경력단절 다음이맘에서 베스트
셀러 작가로! 위트와 유머, 눈물이 금주 성공기

클레어 풀리 지음 / 하진 옮김 / 16,500원

하프 브로크

부서진 마음들이 서로 만날 때

"진에 무슨 일이 있었든, 다신 그런 일 없을 거
야." 상처받은 동물과 사람이 주고받는 마법 같
은 대화와 유대를 그린 감동 실화.

진저 개포니 지음 / 허형은 옮김 / 16,500원

에르메스 수첩의 비밀

도라 마르가 살았던 세계

우연히 손에 넣은 수첩이 비밀. 피카소의 〈우
는 여인〉에 박제되 한 예술가의 진짜 삶이 거
기 숨어 있었다.

브리지트 벤케모 지음 / 윤진 옮김 / 17,000원
르노도상 논픽션 부문 후보

에피쿠로스의 네 가지 처방

불안과 고통에 대처하는 철학의 지혜

"인간의 고통에 치료법을 제시하지 않는 철학
자의 말은 공허할 뿐이다." 오해와 편견에 가
려진 에피쿠로스 철학에 대한 현대자 해석.

존 셀라스 지음 / 신소희 옮김 / 12,000원

플롯 강화

길 잃은 창작자를 위한 글쓰기 수업

"플롯 강화는 당신 책상 위에 두고 필요한
부분이 페이지를 펼고 밑줄을 그어가며 읽어
야 할 책이다."

노아 루크먼 지음 / 신소희 옮김 / 15,800원

면 안 되냐고? 안 돼. 왜? 우리는 말을 못하니까. 말은 어른들 거니까. 하면 자기들이 이기는 거니까 자꾸 우리보고 대화를 하자고 하는 거야."

"그런다고 세상이 우리를 이해해줄까? 사람들 잠 다 깨우고 길 막고 다 때려부순다고?"

나는 조심스럽게 반박해보았다.

"난 이해받고 싶은 게 아니야. 열받게 하려는 거지. 세상은 우리를 미워해. 왜냐하면 우리가 존나 부럽거든. 우리가 배달이나 다니고 검정고시 공부나 하면서 찌그러져 있어야 마음이 편한데, 신호도 차선도 무시하고 꼴리는 대로 달리잖아. 밤늦도록 집에도 안 들어가고. 꼰대들이 그렇게 침 흘리는 어린 여자애들 뒤에 태우고 다니고. 그러니 죽이고 싶은 거지. 걔들이 우리를 이해 못하는 것 같아? 아니야. 이해 잘해. 그래서 미워하는 거야."

"화가 나 있다는 걸 알리고 싶다면서?"

"내가 보육원에서 배운 게 있어. 거긴 애들이 아주 많아. 보살피는 사람은 적고. 거기서 누구 하나를 때리면 어른이 나타나서 물어. 왜 그랬냐고. 나는 그게 대화이고 관심인 줄 알았어. 그런데 나중에 보니까 그냥 묻기만 해. 그러고는 벌을 줘. 하지만 적어도 혼자 삭일 필요는 없는 거지. 어차피 세상은 우리에게 벌을 줘. 나를 따라다니는 애들 사는 꼴을 봐. 저게 벌이 아니면 뭐야? 새벽부터 일어나서 자정까지 일하고, 욕먹고, 천대받고. 무시당하고, 비가 오나 눈이 오나 목숨을 걸고 배달하고, 명절도 휴가도 없이 일하고."

나야말로 제이가 묘사하는 그런 삶을 살고 있었다. 이젠 피자 냄새만 맡아도 토할 것 같았다. 피곤에 지쳐 잠드는 밤마다 집과 학교로 돌아가는 것에 대해서 고민했다. 그러나 돌아가봤자 가정이라는 허울 좋은 울타리에 몸을 의탁할 수 있는 시간은 잘해야 이 년이었다. 내 성적으로 좋은 대학에 가기는 애당초 글러먹은 일이었고 그렇다면 학교로의 귀환도 별 의미가 없었다. 그렇다고 현재의 삶에 만족하는 것도 아니었다. 가난한 십대는 외국인 불법체류자와 비슷한 급의 천민이었다. 최저시급을 받고 비천한 대접을 감수하면서도 항변조차 제대로 할 수 없었고, 대부분의 아이들은 자기가 인간 이하의 대우를 받고 있다는 것조차 몰랐다.

"그치만 사회는 학교나 보육원하고 달라. 벌을 주는 데서 끝나지 않아. 영원히 사회에서 격리당할 수도 있어."

"보통은 그렇지. 하지만 난 달라. 다를 거야. 두고 봐."

제이는 믿음이 부족한 제자를 내려다보는 스승의 시선으로 나를 바라보았다. 그후로는 제이의 눈길이 나에게 와서 닿을 때마다 나는 그가 나를 문득 '발견'하고 있다는 인상을 받았다. 새벽 폭주를 마친 어떤 날은 제이가 이런 말을 툭 던지기도 했다.

"뭐야? 너 아직 안 간 거야?"

제이는 짱이었으므로 별것 아닌 말에도 아이들이 웃었다. 제이의 이 말에도 아이들이 웃었다. 아이들을 따라 웃어야 할지 아니면 화를 내야 할지 결정해야 하는 순간이 점점 많아졌다. 모두가 웃을 때 따라 웃지 못한다면 그가 바로 외톨이다. 그러면서도 나는 제이를 바라본다. 나라는 인간을 글자로 써서 거울에 비춘 것이 제이일 거라고 나는 생각해왔다. 좌우가 뒤바뀌어 있을 뿐 근본은 같은, 나이를 먹어 둘로 분리된 정신의 샴쌍둥이. 내가 말의 감옥에 갇혀 있을 때, 우리는 분명 하나처럼 살았다. 내가 생각하면 제이가 말했다. 내가 생각하면 제이가 행동했다. 나중에는 내가 생각하기도 전에 제이가 앞질러 말하고 행동했다. 내가 함구증에서 벗어나 다시 말을 하기 시작한 후에도 이 관계는 바뀌지 않았다. 몇 년을 떨어져 지냈지만 제이가 돌아오자 즉각 복원되었다. 제이는 내가 상상만 하던 것을 언제나 먼저, 극단적인 방식으로 실현했다. 집을 떠나 방랑하는 것도, 목란 같은 여자아이와 사랑하는 것도, 오토바이 대열을 이끌고 도시를 질주하는 것도, 모두 제이가 하고 있다. 그리고 나는 언제나 뒤에 처져 있다. 제이를 바라보면서.

"뭐가 다를 거라는 거야?"

"내 머릿속에 떠오르는 이미지가 하나 있어. 뭐라고 표현하기는 좀 어려운데 점점 확실해지고 있어. 초등학교 삼학년 때, 특별활동으로 서예 배운 적 있잖아? 그 흰 턱수염을 기른 서예 강사 기억나?"

나는 고개를 끄덕였다. 강사는 교실로 들어오자마자 아이들 앞에서 시범을 보여주었다. 굵은 붓으로 단숨에 그어내리다가도 때로는 끊어질 듯 끊어질 듯 가늘게 이어가기도 하고, 그러다가 문득 호를 그리며 부드럽게 돌아나갔다. 뜻을 모르는 글자들은 그림처럼 보였고 강사의 붓놀림은 춤과 같았다.

"그 턱수염이 이런 말 한 것도 기억나? '붓이 일단 종이에 닿으면 그때부터는 절대로 머뭇거리거나 멈춰서는 안 돼. 처음에 생각한 대로 쭉 그어내리는 거야'라고 했어."

제이에게 폭주는 하나의 미적 체험과도 같은 것이었다. 오토바이를 탄다는 것은 마치 도시의 거리에 굵고 힘찬 붓질을 하는 것과 같다는 것. 설령 아무도 그 글자를 알아보지 못할지라도 말이다.

"그런데 만약 그 붓질을 나 혼자가 아니라 수천 수만이 한다고 생각해봐. 내가 생각하는 그림은 그런 거야."

25

목란과 나만 뒤로 남겨지는 일이 잦아졌다. 목란은 공식적으로 제이의 여자친구였지만 바로 그 이유로 나와 같은 서열, 그러니까 서열을 매길 수 없는 애매한 상태에 머물렀다. 제이와 개인적으로 가장 가까운 우리 둘은 제이가 외면하는 순간 그야말로 아무것도 아닌 존재가 되었다.

"제이가 내가 오토바이 몰고 나오는 거 싫어하는 것 같아."

목란이 담배를 물며 말했다.

"왜?"

"내가 여자애들 패잖아."

목란은 오토바이 뒷자리에 올라타보겠다고 몰려드는 여자애들을 싫어했다. 목란만 그런 것은 아니었다. 자기 오토바이를 갖고 폭주를 뛰는 여자애 대부분이 그랬다. 그래서 목란이 나타나면 여자애들이 슬금슬금 뒷걸음질을 쳤다. 제이를 따르는 남자애들로서는 달가운 일이 아니었다. 한번은 목란이 여자애 하나를 잡는 광경을 직접 본 적이 있었다. 따귀를 때리는 손이 아주 빠르고 매서웠다. 뺨을 맞은 여자애가 표독스럽게 목란을 올려다보았지만 감히 반격하지는 못했다. 목란은 여자애의 눈길이 수그러질 때까지 따귀를 계속 올려붙였다.

"그냥 제이 뒤에 타는 게 어때?"

"그럴까? 아냐, 그건 싫어. 쪽팔리잖아."

목란은 자발스럽게 다리를 떨었다. 그 무렵 제이는 노골적으로는 아니었지만 다른 여자애들을 건드리고 다녔다. 그 때문에 목란의 신경은 날카로울 대로 날카로워져 있었다.

"남자애들은 다 그런 거니?"

불을 밝힌 유람선이 강의 수면 위를 미끄러져 내려가는 모습이 보였다. 강변으로 밤산책을 나온 사람들이 우리를 멀리 우회해 돌아갔다. 목란이 꽁초를 강으로 던졌다. 작은 빛이 어둠 속으로 날아가 사라졌다. 그녀의 손이 형광색으로 파랗게 빛났다.

"네가 더 잘 알잖아?"

"너도 그렇게 생각하는구나. 내가 남자애들을 잘 안다고."

"그런 뜻은 아니야. 단지 나도 잘 모른다는 거지."

"제이도 이상하지만 너도 좀 이상해. 넌 왜 폭주를 뛰니? 어울리지도 않게 생긴 애가."

"나는 뭐에 어울리게 생겼는데?"

목란이 고개를 돌려 정면으로 나를 바라보았다. 목란이 나라는 인간을 처음으로 제대로 보고 있다는 기분이 들었다. 나는 시선을 떨궜다.

"여하튼 너는 이런 데 어울리지 않아."

"그럼?"

"잘 모르겠어. 일단 넌 말이 너무 없어. 여자애들한테도 관심이 없는 것 같고. 오토바이도 얌전히 몰잖아. 너 혹시 제이 좋아해? 그러니까 내 말은 사랑하냐고."

목란의 기습이었다. 한 번도 생각해본 적이 없는 문제였다. 실은 그 차이를 정확히 모르겠다는 게 진심이었다. 제이에게 어떤 감정을 느낀다기보다 그에게 어쩔 수 없이 결부돼 있다는 느낌이었다.

"그렇게 보여?"

"아니면 여기 왜 있어? 꼬붕 같지도 않고. 너랑 제이는 좀 이상해. 네가 제이 그림자 같기도 하고 어떨 땐 제이가 네 그림자 같기도 해."

나는 어린 시절 집에 전기가 나갈 때면 하곤 하던 그림자놀이를 떠올렸다. 손으로 늑대도 만들고 토끼도 만들었지. 혹시 제이는 내가 만든 그림자일까.

"실은 여자애들 중에 너 좋아하는 애 하나 있어. 눈치 못 깼어?"

전혀 깜깜이었다.

"몰랐구나. 있어. 종희라고, 왜, 얼굴에 주근깨 있고 눈 큰 애 있잖아."

목란과 어울려다니는 애들의 이름을 나는 사실 하나도 기억하지 못했다.

"걔가 너 찍었어. 몰랐어?"

"응."

"관심 없어?"

"없어."

"거봐. 이상하잖아."

목란이 다시 내 얼굴을 뚫어져라 바라보았다. 나도 쭈뼛쭈뼛 고개를 들어 목란의 시선을 처음으로 마주 받았다. 차가운 팥빙수를 먹었을 때처럼 머리가 아파왔다. 나는 고개를 숙인 채로 불쑥 고백을 하고 말았다.

"……실은 너를 좋아해."

목란은 별로 놀라지 않는 눈치였다. 그녀는 위로라도 하듯 이렇게 말했다.

"나 허벌창인 거 잘 알잖아."

"……무슨 그런 말을."

"제이가 나는 안 건드려. 그거 알아?"

목란이 쓸쓸하게 말했다.

"안 잤다고?"

나는 깜짝 놀라 물었다. 제이는 곧잘 목란과 같은 방에서 밤을 보냈다. 옆에 다른 애들이 함께 있는 경우도 있었지만 제이가 하려고 마음만 먹었다면 그쯤은 아무 문제도 되지 않았을 것이다.

"응."

제이와 잤다고 떠들고 다니는 여자애들은 많았다. 나 역시 몇 번이나 제이가 바지춤을 추스르며 화장실에서 나오는 모습, 여자애가 고개를 숙이고 뒤따라나오는 모습을 강변에서 목격한 바 있었다. 의심할 여지 없이 제이는 대장 수컷으로 행동하고 있었다. 그런데 목란과는 아무 일이 없었다니 의외였다.

"빨아준 적은 있어. 근데 별로 좋아하지 않는 것 같았어."

내가 목란을 처음 보았을 때 그녀는 큐브 속의 여신이었다. 그런데 지금 목란은 스스로 가장 비천한 곳으로 내려가고 있었다. 그것도 모자라 제이까지 끌고 들어가려 했다. 나는 두 손으로 귀를 막았다.

"제발 아무 말도 하지 마. 듣고 싶지 않아."

"너한테 처음 하는 거야. 이런 얘기."

왜? 내가 제이의 그림자이기 때문에? 어디에도 발설하지 않을 바보라서?

"정말 안 듣고 싶어. 아까도 말했지만 너를 좋아해."

"너한테도 말을 못하면 짜증나서 미칠 것 같아."

"……제이가 너를 아끼는 거야."

"아니야, 내가 걸레라 그러는 거야."

"그런 말 하지 마. 넌 정말 예뻐. 나는 알아, 네가 정말 좋은 애라는 걸."

"뻥까시네. 내가 길에서 떠돈 게 벌써 몇 년인데."

목란이 내 어깨에 제 머리를 얹었다. 나는 얼떨결에 팔을 뻗어 그녀의 어깨를 감싸안았다. 싸구려 분 냄새가 확 끼쳐들 정도로 가까운 거리에 우리의 두 얼굴이 있었다. 마음만 먹는다면 간단하게 그녀의 이마, 아니 입술에도 키스할 수 있을 거리였다. 그러나 나는 하지 않았다. 그러고 싶은 생각이 전혀 들지 않았다. 이상한 일이었다. 그녀가 자신을 낮추고 비하해서가 아니었다. 제이가 목란을 건드리지 않았다는 것을 안 순간, 목란에 대한 나의 욕망도 사라져버렸다. 그 순간 나는 깨달았다. 내가 목란에게 빠졌던 건 바로 제이가 그녀를 원한다고 믿었기 때문이라는 것을.

성기가 발기하여 딱 달라붙는 바지 속에서 부대꼈지만 내 영혼은 차분하게 상황을 관조하고 있었다. 내가 끝내 아무 액션도 취하지 않자 목란이 나의 품에서 몸을 빼내 벌떡 일어나 가와사키에 몸을 실었다. 그러고는 아무 말도 하지 않은 채 강변을 떠났다. 나는 목란이 내게 던진 질문에 대해 생각했다. 나는 왜 여기에 있는가, 나는 과연 어떤 사람인가. 두 질문에 대한 답은 자연스럽게 하나의 답으로 귀결되었다. 세상과 나 사이를 가로막는 그림자, 바로 제이였다. 거기에 목란의 자리는 없었다.

불현듯 아주 엉뚱하면서도 근본적인 해결책이 불쑥 떠올랐다. 그러자 그것은 마치 피할 수 없는 귀결처럼 느껴졌다. 나는 자리에서 벌떡 일어나 강변을 서성거렸다. 취객이 비틀거리며 지나가다가 나를 향해 알아들을 수 없는 욕설을 퍼붓고는 휘적휘적 멀어져갔다. 나는 화려한 빛으로 교각을 밝힌 한강의 다리를 바라보았다.

제이도 언젠가 어른이 될까? 나는 고개를 가로저었다. 언젠가부

터 내가 제이의 죽음을 상상해, 아니 바라왔는지도 모른다는 생각
이 들었다. 제이, 그가 세상에서 사라진다면 나는, 내 삶은 어떻게 될
까? 제이를 만난 이후 처음으로 나는 제이가 없는 세상을 구체적으
로 그려보기 시작했다.

4장

26

　박승태의 할리 데이비슨이 두둥두둥 낮고 둔중한 배기음을 내며 경찰서로 접근하자 정문에 서 있던 의경들이 경례를 했다. 그는 주차장 구석에 오토바이를 세웠다.

　"박경위님."

　정복을 입은 의경이 다가왔다.

　"왜?"

　"보안과장님이 찾으십니다."

　방으로 들어가자 신문을 훑고 있던 보안과장이 돋보기를 벗었다.

　"복장 봐라."

　하루이틀 당하는 건 아니었다. 그는 박이 입고 다니는 검정 가죽바이크 재킷에 늘 시비를 걸었다. 서장 이하 다른 간부들은 이제 그냥 넘어가는데도 이 보안과장만은 계속 문제를 삼았다.

"누가 그 옷을 보고 경찰공무원인 줄 알겠어? 폭주족으로 알지."

"잠복근무할 때 혹시 도움이 될지 누가 알겠습니까? 일종의 위장이죠."

"개소리."

"우리나라 폭주족 애새끼들은 이런 옷 못 입습니다."

"왜? 비싸서?"

"비 오면 쫄딱 맞으면서 배달하는 놈들이 가죽옷을 어떻게 입겠습니까?"

보안과장이 손가락으로 볼펜을 돌리며 물었다.

"언제 경위 달았지?"

"삼 년 됐습니다."

"부하도 있는 사람이 꼴이 그게 뭐야? 그래갖고 통솔이 돼? 말이 먹혀? 내가 당신 걱정해서 말해주는 거야."

승태는 붉어진 얼굴을 감추기 위해 고개를 숙였다.

"뭐 지시하실 사항이라도?"

보안과장은 문제아를 호출한 교장처럼 한동안 말없이 승태를 지그시 노려보았다.

"요즘도 오토바이 몰고 밤에 싸돌아다니나?"

"근무시간도 아닌데, 뭐 문제될 거 있습니까?"

"관할도 아닌 데를 왜 돌아다니나? 우리 서에 외로운 승냥이 하나

184

나셨네."

"아시잖습니까? 폭주족 단속도 하고."

"할리 데이비슨 몰고?"

"네."

"당신이 교통과야?"

"애들은 몰려다니면서 서울 시내 전역에서 분탕질을 치는데 단위 경찰서로는 그거 못 막습니다. 관할서에서 순찰차 내보내서 제압하면 다른 관할로 메뚜기 뛰듯 옮겨가버리지 않습니까? 걔네만 전담해서 추적 검거할 인원이 필요합니다."

"그래, 근데 그걸 왜 자네가 따라다니면서 단속하냐고. 내가 그래서 물어보잖아. 당신이 교통과야, 아님 청소년과야?"

"직접 단속은 안 합니다. 제가 오래 이 일을 해와서 애들도 알고 그러니까 현장 가서 타이르고, 그러다가 안 되면 몇 놈 잡아서 관할로 넘기고, 그게 다인 거 아시면서……"

"됐어. 알았으니까 이제 하지 마."

"이대로 가만두면 사회문제가 될 겁니다."

"일개 경위가 무슨 사회문제씩이나 걱정하고 난리야? 당신이 국회의원이야? 그 빠라바라방 애새끼들, 밤에 좀 돌아다니다 말잖아. 그걸 뭘 쫓아다니면서 잡아들이고 난리야? 잘 잡히지도 않는 것들, 겨우 잡아와봐야 훈방 아니면 벌금인데. 그러다 어디 사망사고라도 나보라고. 그 욕을 다 어떻게 먹으려고 그래? 인권위원회 조사 나오고 본청에서 감찰받고 싶어? 우리가 미국 경찰처럼 못해서 이러는 줄 알아? 헬기 띄우고 순찰차 범퍼로 받아버리고 그물총 쏴서 포획하면 다 잡지 왜 못 잡아? 산에서 내려오는 그 날쌘 멧돼지도 잡는 판에. 야, 멧돼지가 얼마나 영리한 줄 알아? 훈련시키면 간단한 산수도 한다고. 아마 똑똑한 놈은 폭주 뛰는 또라이새끼 몇 놈보다도 지능이 높을걸?"

"시민들 민원이 많습니다."

"야, 승태야."

보안과장은 승태의 말을 자르고 들어왔다.

"네?"

"그 폭주족 새끼들 좋아하는 놈이 대한민국에 어딨어? 머플러 떼서 소리는 요란하지, 쇼바 이빠이 올리고 날라리 기집애들 뒤에 태우고 빠라바라빵 중앙선이 뉘 집 개 이름이냐 이러면서 역주행해쌓고. 보면 그냥 확 죽이고 싶지. 인터넷 댓글 함 보라구. 삼청교육대 다시 만들어서 다 처넣어야 된다, 총은 뒀다 뭐하냐. 난리지, 난리야. 그거 하나는 국론 일치야. 다 싫어하지. 그런다고 그런 여론 믿고 날뛰다가는 너나 나나 한 방에 훅 가는 거야. 내 말 무슨 말인지 알아?"

"……"

"왜 대답이 없어? 계속 나가겠다는 거야? 언론에 할리 데이비슨 타는 사진 같은 거 나고 그러니까 아주 똥꼬가 근질거리게 좋은가보지? 막 연예인 된 것 같고. 응? 경찰이 공을 세워서 신문에 나와야지, 할리 데이비슨 타는 경찰 같은 걸로 나오면 되겠어? 내가 충고

186

하나 할까? 출세하고 싶으면 언론에 오르내리지 않는 게 좋아. 내 말 알겠어?"

"알겠습니다."

과장이 박승태의 얼굴을 빤히 쳐다보며 이죽거렸다.

"알겠습니다? 대답 한번 시원하네. 혹시 말야, 당신, 마음은 폭주족인 거 아냐?"

"과장님도 참, 무슨 말씀을 그렇게……"

"당신 무슨 동호회도 한다면서?"

"아, 그건 폭주족 애들하고는 질적으로 다른 겁니다. 저희 회원들은 교통법규도 철저히 준수하고 올바른 주행 문화를……"

"또 개소리. 난 솔직히 돈지랄이라고 봐. 당신도 장가가서 애새끼들 학교 보내봐. 그거 할 돈 있나. 무슨 오토바이가 몇천씩 하냐. 너 그런 거 몰고 다니면 감찰 나와. 너희 아버지 강남에 빌딩 있는 거 아니잖아?"

"……"

"뭐, 내가 당신 취미생활은 뭐라고 안 할게. 주말에 양수리를 가든, 속초를 가든 내 알 바 아니고. 근데 오지랖 넓게 남의 관할 가서 괜히 들쑤시지 말라는 거야. 그리고 범죄통계 이번 주말까지 마무리해서 올리고. 그만 가봐."

박승태는 자기 자리로 와서 재킷을 벗어 옷걸이에 걸었다. 그의 책상 유리판 아래에는 지난해 한 남성 패션지에 나온 그의 전신사진이 끼워져 있었다. 직업이 주는 고정관념에서 벗어난 남자들을 모아

간단한 인터뷰하고 사진을 찍는 기획이었다. 현악 사중주단에서 첼로를 연주하는 펀드매니저, 라틴댄스 경연대회에서 우승한 중학교 교사, 클래식 음반가게를 하는 변호사 등이 강남의 한 지하 스튜디오에 모였다. 그는 '할리 데이비슨을 타고 도시의 밤을 질주하는 형사'로 타이틀이 잡혔지만 사실 그는 형사가 아니었다.

"수갑이나 뭐 그런 경찰을 상징하는 소품 좀 챙겨오세요."

사진가의 조수가 부탁한 대로 그는 수갑과 삼단 경찰봉을 가져갔다. 검정 바이크 재킷에 빈티지 가죽부츠를 신고 왼손에는 수갑을 들었다. 머리는 젤을 발라 넘기고 갔는데 사진가가 마음에 들지 않은 듯 소품함을 뒤지더니 두건 하나를 꺼내왔다. 승태는 그렇게 찍은 사진이 마음에 들었다. 그는 사진가에게 부탁해 잡지에 실리지 않은 컷들도 받아다 액자에 끼워 집에 걸어놓았다.

승태가 경찰이 될 거라고는 그 자신도, 주변 사람들도 예상하지 못했다. 유년의 그는 또래 남자애들과 좀 달랐다. 축구나 농구 같은 남성적인 운동은 싫어하고 패션이나 미술, 음악에 더 관심이 있었다. 남자애들 그룹에 끼어보려고 노력했지만 그닥 잘 어울리지는 못했다. 남자애들과 공유할 화제를 찾아내는 데 서툴렀기 때문이다. 프로야구 경기가 열리는 야구장을 아이들과 함께 찾아다니기도 했지만 진심으로 즐겼다고 말하기는 어려웠다. 중학교 삼학년 때, 제주도에서 열리는 캠프에 갔다가 그는 아이들의 캠핑을 도와주러 온 한 삼십대 남자를 만났다. 승태는 그 남자를 따랐고 그 남자도 그걸 알았다. 그 남자는 승태를 지도교사들이 머무는 작은 오두막으로 따로 불러냈다. 거기서 그는 승태에게 몇 가지 질문을 던졌다. 여자친구가 있느냐로 시작해서 자위는 일주일에 몇 번이나 하느냐로 흘러가는 음습한 문답. 이 질문들에 하나하나 대답하느라 곤혹스러웠지만 흥미가 없지는 않았다. 남자는 다정했고 승태가 모르는 세계에 대해 친절하게 알려주려는 것 같았다. 남자가 승태 쪽으로 몸을 기울이며 속삭였다.

"내가 볼 때 너는 아무래도……"

내내 고개를 살짝 숙이고 있던 승태가 눈을 들었다. 눈길이 서로 마주쳤다.

"게이인 것 같다."

승태는 큰 충격을 받았다. 그는 즉각 부인했다. 자기가 동성애자일 리는 절대 없다고. 그러자 남자는, 너는 한 번도 여자친구를 제대로 사귄 적이 없지 않느냐, 얼굴도 잘생기고 몸도 좋고 공부도 잘하는데, 한 번도 이상하게 생각한 적이 없느냐고 물었다.

"아직 딱이다 싶은 여자애를 못 만나서 그런 거예요."

"정말 그럴까?"

승태는 계속 부인했지만 자리를 박차고 일어나 숙소로 돌아가지는 못했다.

"네가 게이인지 아닌지 간단하게 알아보는 방법이 있어."

승태는 그 방법이 뭔지 궁금해 그의 다음 말을 기다렸다. 그러나 말 대신 다가온 것은 남자의 입술이었다. 남자가 승태를 덥석 안았다. 그는 버둥거렸지만 마음속 깊은 곳에 자기가 정말 게이이면 어떡하나 하는 걱정이 남아 있었다. 그래서 그가 하는 대로 내버려두고 말았다. 분명 어떤 흥분을 느꼈고 그것은 생애 최초로 경험하는 성질의 것이었지만 여자와도 아직 관계가 없었던 터라 그것만으로 결론을 내리기 어려웠다.

혼란 속에서 서울로 돌아온 승태에게 남자가 전화를 걸어왔다. 만나자는 것이었다. 승태가 거부하자 자기와 나눈 이야기를 모두 부모에게 말해버리겠다, 자기와 있었던 일을 모두 알리겠다고 협박했다. 그후로 승태는 모텔을 전전하며 그 남자와 여러 차례 만났다. 자신이 원래 게이로 태어났는지 아니면 그 남자에 의해 게이가 되었는지 같은 문제에 대해 승태는 너무나 깊이, 자주 생각하게 되었고, 그러면 그럴수록 승태의 관심은 자신이 또래 남자애들에 대해 어떤 감정을 느끼는가에 쏠렸다. 승태는 그 남자가 자신에게 던진 말의 그물로부터 벗어날 길을 찾으려 애썼다. 그러려면 일단 남자다움과 그에 걸맞은 육체가 필요하다고 생각한 승태는 날마다 규칙적으로 운동을 했다. 아파트단지의 헬스클럽에서 매일 두 시간씩 근력을 키웠고 고등학교에 진학해서는 일찌감치 장래의 직업을 군인이나 경찰로 정해버렸다. 그런 승태를 게이라고 생각하는 가족이나 친구는 아무도 없었다. 그는 아무도 모르는 자기만의 사각에 틀어박혀 자신의 성정체성에 대해 더 깊이 파고들었다. 자신이 게이가 아니라는 증거를 찾아내기 위해 인터넷의 게이 사이트를 돌아다니기 시작했는데, 그 과정에서 되려 그것에 중독되고 말았다. 그런 자신에게 승태는 화가 났다. 세상과 인생이 자기를 놀리는 것만 같았다.

그는 캠프에서 만난 남자가 모든 불행의 원흉이라고 결론을 내렸다. 승태는 그 남자와 만나기로 약속한 모텔로 갔다. 먼저 주먹으로 얼굴을 때려 쓰러뜨린 다음, 문구점에서 구입한 장난감 수갑을 채우고 용산역 앞에서 구해온 경찰봉으로 때렸다. 그리고 더 심한 짓도 했다. 그러나 집으로 돌아와서는 다치고 멍들었을 그가 안쓰러워 조금 울었다.

어찌 보자면 승태는 그로 인해 '다시' 태어난 셈이었다. 정확히 말하자면 그의 말로 인해 그렇게 된 것이었다. 너는 이러이러한 사람이다, 라는 말로 단호하게 규정되었고, 그러자 그것으로부터 벗어나려 하면 할수록 그 말에서 헤어날 수 없게 되어버렸다. 승태의 새로운 자아에게 캠프에서 만난 남자는 아버지나 다름없었고 그 아버지에게 심한 짓을 함으로써 승태는 물리적으로는 자유로워질 수 있었다. 그러나 정신적으로까지 극복한 것은 아니었다. 정체성에 대한 규정은 그것이 발원한 곳으로부터의 연결이 끊어져버렸고, 다시 말해 승태 내면의 것이 되었다. 보이지 않는 아버지는 더이상 두들겨 패거나 죽일 수 없었다.

어느새 세월이 흘러 승태는 캠프의 지도교사와 같은 연배가 되었다. 그리고 그에게는 경찰관 신분증이 있었다. 거의 모든 곳에 접근할 수 있는 마법의 조커였다. 서른이 될 때까지 그는 여러 파트너를 만났다. 그리고 알게 되었다. 자신이 십대 남자아이들에게 끌린다는 것을. 그는 캠프의 지도교사가 그랬던 것처럼 그들의 정체성을 규정해주고 싶은 충동을 느꼈다. 그가 정말 사랑한 것은 십대 아이들과의 관계 그 자체보다 그들에게 힘을 행사하는 자신의 말이었다. 오래전의 자신처럼 아이들은 타인이 던진 말에 곧잘 사로잡혔다. 때로 그 말에 걸려들지 않는 아이들은 폭력과 권력으로 제압했고 그럴 때마다 안도감을 느꼈다. 아직은 안전하다는 느낌. 왜 그런 기분을 느끼는지 모르면서도 그는 그것에 중독되어갔다.

승태의 밤은 폭주족의 집결지 근처에서 시작된다. 그는 바라본다. 한껏 요란하게 장식한 싸구려 오토바이들을, 그 뒤에서 담배를 피우는 소년들을, 아직 자신이 누구인지에 대한 자각도, 자각을 해야 한다는 의식도 없이, 그저 잠깐 동안 요란한 폭음과 질주로 도시를 흔들어놓겠다는 원초적 자기과시의 욕망들을, 자신의 할리 데이비슨 위에 앉아 주시한다.

때로 그는 뚜벅뚜벅 그들 사이로 걸어들어간다. 제일 강해 보이는 놈을 골라 접근한다. 경찰 신분증을 보여주고 굴복시킨다. 한국의 폭주족은 미국이나 일본의 폭주족과 완전히 다르다. 미국이나 일본은 주로 성인 남자를 구성원으로 한, 그 자체로 일종의 폭력조직이지만 한국의 폭주족은 십대 청소년이 주력인, 겁 많은 오합지졸이다. 미국 폭주족처럼 마약을 거래하지도 않고, 일본의 폭주족처럼 야쿠자와 맞서 전쟁을 벌이지도 않는다. 제아무리 폼을 잡아도 어린아이들이다. 움직일 때는 위협적일지 몰라도 오토바이를 세워놓고 떠들고 있을 때는 쉽게 제압할 수 있다. 이 아이들은 피의자의 권리도, 미란다원칙도 모른다. 불심검문을 하는 경찰관의 의무에도 관심이 없다. 문법에도 맞지 않는 존댓말이나마 쓰려고 애쓰는 이 어리숙한 불량배들에게 박승태는 고등학교 학생주임처럼 행동한다. 겁먹은 아이들에게 학교와 집 주소, 전화번호를 묻고 아이들은 대답한다. 승태는 아이들이 몰고 다니는 오토바이의 상당수가 훔친 것임을 잘 알고 있지만 거기까지 파고들지는 않는다. 은근히 겁을 주는 것만으로도 승태의 목적은 충분히 달성된다. 이것이 박승태가 만나온 폭주족의 양상이었다. 그러나 제이가 등장하면서 분위기가 달라지기 시작했다.

새로 등장한 제이에 대한 소문이 심심찮게 승태에게까지 들어왔다. 아직은 세가 크지 않지만 주목할 필요가 있었다. 사진 한 장 확보된 게 없었지만 승태는 별로 걱정하지 않았다. 십대 애들은 경찰서에만 데려다놓으면 모든 말을 다 하게 되어 있으니 결국 제이의 신병도 간단하게 확보할 수 있을 터였다. 승태가 만난 아이들 중 상당수가 제이에 대해 알고 있었다. 출신, 용모, 거처에 대한 이야기는 중구난방이었지만 하나만은 일치했다. 그놈은 완전히 다르다, 그리고 세다는 것이었다. 승태는 '제이'라는 태그를 달아 파일 하나를 만들었다. 그리고 빈 파일을 파일함에 던져넣고 '오태주' 파일을 꺼냈다. 당장은 이 녀석을 잡는 게 급선무였다.

27

승태는 오랫동안 태주를 잡을 기회를 노리고 있었다. 물론 마음만 먹는다면 당장 붙잡아다 잔뜩 겁을 줄 수도 있을 것이다. 도로교통법 위반으로 즉심에 넘겨 벌금과 사회봉사명령을 받아낼 수도 있을 것이다. 변호사도, 충분한 교육을 받은 부모도, 인권침해에 대한 상식도 없는 가난한 십대일 뿐이다. 그러나 승태가 원하는 것은 태주를 완전히 옭아매는 것이었다.

태주의 드라이빙은 대담하고 매력적이었다. 오토바이도 운전자에 따라 다른 스타일을 갖게 된다. 태주는 거침없이 휘갈겨쓴 초서와도 같은 움직임을 보였다. 코너링은 유연하면서도 각이 깊었고 가속은 거침이 없었다. 경찰이 사방에서 압박해오는 와중에도 당황하지 않고 빠른 판단으로 대열을 이끌었다. 그러려면 경찰의 수를 읽는 게 필수다. 거리라는 바둑판을 두고 경찰과 폭주족이 벌이는 게임에서 두뇌싸움이야말로 그날의 승패를 좌우하는 열쇠였다. 경찰의 수가 통하면 대열은 잘게 나뉘어 분산되고 폭주의 흥은 떨어진다. 시민들은 경찰이 폭주족을 검거하기 위해 진을 치고 있다고 믿겠지만 그건 아니다. 경찰은 이들의 꼬리를 잘라 그 힘을 지속적으로 약화시키고자 할 뿐이다. 검거에 주력하는 것은 고비용 저효율의 치안 전술이다. 이에 맞서 폭주 대열의 리더는 가급적 대열을 유지하려 한다. 뛰어난 리더라면 경찰이 잘라낸 꼬리를 다시 이어붙여 세를 더해나갈 수 있어야 한다. 경찰과 폭주족이 한 수 한 수 돌을 놓으며 상황을 장악하기 위해 노력할 때, 길 위의 승용차 운전자들은 눈먼 장애물에 지나지 않는다.

대폭주는 봉건영주들이 집결한 십자군원정과 비슷했다. 휘하의 기사들을 거느리고 참전하는 영주들은 왕에 대해 절대적 충성을 맹세하지 않는다. 조금이라도 수틀리면 고향으로 되돌아가버리는 것이다. 수도권 일대의 여러 폭주 그룹이 집결하는 대폭주에서 리더의 역할은 다른 소그룹의 리더들을 장악하고 통솔하는 것인데, 요란한 폭음으로 뒤덮인 밤의 거리에서 말은 아무 소용이 없었다. 오직 리더가 자기 오토바이로 보여주는 실력이 통솔력의 근거였는데, 그런 만큼 눈에 보이지 않게 되면 그 힘은 뚝 떨어졌다.

태주의 약점은 거기에 있었다. 그 자신의 드라이빙 스타일이 화려하고 현란한 대신 뒤에서 미적거리는 굼뜬 이들을 잘 기다려주지 못했다. 그러니 금세 이리저리 꼬리를 잘린 채, 자기만 요란하게 질주하게 마련이었다. 그런 폭주는 새벽 두시면 벌써 흥이 깨지고 파장으로 흐른다. 대열에서 이탈한 소그룹들은 저마다 하릴없이 이 거리저 거리를 헤매다가 경찰이 놓은 덫에 걸려들기도 하고, 제풀에 지쳐 뿔뿔이 흩어지기도 했다.

얼마 전 승태가 심어놓은 정보원 하나가 태주에 관해 중요한 귀띔을 해주었다. 꿀밤 몇 방에, 소년원에 보내버리겠다는 협박 한 번으로 정보원이 된 녀석이었다. 승태에게는 그런 어리숙한 정보원이 몇있었다. 전화 한 통이면 지난밤 폭주에 참가한 친구들의 명단을 줄줄이 넘겨주는 놈도 있었다. 충무로의 한 숍에서 도난당한 야마하 R1이 태주에게 가 있다는 것이었다. 사정은 좀 복잡했다. 오토바이를 도난당한 숍이 하필이면 태주가 잘 아는 집이었다. 주인이 태주에게 연락하자 태주가 애들을 풀어 찾았다. 사흘 만에 태주 쪽에 포착된 도둑은 야마하를 넘겨주고 달아나버렸다. 문제는 태주가 그 오토바이를 주인에게 돌려주지 않고 계속 타고 다닌다는 것이었다. 야마하 R1이라면 그럴 만한 물건이었다. 주인은 아직 경찰에 신고하지 않은 채 태주가 자진해 돌려주기를 기다리는 눈치라고 했다.

"확실해?"

상황이야 어떻게 됐든 장물을 확보하고 주인에게 돌려주지 않는다면 절도의 공범이었다.

"진짜 엄창이라니까요."

정보원은 현재 태주가 머물고 있는 위치까지 찍어주었다.

"너 이 새끼, 옜다, 쿠폰 다섯 장이다."

앞으로 그 정보원은 사소한 단속에 걸릴 때, 다섯 번까지는 아무 일 없이 풀려나게 될 것이다. 승태는 위치를 확인한 후 즉시 이동했다. 숍에 돌려주거나 외국으로 팔아넘기기 전에 잡아야 했다. 서울에서 도난당한 오토바이가 다음날엔 평택항, 그다음날이면 벌써 캄보디아로 향하는 화물선 위에 있는 경우가 허다했다. 멀리서 살펴보니 태주가 담배를 피우며 잡담을 하고 있었다. 남자 넷에 여자 하나였다. 오토바이는 야마하 R1이 분명했다. 그들이 이동을 시작하자 승태도 자기 오토바이를 타고 그들의 뒤를 쫓았다. 그들은 퇴근시간이 시작된 시내를 비교적 얌전한 운전으로 통과해 한강변으로 내려갔다. 그리고 매점에서 라면을 사먹으며 또 시간을 보냈다. 승태는 가까운 파출소로 전화를 했다.

"……우연히 지나가다 검문하는 것처럼 하세요. 헬멧 안 쓰고 있을 테니까 그걸로 일단 잡으면 되겠죠. 도난 오토바이니까 도주할

우려 있습니다. 일단 타고 내빼면 잡기 힘든 놈들이니까 백업 좀 신경쓰시고요. 그중에 머리 붉게 염색한 녀석이 오태주란 놈인데, 그놈은 절대 놓치면 안 됩니다. 흉기요? 아마 없을 겁니다. 네, 저도 현장에 있는데, 제가 지금 나서면 상황이 좀 그래서."

순찰차를 타고 나타난 파출소 경찰들은 승태가 시킨 대로 했고 체포는 순조로웠다. 승태는 체포 과정을 모두 지켜본 후 순찰차의 뒤를 따라갔다. 파출소 근처 커피전문점에서 샌드위치를 하나 사먹은 다음, 네 명이 앉아 진술서를 쓰고 있는 파출소로 걸어들어갔다. 순경들의 경례를 받는 승태를 아이들이 올려다보았다.

"누가 훔쳤냐?"

"훔친 거 아닌데요!"

태주가 발끈하며 부인했다.

"도난신고된 오토바이인데 어디서 오리발이야?"

"아는 사람 오토바이 누가 째볐다 그래서 찾아준 건데요."

"근데 왜 네가 타고 있어? 주인 안 갖다주고."

태주는 할말을 찾지 못하고 머뭇거렸다.

"갖다주려고 그랬는데요."

"언제? 내년에? 길에 떨어진 돈 만원도 주인 안 찾아주면 점유이탈물 횡령죄야."

태주가 입을 내밀며 고개를 숙였다.

"야, 고개 들어봐. 너 나 몰라?"

"모르겠는데요."

"야, 오태주! 너 나 몰라?"

비로소 태주의 마음속에 의심이 싹트기 시작했다. 우연히 불심검문에 걸린 게 아닐지도 모른다는.

"누구신데요?"

"할리 타는 짭새. 나 몰라?"

그제야 태주는 승태를 유심히 살폈다. 파출소 밖에 세워진 할리 데이비슨도 힐끔거렸다. 그의 의심은 확신이 되어갔다.

"신고 받고 오신 거 아니죠?"

승태는 파출소 경찰들에게 아이들을 본서로 이송해줄 것을 요청했다. 태주는 홈그라운드에서 시간을 두고 천천히 요리할 필요가 있었다.

28

승태가 들어서자 보안과장이 언제나처럼 한마디했다.

"아직도 그 복장이야?"

승태는 대답 대신 그냥 머리를 긁적였다.

"요즘도 밤에 오토바이 몰고 돌아다니나?"

"일전에 지시하신 뒤로는 출퇴근용으로만 사용하고 있습니다."

거짓말이다. 단속만 하지 않을 뿐이었다.

"정말이야?"

과장이 눈을 가늘게 떴다. 승태는 잠시 망설였지만 그대로 밀고 나갔다.

"관할 문제도 있고, 단속해봐야 저한테 뭐 떨어지는 것도 없지 않습니까?"

"그래, 내 말이 그거야. 당신한테 떨어지는 것도 없는데 왜 그런 짓을 하느냐 이 말이야."

"그러게 말입니다."

승태는 순순히 동의했다.

"앞으로도 오토바이는 계속 출퇴근용으로만 사용할 건가?"

"네."

"그렇다면 좀 아쉬운데."

과장이 회전의자를 당겨앉았다.

"상황이 좀 달라졌어."

"어떤 상황이……?"

"아직 얘기 못 들었지? 어제 순경 하나가 폭주족 단속을 하다가 아스팔트에 굴러서 머리를 다쳤어."

"어느 정돈가요?"

"안 좋아. 아주 안 좋아. 현재 의식이 없어. 뇌수술중인데, 죽은 거나 진배없지. 도주하는 오토바이에 매달렸다가 손을 놓친 모양이야."

보안과장이 컴퓨터 모니터를 승태 쪽으로 돌렸다. 부상당한 경찰의 사진과 인적사항이 보였다.

"누군지 알 거야."

과장 말이 맞다. 승태는 그를 아주 잘 알았다. 전에 근무하던 서에서 사 년을 같이 일했던 부하였다. 주벽이 좀 있기는 했지만 맡은 일은 잘해내는 성실한 경찰이었다. 결혼한다는 소식을 들었지만 비상이 걸려 참석하지 못하고 축의금만 보낸 일이 있었다. 속도위반을 했는지 결혼하자마자 아들을 낳았다는 소식도 전해들었다.

"이 친구 잘 압니다. 가족도 있는데, 아……"

"공상 처리는 하겠지. 죽으면 순직이겠고. 그래도 안됐지. 이제 서른인데."

"성실한 사람이었습니다."

승태는 오른손으로 이마를 짚었다.

"본청에서 지시가 내려왔어. 범인 검거야 당연한 거고, 폭주사범 일제단속이야. 무기한으로."

"그래야겠죠. 직원이 저렇게 됐는데요."

"본청에서 당신을 보내달래. 잡지에 떡하니 사진 나고 그러니까 당신이 이쪽 전문가인 줄 아는 모양이야. 아마 태스크포스가 꾸려질 거야."

"정말입니까?"

"너무 좋아하지는 마. 내가 전에도 말했잖아. 이놈의 폭주족 단속은 잘해봐야 본전이라구. 지금이야 언론이 공권력의 권위가 땅에 떨어졌네, 십대들까지도 경찰을 물로 보네, 난리지만 막상 우리가 세게 나가면 공권력 남용이니 폭력경찰이니 나발을 불 거야."

"언제부터 가는 겁니까?"

"경찰관이 당장 죽게 생겼는데 뭐가 언제부터야? 지금 당장이지. 여기로 가봐."

과장이 메모를 내밀면서 이죽거렸다.

"이제 그 잘난 오토바이 실컷 타겠구만."

승태는 대꾸하지 않았다.

"언론도 타고."

"일단 범인 신병부터 확보해야죠."

"그거야 뭐 어렵겠어? 곧 삼일절이잖아? 그거 못 막으면 진짜 골치 아플 거야."

보통 사람들에게 삼일절은 일본의 식민지배에 맞서 조선의 민중이 전국적으로 궐기한 1919년 3월 1일을 기념하는 날이다. 그러나 경찰에게 그날은 수백 대의 오토바이가 도심으로 몰려들어 광란의 폭주를 벌이는 골치 아픈 연례행사를 의미했다. 사람들은 그것을 삼일절 대폭주라 불렀다.

29

제이가 등장하기 전에도 대폭주는 있었다. 삼일절 대폭주와 광복절 대폭주가 대표적이다. 왜 일본의 식민지배와 관련된 기념일 전야에만 대폭주를 벌였는지, 누가 처음으로 그 전통을 만들었는지 알려진 바는 없다. 다만 1990년대 어느 해부턴가 대폭주가 시작되었고 그후로는 한 해도 거르지 않고 계속되었다는 것 정도가 경찰이 파악한 전부였다. 폭주족 말고는 아무도 환영하지 않는 행사였다. 은밀한 후원이나 지원을 받는 것도 아니었다. 정신적 지지를 보내는 그룹도 없었다. 민중이 주인 되는 세상을 염원한다는 지식인들도 폭주족만큼은 '민중'으로 고려해주지 않았다. 일본을 증오하는 민족주의자들은 성스러운 기념일 전야를 어지럽히는 이 어린 말썽꾼들을 탐탁잖게 여겼다.

대폭주는 폭동이나 방화로 발전하지도 않았고 살인이나 강간 같은 강력범죄로 이어지지도 않았다. 항의하는 승용차 운전자를 위협하거나 보행자에게 소리를 지르는 경우는 있었지만 직접적인 폭력 행사는 드물었다. 그들은 그저 밤새 달렸다. 굼뜬 경찰을 피해 게릴라처럼 숨바꼭질을 벌였다. 정치적 비전이나 구호도 없었다. 요컨대 그들이 원하는 것은 매우 단순했다. 한밤의 퍼레이드. 그저 그뿐이었다.

한때 경찰에서 대폭주의 양성화 방안이 논의되기도 했다. 폭주족의 리더로 하여금 집회신고를 하게 하고, 경찰의 호위하에 도심의 일정 구간을 행진하게 함으로써 폭주 욕망을 해소시키자는 것이다. 경찰청장까지 치하한 이 양성화 방안은 시작부터 난관에 부딪혔다. 폭주족의 리더를 찾을 수 없었던 것이다.

"리더가 있기는 있습니다."

태스크포스 회의에 참여한 승태가 그 부분에 대해 발언했다.

"이 도표를 좀 보시죠."

박승태가 파워포인트로 작성한 화면을 스크린에 비췄다.

"칼받이라 불리는 놈들이 먼저 나가서 사거리를 막고 다른 차들이 오지 못하게 합니다. 우리 사이카가 요인 경호할 때 교통 통제하는 것과 거의 유사합니다. 앞에서 막는 놈들이 앞커버, 폭대열 뒤에서 막는 놈들이 뒤커버입니다. 그 뒤로 리더가 보통은 경광봉을 휘두르면서 행렬을 이끌고 나타납니다. 칼받이들은 행렬이 다 지나갈 때까지 통행을 막고 있다가 마지막으로 따라붙습니다. 이때 앞커버였던 놈들이 뒤커버가 되는 거죠. 리더는 경찰의 움직임을 실시간으로 보고받으면서 폭대열을 이끕니다. 그때그때 상황판단을 잘해서 대열을 이끌어야 되죠. 따라서 도심 지리에 밝아야 할 뿐 아니라 통솔력과 담력이 있어야 됩니다."

"그러니까 그 리더인지 짱인지를 잡으면 되겠네요."

표석원이라는 경장의 말에 승태는 고개를 저었다.

"문제는 이 리더를 현장에서 체포하기가 대단히 어렵다는 겁니다. 우리 순찰차가 칼받이들을 밀어붙이고 폭대열 중앙으로 밀고 들어가서 폭주족 중에서 제일 오토바이를 잘 탄다는 리더를 사냥해야 한다는 거지요. 우리보다 두세 배는 빠른데다가 겁도 없어요. 당장 죽어도 그만이라는 애들이에요. 그놈들 잡다가 당장 우리 경찰 하나가 지금 뇌사상태 아닙니까? 대폭주도 아니었는데도요."

"쉽지는 않겠네요."

"또하나는 이 리더가 자주 바뀐다는 거예요. 그냥 그때그때 제일 막가는 놈이 짱을 먹는 것 같아요. 예를 들어 A란 놈이 리더를 먹다가 시원찮으면 바로 B라는 놈이 나타나 제치는 거죠. 제쳐지면 군말 없이 뒤로 빠져요. 무슨 동물의 왕국의 수사자들 같아요. 죽을 때까지 물어뜯고 싸우지 않아요. 어, 네가 나보다 잘 타네? 그럼 니가 짱 먹어. 이러면서 물러나는 거죠."

"그럼 조직도 없겠네요?"

"그렇죠. 조직이 있으면 그걸로 코를 꿰가지고 줄줄이 비엔나소시지로 잡아넣으면 되는데, 이놈들은 그게 없어요. 조폭이 아니란 말이죠. 완전 오합지졸인데, 그렇기 때문에 오히려 단속이 어렵습니다."

"그러니까 리더를 붙잡아봐야 소용이 없겠네요. 애들이 그놈 명령을 따르지 않을 테니까요. 예를 들어 제한된 범위에서 경찰의 호위하에 퍼레이드를 한다거나, 용인의 자동차 경주장을 빌려서 거기서 달리라고 해도 올 놈이 없겠는데요."

승태는 태스크포스에 참여한 다른 경찰관들을 찬찬히 훑었다. 이들은 폭주족의 정신을 이해하지 못하고 앞으로도 이해하지 못할 것이다. 존재는 '여기' 있으면서도 정신은 '저기' 속해 있다는 식의 느낌은 승태에게 익숙한 것이었다. 사회적 기술로 감추고 겉으로 드러내지는 않았지만 이 불편감은 이명처럼 분명하게 지속적으로 그를 건드렸다. 그 순간의 승태는 적어도 정신적인 측면에서만큼은 폭주족에게 더 가까웠다. 그것은 오토바이라는 기계를 매개로 한 정서적 동질감이고 유대였다. 비록 자신은 할리 데이비슨을 타고 폭주족은 중국산 125cc 오토바이를 탄다고 해도, 온몸을 드러낸 채 위험을 감수하고 허공을 가른다는 점에서 그들은 동족이었다. 제아무리 비싼 오토바이라도 균형을 잃고 넘어지는 순간 운전자의 목숨을 위협하는 가장 무서운 흉기로 변한다는 점에서 전혀 다를 바가 없었다. 승용차 안에서 안전벨트와 에어백으로 보호받는 이들은 쉽게 이해할 수 없는 정서였다.

"아무도 안 올 겁니다. 애들이 원하는 건 그냥 달리는 게 아니라 '위험하게 달리는' 거니까요. 애들이 왜 헬멧을 안 쓰겠습니까? 쓰면 구린 거죠."

"그럼 경찰이 단속을 안 하면 어떨까요? 지들도 재미없어서 그만 두지 않을까요?"

"언론에 이렇게 나겠죠. '무법천지 도심. 경찰은 어디에?'"

표경장의 말에 모두 공허하게 웃었다. 승태도 동의했다.

"그놈들이 주연이고 우리가 조연인 겁니다. 맞습니다. 우리가 없으면 분명 놈들은 재미없어서 안 할 겁니다. 하지만 우리는 거기 있어야만 합니다. 우리가 그럴 수밖에 없다는 걸 애들은 잘 알고 있어요. 대폭주를 시작할 때, 이미 우리의 등장을 염두에 두고 있는 거죠. 우리가 쫓으면 놈들은 달아나고, 쫓으면 또 달아나고, 그러면서 밤을 새우는 거예요. 의경만 뺑이치는 거죠."

"재밌겠네. 나도 하고 싶네, 그 대폭주."

구석자리에 앉아 한마디도 하지 않던 이경감이 킬킬거리며 말했다. 태스크포스에서 가장 계급이 높은 인물이었으니 책임자라 할 수 있었다.

"그러니까 적당히 박자만 맞춰주면 되는 거 아닌가? 큰 사고만 안 나게. 욕이야 그놈들이 먹을 테고. 적당히 몇 놈 주워서 도로교통법 위반으로 즉심 넘기고, 그럼 언론은 그 숫자 받아서 적고."

"지금까진 그렇게 했죠. 하지만 이제는 상황이 다릅니다. 다들 아시다시피."

승태가 말했다.

"없는 조직이라도 엮어야 되나요?"

표경장이 혼잣말처럼 물었다.

"누가 압니까? 조직이 혹시 있을지. 그림이야 그리면 되는 거고."

이경감이 의미심장하게 웃으며 자리에서 일어났다. 첫 회의는 그것으로 끝이었다. 승태는 밖으로 나와 바람을 맞았다. 커피를 마시며 담배를 피우던 의경들이 승태를 보더니 더 깊숙한 곳으로 들어갔다. 수심이 가득한 얼굴의 시민들이 교통계 앞에서 휴대전화를 들고 서성댔다. 근무를 마치고 복귀하는 정복경찰들이 그들을 지나 서로 들어갔다.

잠깐 서울청에서 일하던 시절도 있었다. 끝없는 서류작업도 지겨웠고 환기가 안 되는 빌딩 안에서 하루종일을 보내야 한다는 게 끔찍했다. 무엇보다 마음에 안 들었던 것은 거기에는 오직 경찰만 있다는 것이었다. 다른 공무원과 다를 바가 없었다. 시민과 맞부딪칠 때 경찰은 비로소 자기 정체를 분명하게 자각한다. "경찰이 국가다." 그가 처음으로 부임한 서의 서장이 그에게 말했다. "경찰국가라는 말은 동어반복이야. 국가가 곧 경찰이야. 우리는 폭력을 독점

하고 그 폭력으로 국가를 운영하지."

훈련된 사법경찰관은 그 어떤 복잡한 사건이든 단 한 문장으로 조서를 꾸밀 수 있어야 한다. 수십 명을 수십 년에 걸쳐 살해했든, 숭례문과 흥인문에 국립박물관까지 모두 불태웠든, 조서는 처음부터 끝까지 오직 한 문장이어야 한다. 처음 경찰학교에서 조서 작성 요령을 배우던 시절, 그렇게 하는 이유를 아무도 가르쳐주지 않았다. 그러나 이제는 짐작할 수 있다. 한 문장으로 명료하게 작성된 조서는 피조사자에게 이렇게 말하는 것이다.

우리는 너의 구구절절한 사연과 '그럴 수밖에' 없었던 이유에는 아무 관심이 없다. 네가 저지른 일은 '단 한 문장으로 정리될 수 있고' 또한 반드시 그래야 한다.

독점된 합법적 폭력의 정신이 이렇듯 경찰의 문체에마저 스며 있다는 것, 그 도저함은 갈수록 어떤 불편함을 불러일으켰다. 그러나 그 이유는 오랫동안 알 수 없었다. 엉뚱하게도 어느 여름 시내에서 벌어진 격렬한 시위현장에서 시위대에 포위당한 절박한 순간에 그 불쾌의 이유가 명쾌하게 떠올랐다. 너희 시위대는 언젠가는 해산하고 집으로 돌아갈 것이다. 그러나 경찰은 그 자리에 그대로 남는다. 시민에게 고개를 숙이지만 마음까지 굴복하지는 않는다. 그게 경찰이다. 자유분방한 풍자와 조롱이 만연한 시위현장에서 무거운 복장을 착용한 경찰관을 놀려먹기는 쉬운 일이다. 그러나 경찰은, 그러니까 국가는, 비록 굼뜨고 어리석을지 몰라도 집요하다. 망각을 모른다. 채증한 사진과 자료를 바탕으로 폭력의 궁극적 근원이 어디에

있는지 천천히 일깨워준다. 그러니까 경찰은 흡혈귀라기보다는 좀
비다. 타인의 시선 따위 의식하지 않는다. 사랑과 관심, 필요 없다.
흡혈귀와 달리 매력에도 의존하지 않는다. 대신 느리고 천천히, 그
러나 집요하게 목표물을 추적한다. 그리고 마침내 해치운다. 떼로
달려들어서 뼈를 추린다.

그러나 나는 좀비가 아니다.

승태의 위화감은 바로 거기에서 연원한 것이었다. 마음속 깊은 곳
에 경찰이라는 이 합법적 폭력의 정신의 일부이기를 거부하는 목소
리가 있다는 것을 그는 안다. 그것은 그가 경찰의 폭력 독점에 반대
하기 때문이 아니었다. 그의 정신이 좀비이기보다는 흡혈귀이고 싶
어했기 때문이다. 그는 자기가 가진 매력으로 타인을 움직이고 싶었
다. 미소를 흘리며 조용히 다가가 목에 치명적인 이빨 자국을 내고
싶었다. 그러나 경찰이라는 것이 밝혀지는 순간, 그는 좀비로 전락
해버렸다. 그래서 그런 순간이면 그는 마치 보복이라도 하듯 자신에
게 부여된 힘을 행사했다. 그러고 나면 기분은 언제나 더러웠다.

예컨대 그제 잡아들인 태주의 경우가 그랬다. 태주는 그를 두려워
한다기보다 혐오했다. 증오도 사치스런 감정이라는 식이었다. 승태
의 할리 데이비슨에도 아무 관심이 없었다. 오직 태주가 바라는 것
은 어서 친구들과 여친이 있는 세계로 돌아가는 것뿐이었다. 승태는
태주를 경찰서에서 데리고 나왔다.

"소년원에 가고 싶지는 않지? 그건 네가 어떻게 하느냐에 달렸어."

태주를 데리고 자기 아파트로 간 승태는 어른거리는 합법적 폭력

의 힘을 빌려 사적 폭력을 가했다. 오래전 캠프 선생에게 그랬듯이 뒷수갑을 채우고 무너뜨렸다. 그리고 다른 정보원들에게처럼 쿠폰을 주었다. 태주의 저항은 예상보다 거세지 않았다.

"절도 건은 내가 선처할 테니까 걱정 마."

아파트 밖으로 나온 둘은 생맥줏집에 가서 프라이드치킨을 먹었다. 주인이 미성년자에게는 술을 줄 수 없다고 하자 승태가 경찰 신분증을 보였다. 태주는 묵묵히 술을 마시고 닭다리를 뜯었다. 그때 승태의 휴대폰으로 문자가 들어왔다. 경찰관 치상 건으로 수배중이던 폭주족의 신병이 확보됐다는 것이었다. 이제 삼일절 대폭주에만 집중하면 될 일이었다. 폴더를 닫은 승태가 태주에게 물었다.

"너 혹시 제이라는 애에 대해서 들어본 적 있어?"

태주가 미간을 찌푸리며 고개를 숙였다. 그리고 아무 말도 하지 않았다.

"이 씨팔새끼가 어른 말이 말 같지 않아? 알아, 몰라?"

태주가 고개를 들어 승태를 물끄러미 바라보았다. 그의 시선이 승태 내부에 잠재해 있던 부끄러움을 일깨웠다. 승태는 자리에서 벌떡 일어나 곧장 태주의 팔을 꺾었다. 술집 손님들이 놀라 말을 멈췄다. 수갑을 채우는 승태를 태주가 비웃음이 담긴 표정으로 바라보았다.

"어, 웃어? 이 새끼가 어디서……"

그 순간 태주가 승태의 얼굴에 침을 뱉었다. 태주가 발로 의자를 걷어차기 시작하면서 술집은 난장판으로 변했다. 주인이 경찰을 불렀다.

"내가 경찰이라니까!"

승태의 말에도 아랑곳하지 않고 주인은 112를 눌렀다. 잠시 후 순찰차가 나타났다. 태주의 손에 채워진 수갑과 승태의 신분증을 본 정복경찰이 무슨 일이냐고 물었다.

"수배자 검거중이야. 내가 처리할게."

승태는 부러 반말을 했다. 제압할 필요가 있었다. 그러나 정복경찰은 쉽게 물러서지 않은 채 미심쩍은 눈길로 상황을 살폈다. 그들도 돌아가서 보고서를 써야 할 테니 제대로 처리하고 싶을 것이다.

"112 상황실로 들어온 신고라 보고를 올려야 되는데요."

"본 대로 올려. 경위 박승태가 절도 수배자를 검거했다고."

태주를 끌고 나가는 승태 앞을 치킨집 주인이 막아섰다.

"계산 좀……"

승태의 얼굴이 화끈 달아올랐다. 태주가 보란듯이 낄낄거리며 웃어댔고 정복경찰들은 떠나는 승태에게 경례를 붙이지 않았다. 그들에게서 벗어나고서야 승태는 얼굴에 묻은 침을 소매로 닦아냈다.

"너 이 개새끼, 오늘 죽었어."

30

나는 악인일까? 승태는 뒷수갑을 찬 채 모로 쓰러져 있는 태주의 푸른 몸을 내려다보다 문득 손을 들어 자기 가슴을 쓰다듬어보았다.

운동으로 단련된 근육이 단단하게 잡혔다. 군살 없는 이 젊은 육체로 어디서든 파트너를 구할 수 있는데 왜 매번 이렇게 귀결되고 마는 것일까? 살아오는 동안 여러 명의 파트너와 진지한 관계를 지속한 적이 있었지만 늘 허방을 짚는 듯 공허했다. 이 공허는 자신의 가장 어두운 면이 실체를 드러내고서야 잦아들었다. 그가 가장 최근에 사귄 파트너는 영화계의 단역배우로 그보다 세 살 위였다. 작별의 밤에 그는 승태의 예의 좀비/흡혈귀론을 듣더니 이렇게 말했다.

"음, 내가 볼 때 당신은 자기가 흡혈귀라고 믿는 좀비야. 가장 희극적인 케이스지. 검은 가죽재킷을 입고 검은 오토바이를 타고 밤거리를 질주하기만 한다고 흡혈귀로 봐줄 것 같아?"

한 번도 말을 곱게 한 적이 없는 사람이었지만 이 마지막 말만큼 그의 마음을 오래 후벼판 말은 없었다. 태주의 목소리가 들렸다.

"씨바, 물 좀 주세요. 수갑도 좀 어떻게 해주고요."

승태는 열쇠를 꺼내 수갑을 풀고 부엌에서 물을 받아 갖다주었다. 목이 말랐는지 태주는 벌컥벌컥 마셨다.

"좀 어때?"

태주는 질문의 뜻을 가늠하려는 듯 눈을 가늘게 뜨고 승태를 보았다.

"괜찮아?"

태주는 대답 대신 상처가 난 손목을 어루만졌다.

"어디 신호위반 같은 거 걸리면 나한테 연락해. 절도나 폭행같이 피해자가 있는 건 곤란하지만."

"가도 되는 거예요?"

"아까 내가 한 질문에 아직 대답 안 했잖아?"

"뭔데요?"

"제이라는 놈 말이야."

"목란이라고 모르세요? 가와사키 타는 여자애. 좀 유명한데. 내 옛날 여친이고."

그는 여자애들에게는 별 관심이 없었다.

"몰라."

"그 제이라는 놈하고 사귀나봐요. 그 새끼네 그룹이 요즘 떴거든요."

"너네보다도?"

"숫자는 적지만 좀 특이해요. 한번 만나보시든지요."

태주가 의미심장하게 입꼬리를 올리며 웃었다.

"특이하다니? 뭐가?"

"그 새끼는 달라요. 딱 보면 알 수 있어요. 이제 가도 되죠?"

"응, 나중에 형이 문자 치면 씹지 마라. 죽는다."

태주는 현관문을 닫기 직전에 고개를 꾸벅 숙이며 말했다.

"좆같은 경험 하게 해주셔서 감사합니다. 언제나 밤길 조심하세요. 이 변태씨발놈아."

그러고는 문을 쾅 닫더니 쿵쿵거리며 계단을 내려갔다. 승태는 따라나가지 않고 씩 웃었다. 저렇게 나온다면 뒤끝은 없을 것이다. 승태가 볼 때, 태주 같은 소년들은 폭력에 의한 굴복에 대해 양가적인 감정을 갖고 있다. 이들은 패자로서 당연히 받아들여야 할 부분을 윤리적으로 용납할 수 없는 부분과 구별하지 못한다. 힘에서 졌기 때문에 뭐든 받아들일 수밖에 없다고 생각하는 면이 가련한 수컷에게는 있는 것이다. 복수심이 없는 것은 아니지만 세상의 윤리에 호소해야 하는 성질의 것이라고는 생각하지 않는다. 소년들에 대한 성폭행이 흔히 더 오래 혹은 완전히 은폐되는 이유도 거기에 있을 것이다.

베란다로 나가니 창밖에 봄눈이 흩뿌리고 있었다. 그는 창을 열고 팔을 뻗어 손바닥에 와닿는 눈송이의 차가운 질감을 느꼈다.

31

아직 오지도 않은 광복절을 기념하며 내건 태극기들이 더위에 지친 듯 맥없이 늘어져 있었다. 박승태는 표경장이 몰고 온 액센트 승용차의 문을 열고 조수석에 올라탔다. 할리 데이비슨을 몰고 출동하겠다는 그를 태스크포스의 장이라고 할 수 있는 이경감이 말렸던 것이다.

"두둥두둥하고 나타나면 애들이 나 잡아 잡수 하고 가만히 있겠어요?"

이미 박승태의 존재는 폭주족 사이에 널리 알려져 있었다. 그는 '할리 탄 짭새'로 불렸다. 대충 몇 명 엮어 경범죄로 벌금이나 매기던 시절만 해도 아이들은 그를 별로 경계하지 않았다. 심지어 반가워하는 애들까지 있었다. 아이들은 오토바이 문화를 이해하는 그를 '그래도 말이 통하는' 사람으로 받아들였던 것이다. 그러나 몇 달 사이에 상황이 달라졌다. 하루가 멀다 하고 폭주족을 비난하는 기사가 뜨고 있었다. 뇌사에 빠졌던 경찰관이 장기를 기증하고 세상을 떠난 뒤에도 아랑곳하지 않고 주말마다 요란한 폭주가 이어졌다. 신문들이 십대조차 비웃는 무능한 공권력이라며 공격하면 댓글은 폭주족을 비난했다. 콩밥을 먹여라, 군대에 보내라, 그물로 잡아라, 총기를 사용하라, 심지어 북한으로 보내라는 말까지 있었다. 폭주족은 국민 모두가 마음놓고 증오할 수 있는 몇 안 되는 집단이었다. 낮에는 조금만 배달이 늦어도 짜증을 내던 사람들이 밤에는 배달이나 하는 짱깨들이 질서를 무시하고 도심을 개판으로 만든다고 욕을 퍼부었다.

박승태는 평소 알고 지내던 정보원들을 통해 폭주에 가담한 아이들을 잡아들였다. 사회 분위기가 하도 험악해 희생양을 하나둘 갖다 바치는 정도로는 대중의 분노를 진정시킬 수 없었다. 검찰과 경찰 수뇌부는 언론에 제공할 '숫자'를 원했다. 총 몇 명을 검거했는지(나중에 어떻게 처리했는지는 아무도 관심이 없었다)가 중요했다. 검거 선풍이 지속적으로 이어지자 폭주족은 승태를 멀리하기 시작했다. 컵라면 나눠 먹으며 사이좋게 농담 따먹기를 하던 시절은 오래전에 지나갔다. 그 절정은 지난 삼일절 대폭주였다.

삼일절 대폭주는 제이가 폭주족 세계에 이름을 알리게 된 결정적 계기가 되었다. 승태에게 덜미를 잡힌 태주가 상대적으로 얌전하게 리드하는 가운데 제이의 그룹이 치고 나왔다. 마포와 용산에서 경찰의 방어선이 무너지고 유린당했다. 자정 무렵에 시작된 폭주가 새벽 다섯시까지 계속되었다. 시민들의 항의전화가 112로 빗발쳤다.

승태가 제이를 처음 목격한 것도 삼일절 전야였다. 그날도 승태는 액센트를 몰고 차폭으로 위장해 폭대열에 끼어들었지만 여간해서는 선두로 진행할 수 없어 처음에는 제이와 만날 수가 없었다. 무전을 쳐 순찰차로 진행 방향을 막도록 지시를 내리자 선두에 서 있던 제이 그룹이 우회하기 위해 가던 길을 되돌아 내려왔다. 노란 경광봉을 들고 긴 머리를 휘날리는 리더를 승태는 금세 식별할 수 있었다.

"저놈이 제이일 거야."

보면 금방 아실 수 있어요, 라고 태주는 말했다. 앉은키로만 봐도 상당히 장신인데다가 바람에 머리까지 휘날려 마치 말을 탄 장수 같았다. 한 손으로 능란하게 혼다 125cc를 다루면서 넓은 시야로 주변을 살폈다. 옆자리의 표경장이 망원렌즈로 수십 장을 찍었지만 너무 어둡고 움직임이 빨라 모두 흐릿한 유령처럼 찍히고 말았다. 하지만 인상이 강렬해 다시 만나면 반드시 알아볼 수 있을 것 같았다. 태주가 말한 대로 제이는 그가 지금까지 보아온 어떤 폭주족 아이들과도 달랐다. 궁둥이를 들썩거리며 출싹대는 기색이 전혀 없었다. 바싹마른 몸에 걸친 너덜너덜한 코트와 산발한 긴 머리는 오토바이 위에서 잘 어울렸다. 제이는 침착하고 영리하게 대열을 리드했다.

"오토바이 위의 아이돌 나셨네. 개날라리새끼가."

표경장이 비아냥거렸다. 승태는 미리 제이를 수배하고 단속하지 않은 것을 후회했다. 정보원들로부터 꾸준히 메시지가 올라오기는 했다. '지난밤 서대문에 떴다더라' '왕십리 일대를 쑥대밭으로 만든 게 제이라더라' 같은 정보였다. 아침이면 이미 쓸모가 없는 정보였고 신빙성도 없었다. 부모가 재벌 2세인데 반항하느라 떠돌아다닌다는 보고에는 크게 웃지 않을 수 없었다. 어쨌든 이런저런 정보를 조합해보면 제이라는 녀석은 고정적으로 일하는 데도 없었다. 일정한 거처 없이 떠돌아다니다가 밤이 되면 그룹을 이끌고 폭주에 나서는 양상이어서 찾기가 쉽지 않을 것 같았다. 찾는다 해도 뭘 근거로 잡아들인단 말인가. 결국 현장에서 현행범으로 잡는 수밖에 없었다.

"인터넷을 뒤지면 어때요?"

표경장이 제안했다.

"걔들 카페에 정보가 뜰 거잖아요. 모이려면 어디선가는 집결지 같은 정보가 오갈 텐데, 분명히 있을 겁니다. 제이라고 별수 있겠어요?"

일리가 있는 말이어서 며칠 동안 인터넷카페를 뒤졌으나 그것도 쉽지 않았다. 폭주를 앞두고 개설됐다가 끝나면 없애는 식이었고 대부분 은어와 암호로 되어 있어서 간단하게 해독이 되지 않았다. 정보원들 말로는 집결지와 시간 같은 가장 중요한 정보는 당일에 문자메시지로 돈다고 했다.

광복절이 다가오고 있었지만 제이를 추적하는 일에는 별 진척이 없었다. 그러던 중 엉뚱한 곳에서 사건이 하나 터졌다. 6월도 끝나가던 무렵의 어느 날, 수원의 한 파출소가 패싸움을 하던 십대들을 잡아들인 것이다. 아직 분이 덜 풀린 두 패거리는 좁은 파출소 안에서도 서로 치고받으려 드는 통에 이를 제압하느라 몇 안 되는 경찰이 애를 먹고 있었다. 겨우 눌러앉힌 후, 하나하나 불러 윽박질러가며 조서를 작성하는 와중에 바깥에서 요란한 소리가 들렸다. 교통사고라도 났나 싶어 나갔던 경찰들이 깜짝 놀라 파출소로 되돌아왔지만 이미 때는 늦었다. 폭주족이 각목과 쇠파이프를 들고 파출소로 난입해 들어왔다. 탐색전도 없이 막무가내로 치고 들어왔다. 그러고는 경찰관들이 겁을 먹고 우왕좌왕하는 사이, 조사를 받던 패거리들과 함께 타고 온 오토바이로 달아나버린 것이다.

이제는 패싸움이 문제가 아니었다. 다음날 언론은 '공권력 비웃는 십대, 이제는 파출소까지' 같은 제목을 달아 기사를 써대기 시작했고 영화 제목을 빗대 '파출소 습격사건'이라고 불렀다. 뒤늦게 추격에 나선 경찰이 이미 확보한 인적사항을 바탕으로 파출소를 습격한 상대 패거리 몇 명을 잡아들였다.

"제이예요."

그들이 입을 모아 말했다.

"제이가 누구야?"

"그런 새끼 있어요. 우리도 잘 몰라요. 갑자기 우리 동네에 나타나서 설치고 다닌다니까요."

승태는 경찰 통신망으로 전송된 파출소 CCTV 녹화 파일을 들여다보았다. 삼일절에 목격한 제이가 분명했다. 제이는 파출소 안까지 들어오지는 않은 채 묵묵히 아이들이 파출소를 난장판으로 만드는 것을 지켜보고만 있다가 습격이 종료되자 유유히 그곳을 떠났다.

"사전영장도 받아낼 수 있겠는데요."

화면을 들여다보던 표경장이 말했다.

"근데 아직 인적사항을 모르잖아?"

"그러네요."

"이젠 정말 공무집행방해에 폭처법까지 걸 수 있겠군."

"걸 수 있겠다가 아니라 걸어야죠. 이거 완전히 또라이새끼네요. 쌍팔년도 운동권도 아니고 파출소 타격이라니."

그래도 수원에서 주로 활동한다는 것을 알아낸 건 수확이었다. 파출소를 습격한 희대의 사건이니만큼 자원을 좀더 폭넓게 활용해 놈을 잡을 수 있을 것 같았다. 그러나 상황은 승태가 예상한 대로 쉽게 흘러가지 않았다. 우선 제이의 소재를 파악하는 일이 쉽지 않았다. 대폭주가 아닌 이상 제이가 어디서 출몰할지 알 수 없었다. 수원까지 반경을 넓혔다는 것은 의정부나 일산에도 나타날 수 있다는 것을 의미했다. 게다가 그 사건 이후로 제이는 명실상부한 전설이 되었다. 제이가 파출소를 습격했다는 소문이 폭주족 사이에 파다하게 퍼졌다. 삼일절 대폭주로 이름을 알리기 시작하더니 이제 화려한 후광까지 얻은 셈이었다.

"진짜 모른다니까요. 그냥 다들 제이라고 불러요."

잡혀온 아이들은 입을 모아 이렇게 증언했다. 아이들의 제보를 바탕으로 제이의 이전 숙소를 급습했지만 혼숙을 하던 십대들을 혼비백산하게 만드는 효과밖에 없었다.

"이 새끼 간첩 아냐?"

승태의 푸념을 들은 이경감이 지나가는 말처럼 제안했다.

"경찰 내부 통신망으로 돌려보는 게 어때? 또 알아? 옛날에 누가 소년범으로 사건 처리를 했다든지 뭐 그랬을 수 있잖아. 이거 뭐 우리가 잡아서 공을 세워야 되는 사건도 아니고, 광복절 대폭주만 막으면 되는 거니까."

경찰처럼 정보공유와 내부협조가 안 되는 조직도 드물다. A경찰서가 쫓고 있던 범인도 B경찰서가 잡으면 풀어주는 경우가 허다하다. 표경장이 제이에 대한 자료를 요약해 경찰 정보망에 올리겠다고 했지만 승태는 별 기대를 하지 않았다. 그러나 얼마 지나지 않아 책상 위의 전화통이 울렸다.

"제가 그 제이라는 애를 좀 아는 것 같은데요."

목소리와 말투만 들어도 경찰에서 잔뼈가 굵어온 사람이라는 걸 느낄 수 있었다.

"실례지만 어느 쪽에 계신가요?"

전화를 걸어온 남자는 자기가 소속된 경찰서와 직위를 말했다.

"제가 그쪽으로 찾아뵙겠습니다. 선배님."

박승태가 깍듯하게 예를 갖추었다.

"아니요. 내가 서울청에 갈 일이 있어요. 오후에 계신가요?"

32

"오늘 헬기 지원 된답니까? 안 된다죠?"

표경장이 궁둥이를 옴짝거리며 물었다. 날은 후텁지근하고 땅에서는 고약한 하수도 냄새가 몽글몽글 올라왔다.

"안 된대. 도대체가 말귀를 못 알아듣는다니까. 헬기 없이는 폭주족 흐름을 잡을 수 없다고 아무리 말해도 본청에선 피식피식 웃으면서 무슨 짱깨새끼들 오토바이 타고 다니는 걸 밤중에 헬기로 쫓아다니냐며, 여기가 무슨 LA인 줄 아냐고 비아냥거린다니까. 개새끼들."

승태는 예감했다. 오늘의 폭주는 그 이전의 어떤 폭주와도 다를 것이다. 생겨났다 없어지고 생겨났다 없어지는 인터넷 폭주카페의 숫자만 봐도 그 규모를 짐작할 수 있었다. 승태에게 협조하는 정보원들조차 뭔가에 들떠 있는 눈치였다. 축구팬이 사 년마다 찾아오는 월드컵을 기다리듯, 폭주족은 대폭주를 기다렸다. 다른 점이 있다면 월드컵은 사 년마다 어김없이 찾아오지만 '진짜' 대폭주는 언제 열릴지 아무도 모른다는 것이다. 어쩌면 이번 광복절이 폭주족 모두가 기다리던 '그날'일지도 모른다는 소문이 빠르게 퍼지고 있었다.

"몇 대나 모일까요?"

표경장이 채증용 카메라를 만지작거리며 물었다.

"몇 대나 모일 것 같아?"

승태가 되물었다.

"한 오백 대 정도는 모이지 않을까요?"

그것도 좀 많이 불렀다는 표정이었다.

"열 배를 곱해."

"오천 대요? 에이, 농담도 심하시다."

"이따 함 보자구. 오늘 내가 왜 헬기가 꼭 필요하다고 했는지 알게 될 거야."

오천 대의 오토바이가 한군데에 모인다면 어떤 소리가 날까? 승태 역시 아직 그런 장관은 본 적이 없었다. 게다가 그 오토바이들이 폭주를 위해 더 시끄럽고 더 화려하게 개조된 것이라면? 그들의 중심으로 밀고 들어가 주동자를 체포하고 대열을 흐트려야 할 입장에 있으면서도 오토바이를 타는 사람의 하나로서 자기도 모르게 흥분되는 것은 어쩔 수가 없었다. 누가 뭐래도 도로에서 오토바이는 승용차에 비해 을의 위치에 있었다. 제아무리 좋은 오토바이를 몰고 다녀도 도로에선 2등 시민이었다. 그 관계를 역전시키는 유일한 순간이 바로 대폭주라 할 수 있는데, 그때마다 자신은 그 반대에 서 있어야 하는 운명이었다. 그 생각을 하자 덩치 큰 형사들의 체온으로 더워진 액센트의 내부가 참을 수 없이 답답하게 느껴졌다. 형사들의 숨에선 담배 냄새와 채 소화되지 않은 육개장 냄새가 풍겨나왔고, 차량용 에어컨에서 나오는 바람은 삼복더위와 네 남자의 체온, 아직 식지 않은 아스팔트의 지열을 감당하기에는 역부족이었다.

승태는 무전기를 잡고 병력 배치 상황을 체크하면서 정보원들로부터 들어오는 문자메시지를 곁눈으로 확인했다. 지금 시각은 오후 아홉시, 아직은 아무 조짐이 없다. 골목에 오토바이를 세워놓고 담배를 피우는 아이들이 보이지만, 그리고 그들이 뭘 기다리는지 분명히 알고 있지만, 아직은 그들을 어떻게 할 수 없다. 승태는 무력감을 느꼈고, 그것은 언제나 그랬듯이 자기혐오로 발전했고, 그 더러운 감정의 진창에서 빠져나오려는 승태의 영혼은 폭력이라는 강력한 흥분제를 원했다. 오직 그것만이 내면의 어둠을 직시하려는 승태의 심안을 바깥으로 돌릴 수 있었다.

"대단한 날이 될 거야."

승태는 액센트의 차창을 내렸다. 창틈으로 밀고 들어온 덥고 습한 공기가 소 혀처럼 그의 뺨을 핥고 지나갔다.

"도저히 안 되겠다."

그는 차문을 열고 밖으로 나갔다.

"나는 따로 갈게. 여기 너무 답답하네."

승태가 말했다.

"정말요?"

"응, 서에 가서 할리 끌고 나와야겠어."

에어컨 바람이 새는 게 아깝다는 듯 표경장이 얼른 차문을 닫았다.

33

8월 14일 밤 열시. 퇴근길의 정체가 거의 끝난 서울 도심은 조용히 술렁이고 있었다. 각 경찰서 교통 관련 인원 대부분이 비번까지 포함하여 총동원된 상태였고, 순찰차들이 열을 지어 무력시위라도 하듯 도심을 돌아다녔다. 한강 다리 위 검문소들은 바리케이드를 꺼내 점검하기 시작했다. 수원, 안양, 의정부, 군포, 의왕, 평택, 양평, 파주 등지에서 국도를 타고 올라온 폭주 그룹이 용산, 마포, 강남, 서초, 구로, 뚝섬, 왕십리 등지에서 대기했다. 언론사의 취재차량은 보이지 않았다. 그들은 언제나 대폭주가 끝난 다음에나 법석을 떨었다. 매년 똑같은 일이 벌어지는 줄 알면서도 언론사들은 취재인원을 배치하지 않았다. 다음날 아침, 경찰청에 나간 출입기자들이 경찰로부터 검거 인원과 단속 상황을 브리핑받고 단신으로 처리하면 그만이었다. 광복절 전야에 몇몇 신참기자가 출입 경찰서 '형님'들의 긴장된 움직임을 데스크에 보고했지만 취재 명령은 떨어지지 않았다. 대학생과 시민단체는 쉰 명만 모여도 카메라가 몰려들었다. 그들은 한자리에 고정돼 있는데다가 이슈도 중산층이 관심을 가질 법한 것이었다. 그들은 '그림'이 잘 나오도록 피켓과 촛불을 들고 한자리에 앉아 구호를 외쳤다. 그러나 폭주족은 따라잡기도 어려웠을 뿐 아니라 그림도 안 됐다. 야간에 빠른 속도로 움직이는 오토바이를 포착하는 것은 쉬운 일이 아니다. 사진기자가 똑같이 오토바이 뒤에 올라타고 위험한 동작으로 셔터를 눌러대야 했지만 적절한 노출과 셔터스피드를 얻기 어려웠다. 그러므로 광복절 전야의 도심을 저류하는 이 긴장은 오직 폭주족과 경찰, 그들만의 것이었고 일반 시민들은 무슨 일이 벌어지고 있는지 짐작조차 못했다.

주유소를 나와 신호 대기중이던 승태는 등으로 전해오는 둔중한 배기음의 강력한 음파에 놀라 고개를 돌렸다. 백 대가 넘는 고급 오토바이가 정지선을 향해 속도를 줄인 채 다가오고 있었다. 할리 데이비슨이 주종을 이루는 가운데 BMW, 야마하의 고급 기종들이 보였다. 운전자들은 사십대 이상이었고 고급 가죽재킷과 부츠, 무릎보호대로 감싸고 있었다. 승태는 이런 오토바이 동호회원들을 잘 알고 있었다. 이들은 주로 주말 오전에 집결해 양평이나 충주 등으로 드라이브를 나갔다. 밤에 모이는 일은 거의 없었다. 차선과 신호를 잘 지켰고 위험한 운전은 하지 않았다.

잠시 후, 신호가 파란색으로 바뀌자 묵직한 배기음이 터져나왔다. 승태는 그들과 보조를 맞춰 달렸다. 그의 할리는 자연스럽게 이들 속으로 섞여들었다. 승태는 이들이 어디로 가는지 알고 있었지만 말 없이 뒤를 따랐다. 한겨레신문사가 있는 공덕동의 언덕을 지나 서울역을 향해 달렸다. 길가에 서 있던 경찰차들은 이들을 제지하지 않았고 일부는 손을 흔들어 보이기까지 했다. 용산 전쟁기념관 앞으로 이동한 이들은 모두 오토바이를 세웠다. 담배를 피우는 사람, 자판기에서 커피를 뽑아 마시는 사람들이 있었다. 헬멧을 벗자 아는 얼굴이 몇 보였다.

"박사님, 여기서 뵙네요."

승태는 압구정동에서 피부과를 하는 젊은 의사에게 다가가 인사했다.

"아, 박경위님, 언제 오셨어요? 아까 출발할 땐 못 본 것 같은데."

"네, 뭐…… 그게……"

"밤에 도심을 달리니 이게 또 맛이네요. 요새 좀 어떠세요?"

"뭐, 늘 그냥 그렇죠."

잠시 후, 자판기 커피를 손에 든 리더가 휴대폰으로 통화하며 사람들의 중앙으로 걸어오더니 승태를 보고 반가워했다. 그는 남부터미널 근처에서 골프숍을 운영하는 사업가였다. 그는 휴대폰을 주머니에 넣은 후 말했다.

"아, 직접 오셨네요. 그냥 우리끼리 하려고 했는데요."

"네, 마침 지나가다 우연히……"

"아까 연락받기로는 자정쯤에 시작될 거라는데요. 위치 받는 대로 그쪽으로 이동할 겁니다. 뒤에서부터 따라붙어서 대쪽을 가르듯이 대열 중간으로 파고들어 반으로 쪼개놓을 겁니다. 아마 뒤에서 우리 엔진 소리만 들어도 짱깨새끼들 식겁할 겁니다."

리더의 말이 이어졌다. 경찰은 아무래도 인권이니 뭐니 생각하느라 과단성과 기동력이 떨어져서 절대로 그놈들을 당할 수 없다, 그러니 우리가 하지 않으면 안 된다. 이번 기회에 아주 버릇을 단단히 고쳐놓아야 한다고 말했다. 다른 회원들도 입에 거품을 물고 떠들어댔다. 승태는 세상에서 폭주족을 가장 미워하는 부류가 이들이라는 것을 예전부터 잘 알고 있었다. 이들에게 있어 폭주족은 위험한 행동을 일삼아 '건전한' 오토바이 문화 정착에 해를 끼치고 오토바이에 대한 부정적인 인상을 심어주는 악질적 존재였다. 이들은 유럽이나 미국처럼 일정 배기량 이상의 대형 오토바이의 고속도로 진입 허용을 위해 입법 청원을 벌이고 있었는데, 몇 년간 국회 문턱도 넘어가지 못했다. 바로 폭주족 때문이었다. 국회의원들은 여론이 나쁘다며 입법 시도 자체를 하지 않았다.

법을 바꾸고 싶다면 바꿀 수 있도록 만들어라.

세상의 주류가 보내온 메시지를 이들은 바로 읽었다. 위험하기 때문에 오토바이를 선택한 이 지킬 박사들은 이제 안전의식과 준법정신을 입증해야만 했고 그러자면 자신들 내면에 잠복해 있는 하이드를 죽여야 했다. 대부분의 중년 오토바이 애호가들은 승용차가 주는 안락함이 싫어서 이 세계로 넘어온다. 그들은 고급 승용차의 가죽시트에 몸을 파묻고 안전벨트와 에어백으로 안전하게 보호받기를 좋아하는 자기 또래 인간들을 속물 취급하면서 자기를 차별화한다. 머리에 두건을 두르고 교외로 드라이브를 나갈 때면 승용차에 앉아 있는 운전자를 말 그대로 '내려다'본다. 그들은 스스로를 야성이 넘치는 진짜 남자라 여기고 그렇게 행동한다. 위험한 일 좀 그만하라는 마누라의 잔소리는 이들의 마초적 자긍심을 더 높여준다. 그들의 이런 나르시시즘적 자아인식은 여간해서 깨지지 않는다. 삼선슬리퍼를 끌고 헬멧도 없이 지그재그로 도심을 질주하는 십대를 만나기 전까지는 말이다. 그들 자신은 위험하다는 이유로 오토바이를 선택하고는 십대가 오토바이를 위험하게 몬다고 비난한다. 대폭주가 언론에 오르내릴 때마다 이들이 정말로 분개하는 이유는 그들의 오토바이가 고속도로에 합법적으로 올라갈 수 없어서가 아니라 이 철부지십대들이 그 존재만으로 그들을 보수 속물로 만들어버리기 때문이었다. 결국 이들은 자기들의 일그러진 거울을 부수기 위해 광복절 전야의 전쟁기념관 앞에 집결해 있는 셈이었다. 그런데 흥미로운 것은 이 순간에 이들 역시 대폭주를 앞둔 십대만큼이나 흥분하고 있다는 것이다. 청소년을 계도하고 건전한 오토바이 문화를 정착시킨다는 훌륭한 명분 뒤에 숨어 있기는 하지만, 처음으로 자기 '애마'를 경찰의 묵인하에 일종의 '무기'로 사용하게 된다는 것에 적잖이 설레는 것 같았다.

34

광복절 대폭주는 자정 직전에 시작되었다. 제이는 문자메시지로 1차 집결지를 하달했다. 상징성이 큰 광화문이었다. 노량진, 불광동, 뚝섬, 구로동, 상암동, 상봉동, 왕십리 등에 집결해 있던 그룹들이 광화문을 향해 출발했다. 벌써 그 규모가 어마어마했다. 골목골목에서 뛰쳐나와 무턱대고 합류하는 오토바이가 시내 전역에서 목격되었다. 노량진에서 출발한 제이의 그룹도 스무 대의 오토바이로 구성된 그룹 하나를 동작동 부근에서 마주쳤다.

"어디서 오는 거?"

선두에서 달리던 가스통이 물었다. LP가스통을 배달하는 집 아이여서 그렇게 불렸다.

"서산!"

"어디라고?"

"충청도 서산, 서산 몰라?"

저녁 아홉시에 출발했다는 그들을 꼬리에 단 채 제이네 그룹은 반포대교를 향해 질주했다. 칼받이들이 먼저 나가 교차로의 통행을 막으면 제이가 이끄는 대열이 신호 대기 없이 달렸다. 의경 출신의 이십대 폭주족은 아예 교차로의 교통신호 제어박스를 열고 신호를 직접 조작하기도 했다. 몇몇 교차로에서 교통경찰을 맞닥뜨렸지만 상대도 하지 않았다. 무기력한 교통경찰의 모습은 이들의 사기를 더욱 드높였다. 그러는 사이 족보를 알 수 없는 오토바이들이 속속 튀어나와 뒤에 붙었다. 길을 가다 우연히 참가한 것이 아니라는 것을 쉽게 알 수 있었다. 각종 액세서리로 화려하게 치장하고 번쩍거리는 LED등으로 장식한 채 단속적으로 괴성을 질러댔다. 구경꾼에게 엄청난 욕을 먹는다는 것만 다를 뿐, 이것 역시 누군가에게는 오랫동안 기다려온 축제요, 퍼레이드였다.

그날 목란은 자기 가와사키를 몰고 나왔다. 목란은 그날의 폭주 내내 제이와 약간 거리를 둔 채 달렸다. 나는 목란과 제이를 한 시야에 두는 위치에서 줄곧 뒤를 따랐다. 우리만의 약속된 신호를 이해하지 못하는 낯선 오토바이들이 중간중간 끼어드는 바람에 대열의 초반 움직임은 평소에 비해 곳곳에서 서걱거렸다.

"오늘 얼마나 모일까?"

내 옆으로 바짝 붙은 짝눈이 물었다. 짝눈은 가스통의 친구로 오래전부터 제이와 함께 폭주를 뛰었다.

"오늘 분위기상 천 대는 모이지 않을까?"

가스통의 예상이었다.

"와 씨바, 존나 떨린다."

흥분을 못 이겨 앞으로 치고 나가는 짝눈을 경광봉을 든 제이가 앞커버로 보냈다. 제이는 뒤를 따라오는 대열에 주의를 기울이며 교차로마다 칼받이들을 적절히 앞세웠다. 오토바이를 세우고 길을 막던 짝눈은 아우디 한 대가 경적을 울리자 다가가 사이드미러를 발로 차 날려버렸다. 아우디 운전자는 겁을 집어먹고 차 안에 웅크리고 있었다.

경찰이 쳐놓은 바리케이드로 광화문이 거의 봉쇄되다시피 했다는 보고가 계속 들어오자 제이가 즉각 집결지를 종묘 앞으로 바꿨다. 문자메시지가 파도타기를 하며 퍼져나갔다. 반포대교를 타고 한강을 건널 때, 제이의 오토바이에 매단 노란 깃발이 돌풍에 뽑혀 땅에 떨어졌다. 노량진을 떠난 이후 처음으로 대열이 멈추었다. 누군가가 달려가 난간에 걸쳐 있는 제이의 깃발을 뽑아 가져왔다. 그리고 단단히 고정했다. 아무도 이를 불길한 징조로 생각하지 않았다. 징크스를 믿기엔 다들 너무 어렸다. 다시 대열이 움직이기 시작했다. 검문소의 경찰들이 바리케이드를 끌어내기 시작했지만 아직 승용차의 통행량이 많은 다리를 무턱대고 폐쇄할 수는 없었다.

종묘 앞에 가까워지자 어림잡아 수천 대에 달하는 오토바이가 동시에 뿜어내는 소리가 이 킬로미터 밖에서부터 들렸다. 마치 수만 마리의 벌이 웅웅대는 벌집에서 나오는 소리 같았다. 윙, 위잉, 위잉. 가까워질수록 그 소리는 더욱 커져 귀가 멍멍할 지경이 되었다.

노란 깃발을 단 제이의 오토바이가 나타나자 가운데로 길이 생겼다. 제이를 따라온 우리도 덩달아 그 사이를 달렸다. 종묘 앞에 집결한 수천 대의 오토바이가 모두 빠져나가는 데만 이십 분이 넘게 걸렸다. 남자애들의 함성, 여자애들의 괴성이 한껏 키운 배기음, 그리고 요란한 경적 소리와 어우러졌다. 종로 길가에는 대폭주에 참가하려는 차량, 이른바 차폭들이 대기하고 있었다. 그들은 오토바이 대열을 호위하듯 가장 왼쪽에서 일렬로 줄을 지어 비상등을 켜고 행진했다. 견인차와 배달용 트럭, 소형차가 붙었다. 이제는 이십대에 들어선 왕년의 폭주족이 몰고 나온 차들이었다.

귀가가 늦은 시민들은 약간 얼이 빠진 듯한 표정으로 대폭주를 바라보았다. 대폭주는 태풍과 비슷했다. 그것이 온다는 소문이 여기저기서 들려온다. 모두가 그것을 예상하지만 정확히 언제, 어떻게 들이닥칠지 모른다. 어쩌면 밤새 별탈 없이 비켜갈 수도 있다. 운이 나빠 그것과 정면으로 맞닥뜨린다 해도 그것의 전모를 파악하기는 어렵다.

칼받이들은 이제 거의 자동적으로 움직였다. 찍어서 보내지 않아도 앞커버와 뒤커버가 역할을 교대해가며 차량 흐름을 막았다. 순찰차가 곳곳에 보였지만 멀찍이서 지켜볼 뿐이었다. 도심은 이제 폭주족의 해방구였다. 겁에 질린 시민들은 택시를 잡을 엄두도 못 낸 채 폭주족을 혐오의 눈길로 지켜보았고, 한창 바쁠 시간에 옴짝달싹 못한 채 길에 서 있던 택시기사들은 증오의 욕설을 퍼부어댔다. 가다가 머리통이나 깨져서 평생 식물인간으로 살아라, 이 개새끼들아!

대폭주는 시내 전역의 대로를 따라 계속되었다. 굉음에 놀란 시민들이 잠에서 깨어 112에 전화를 걸어대기 시작했다. 그렇게 새벽 한 시가 넘어가자 경찰의 분위기가 바뀌기 시작했다. 시내 곳곳에 바리케이드가 처지고 상황을 관망하던 교통경찰이 칼받이부터 잡아들이기 시작했다.

오토바이 동호회와 마주친 것은 마포경찰서 부근이었다. 그들은 폭대열 뒤에서 나타났다. 처음에는 대폭주에 끼어드는 또하나의 그룹쯤으로 생각하고 별 경계 없이 자리를 비켜주었지만 곧 이들이 리더의 지시를 따르지 않는다는 것, 대폭주의 암묵적인 질서를 존중하지 않는다는 것을 금세 알아차렸다. 배기량이 큰 대형 오토바이를 앞세운 이들은 힘으로 밀어붙이면서 제이가 있는 대열의 선두를 향해 나아갔다. 검은색 가죽을 주조로 한 복장과 액세서리는 화려한 원색으로 치장한 폭주족 주류와 너무나도 달랐다. 군중 속의 누군가가 "이 새끼들 짭새다"라고 외치자 대열이 흐트러졌다. 몇몇 폭주족이 쇠파이프를 들고 동호회원들에게 접근해 위협하며 휘둘렀다. 100cc 오토바이 하나가 대형 오토바이들 사이로 갑자기 끼어들자 이를 피하려던 BMW와 할리 데이비슨이 중심을 잃고 보도로 돌진했다. 그것을 보고 겁을 집어먹은 다른 동호회원들이 퇴각을 시도했지만 밀려오는 흐름을 거스르며 옆으로 빠져나가기는 쉽지 않았다.

제이는 대열 뒤에서 벌어지는 혼란을 만리재 고개를 넘어가다 보았다. 심각한 사태가 벌어지고 있다는 것을 직감한 제이는 속도를 늦추며 뒤로 빠졌다.

"뭐야? 무슨 일이야?"

"씨발, 짭새들이야."

누군가가 제이에게 외쳤다.

"털어서 떨궈."

"알았어."

그 순간 한 대의 할리가 급가속을 하며 제이 쪽으로 접근해왔다.

"야, 네가 제이지?"

제이는 할리 쪽으로 고개를 돌렸다.

"누군데?"

"너 나 몰라? 할리 탄 짭새. 박승태 경위, 박경위야. 너 나 몰라?"

폭대열 후미의 혼란이 가중되고 있었다. 앞쪽에서도 저항을 받고 있는 듯 속도가 느려졌다.

"누구라고?"

엄청난 배기음과 경적 소리 때문에 대화가 불가능했다. 그런데도 상대는 거듭하여 소리를 지르며 대화를 시도했다. 제이의 귀에 들린 것은 오직 '짭새'라는 말뿐이었다. 제이 주변의 폭주족들이 박승태 주위로 모여들었다. 나와 목란은 제이의 약간 앞쪽에 위치해 있었다. 돌아보니 가스통이 뒤에서 접근해 박승태가 탄 할리의 꽁무니를 발로 차고 있었다. 그러는 사이 제이는 급가속을 하며 앞으로 튀어나갔다. 몇 명이 쇠파이프를 휘두르며 승태의 등과 머리를 노렸다. 그러나 중심이 낮은 할리는 쉽게 전복되지 않았다. 승태는 속도를 늦추어 공격에서 벗어났다.

제이는 남쪽으로 방향을 잡았다. 도심을 휘저을 만큼 휘저었다고 판단한 제이는 경계가 허술한 강남 일대를 다음 목적지로 정했다. 그런데 이 무렵 경찰의 대응은 좀더 공격적으로 변해 있었다. 순찰차들이 대열을 지어 칼받이들을 밀어붙였다. 대열의 꼬리가 잘리기 시작했다.

35

제이의 폭대열이 지나간 자리엔 오토바이 동호회원만 남았다. 공격은 실패했고 몇몇은 오토바이에 피해를 입었다. 앰뷸런스가 달려와 부상자를 실어날랐다. 승태는 할리를 세우고 보도에 앉아 거대한 굉음 덩어리가 멀어져가는 것을 지켜보았다. 아이들에게 얻어맞은 허리가 뻐근하게 아파왔다. 길가에 세워놓은 그의 할리에서 열기가 느껴졌다. 그는 도로 경계석에 앉아 멍하니 거대한 소음 덩어리가 멀어져가는 것을 느꼈다. 피부과 의사의 BMW가 다가와 멈췄다.

"뭐하세요? 어디 다치셨어요?"

"아뇨, 괜찮아요."

피부과 의사가 차에서 내려 담배를 피워물며 승태에게도 권했다.

"안 피웁니다."

"좀 무섭네요. 막상 가까이서 보니까요."

"겁이 없으니까요. 죽어도 좋다는 놈들을 어떻게 이기겠습니까."

두려움을 느낀 것은 승태도 마찬가지였다. 쇠파이프가 등과 머리로 날아올 때는 정신이 아득했다. 다행히 오토바이를 운전하며 휘두르는 것이라 위력은 약했다. 그래도 반사적으로 팔을 들어 막지 않았다면 지금쯤 길바닥에 구르고 있을지도 몰랐다. 원래 승태는 경찰 내에서 폭주족에 대해 가장 온건한 입장을 가진 축이었다. 그는 단속 중심의 폭주족 대책에 반대해왔다. 수십, 아니 수백 명을 잡아넣는다 해도 이들을 막을 수 없다는 것을 잘 알고 있었다. 계도와 사전단속으로 대폭주급의 폭주를 점차 줄여나가고 평소의 폭주는 도로교통법으로 다스리면 된다는 게 승태의 지론이었다. 무엇보다 오랜 세월 폭주족 아이들을 만나온 승태는 이들이 인터넷 댓글이 떠들어대는 것처럼 인간쓰레기나 말종이 아니라는 것을 잘 알았다. 막상 만나면 아이들은 아이들이었다. 순진하고 겁도 많았다. 대폭주 전날 문자메시지로 겁만 살짝 줘도 집에 틀어박혀 나오지 않는 아이들이 많았다. 그런데 제이는 달랐다. 보통은 승태가 접근해서 신분을 밝히면 아이들은 제아무리 리더라도 움츠러들었다. 경찰이 자기 이름을 알고 있다는 것만으로도 주눅이 드는 것이다. 그런데 제이의 패거리는 자기를 공격했다. 배기량이 큰 대형 오토바이의 공격도 가볍게 털어버렸다.

이놈은 위험하다.

지난 몇 달간 승태는 제이에 대한 신빙성 있는 자료를 검토할 수 있었다. 이제는 그가 어디서 태어나서 어떻게 자랐고 어떤 방식으로 살아가는지도 알고 있었다. 그가 머물렀던 보육원의 원장과도 전화통화를 했고 기록도 넘겨받았다. 그 밖에도 많은 자료가 승태의 책상에 쌓여 있었다. 특히 최근에 입수한 기록으로 살펴본 제이는 단순한 반항아가 아닌, 맬컴 엑스형의 정치적·영적 지도자를 꿈꾸는 듯했다. 제이는 지금까지 그가 경험한 여느 폭주족 리더와도 달랐다. 수천 대의 오토바이를 이끌고 서울을 누빈다는 것은 말처럼 쉬운 일이 아니었다. 도시의 길과 굴곡에 대해 동물적인 감각과 넓은 조감의 시야가 있어야 했고, 거기에 경찰의 대응까지 계산에 넣어야 하는 것이다. 그런데 제이는 수신호와 문자메시지 같은 원시적인 수단만으로 그것을 수행했다. 근접거리에서 본 제이는 더이상 십대라고 보기 어려운 풍모였다. 수많은 폭주를 옆에서 보아온 승태조차도 노란 깃발을 단 제이의 초라한 125cc 오토바이에 접근하는 순간, 자기도 모르게 강렬한 외경심에 사로잡혔던 것이다. 뒤이어 날아든 쇠파이프 세례조차 자신의 불경에 대한 응당한 처벌처럼 느껴졌다. 물론 그와 같은 외경은 폭대열에서 벗어나는 순간 현저히 약해졌다. 가벼운 환각에서 깨어난 것만 같았다. 참을 수 없는 공허감이 앞서 그를 사로잡았던 강렬한 외경의 빈자리를 채웠다. 감정의 숙취로군.

"한강에서 막아, 이 새끼들아."

승태의 무전기는 서울경찰청 상황실에서 지르는 고함소리로 터져나갈 지경이었다. 계급도 이름도 모르는 총경급들이 CCTV로 전송되는 화면을 보면서 소리를 질러댔다.

"강남으로 가게 놔뒀다간 다들 각오해!"

그들은 이날의 대폭주가 얼마나 대단한 것인지 짐작도 하지 못한 채 무조건 막으라고만 했다. 지금까지 승태가 본 어떤 대폭주보다 규모가 컸다. 아니, 그가 지금까지 본 가장 큰 규모의 대폭주보다 서너 배는 더 크다고 할 수 있었다. 아무리 꼬리를 잘라도 이리저리 우회해 다시 본대로 합류하는 바람에 세가 줄어들지 않았다. 제이는 대폭주 직전까지 철저한 보안을 유지하다가 대폭주가 시작된 후에는 넓은 시야로 도시 곳곳을 유연하게 누볐다. 상황실에서 서울 시내 도로 상황을 지켜보는 누군가로부터 도움을 받는 게 아닌가 하는 생각이 들 정도였다.

승태는 태스크포스가 대기중인 이태원으로 할리를 몰았다. 이태원은 서울에 진주한 외국 군대가 자리잡는 전략적 요충지다. 청일전쟁 당시 청나라 군대가 그랬고 한국전쟁 이후 미군이 그랬다. 한강을 굽어보면서 강북과 강남 어디든 쉽게 접근할 수 있다.

'어느 다리로 넘는 거야? 그것만 알려줘.'

기동대응팀에 합류하자마자 그는 문자를 보냈다. 잠시 후 답장이 날아왔다.

'한남.'

문자를 확인한 그는 표경장에게 물었다.

"지금 애들 위치 어디야?"

"대학로 쪽입니다."

"그럼 십 분도 안 남았겠네. 한남대교야. 바리케이드 치라 그래. 일반차량 우회시키고. 반포대교, 동호대교도 막아."

태스크포스 전원이 한남대교로 이동했다. 의경 1개 중대가 이미 도착해 있었다. 승태가 앞으로 나서서 말했다.

"2인 1조로 경봉 들고 달려들어. 양쪽에서 덤비면 돼. 여기 도착했을 쯤에는 속도가 줄었을 테니 겁먹지 말고 잡아서 끌어내려. 그 중에 노란 깃발 단 오토바이가 있는데 그놈 절대 놓치면 안 돼. 수배자야. 앞쪽에 있을 거야. 그걸 목표로 달려들어. 그놈만 잡으면 이놈의 대폭주는 끝나. 잡은 사람 보름 포상휴가야. 청장님 지시야."

36

한남대교로 내려가면서 제이는 선두로 나섰다. 남산 2호 터널 쪽에 있던 순찰차들이 과감하게 치고 들어와 허리를 잘랐다. 앞쪽으로 치고 들어오는 바람에 하마터면 제이의 오토바이와 부딪칠 뻔하기도 했다. 그러나 제이는 현란한 드라이빙으로 순찰차를 피해 다시 앞으로 나섰다. 제이는 뒤를 돌아보았다. 약 삼분의 일가량의 폭대열이 경찰에 의해 고립된 상태였다. 그러나 제이는 멈추지 않고 한남대교를 향해 나아갔다. 잘린 대열은 나중에 다시 합류시키면 된다고 생각한 것 같았다. 제이는 한남대교 북단으로 이어지는 고가 위에서 대열을 세웠다.

"왜 그래?"

목란이 나에게 물었다.

"봐, 다리 위에 짭새들이 쫙 깔렸어. 제이가 대열을 돌리려는 것 같아."

내가 목란에게 말했다.

"쟤들은 벌써 넘어가고 있는데?"

목란이 손가락으로 옥수동 쪽을 가리켰다. 순찰차에 허리를 잘린 후미 폭대열이 옥수동 쪽으로 우회해 이동하고 있었다. 동호대교를 넘어갈 것이 분명했다. 제이는 결정을 내린 듯 경광봉을 휘둘러 신호를 했다. 최고 속력으로 올려 그대로 돌파하라는 뜻이었다. 만약 여기서 회군한다면 이날의 대폭주는 테헤란로에 도달한 그룹을 중심으로 기록될 것이었다.

"일어날 일은 일어나고야 마는 거야."

제이는 이런 말을 남기고 앞으로 달려나갔다. 나와 목란은 한참을 머뭇거리다가 뒤를 따랐다. 나머지 아이들은 괴성을 지르며 제이의 뒤를 쫓았다. 다리 입구에 바리케이드가 설치돼 있었지만 제이는 인도로 우회했다. 경찰 몇이 막아서려 하다가 뒤로 물러났다. 차폭들은 바리케이드를 보자 모두 그 자리에 멈춰 섰다. 그래도 아직 천 대 가까운 오폭이 제이 뒤를 따르고 있었다. 그들이 앞서거니 뒤서거니 한남대교를 향해 내려왔다. 제이는 몰랐겠지만 그 순간 서울 전역의 순찰차가 한남대교로 모여들고 있었다.

제이는 경찰의 바리케이드를 장애물로 진지하게 고려해본 적이 없었다. 경찰이 즐겨 설치하는 삼각 바리케이드는 일종의 상징적인 장치라고 여겼다. 정 거추장스러우면 내려서 치우면 그만이었다. 인도로 바리케이드를 우회해 다시 차도로 내려온 제이를 향해 의경들이 달려들었다. 제이는 자기 몸에 일종의 현상금이 붙었다는 걸 까맣게 몰랐다. 그는 달려드는 의경들을 요리조리 피해 달렸다. 제이를 따라 바리케이드를 우회한 수백 대의 오토바이가 그 뒤를 따랐고 의경들은 혼란 속에서 우왕좌왕했다. 뒤에서 기다리는 폭대열을 위해 차에서 내려 삼각 바리케이드를 치우던 칼받이들이 경찰과 몸싸움을 벌였다.

마침내 바리케이드가 치워지자 천여 대의 오토바이가 일제히 경적을 울리며 밀고 내려오기 시작했다. 폭주의 쓰나미에 직면한 의경들은 공포에 사로잡혀 검문소로 퇴각했다. 갓길에서 대기하던 차폭들도 다시 움직이기 시작했다. 폭대열은 의기양양하게 한남대교를 지나 양재대로를 향해 질주했다. 이젠 거칠 것이 없었다. 새 목표는 테헤란로였다.

37

"뚫렸는데요."

상황을 보던 표경장이 맥없이 승태에게 보고했다.

"다음 집결지는 테헤란로라는군. 동호대교를 넘어간 애들과 한남대교 넘어간 애들이 합류해서 테헤란로를 휘젓고 다니겠군."

승태가 문자메시지를 확인하며 말했다.

"무조건 막으란 말이야, 이 새끼들아."

상황실에서 다시 호통이 떨어지기 시작했다. 승태는 무전기의 볼

륨을 줄였다.

"어쩌죠?"

표경장이 물었다.

"분명히 강북으로 다시 넘어올 거야. 시작한 데서 끝낼 거야. 종로나 종묘 혹은 광화문. 이쪽이 나중에 흩어지기도 좋아. 길이 복잡하니까. 오늘 다른 놈들은 못 잡아도 최소한 제이 그놈은 잡아야 돼. 이번에 못 잡으면 다음 삼일절에는 통제 불가능한 숫자의 오토바이가 도심을 휘젓는 걸 보게 될 거야."

승태의 무전기로 새로운 지시가 내려왔다. 승태는 분명하게 난색을 표했다.

"그건 너무 위험합니다. 저는 책임질 수 없습니다."

하도 여러 곳에서 지시가 떨어지고 있어 명령체계에도 교통정리가 필요한 상태였다. 나중에 문제가 생기면 현장에 있던 사람만 뒤집어쓰는 경우가 생길 수 있었다. 계통과 책임 소재를 분명히 할 필요가 있었다. 잠시 후 최종적으로 조율된 지시가 떨어졌다. 승태는 무전기를 잡고 새로 내려온 지시를 하달했다. 그들은 승태와 똑같이 물었다. 누가 책임을 지는 거냐고.

폭대열이 북쪽으로 방향을 잡았다는 보고가 올라왔다. 승태는 그들이 어느 다리로 건널지 이미 알고 있었다. 성수대교였다. 양재대로를 따라 올라오고 있지만 어느 시점에서든 방향을 틀어 성수대교로 진입할 것이다. 경찰이 성수대교에 다시 바리케이드를 치기 시작했다.

38

성수대교 남단으로 접근하던 제이는 이번에도 경찰의 바리케이드를 대수롭게 여기지 않았다. 그러나 쇠바늘형 바리케이드라면 얘기가 달랐다. 경찰은 이날 이 장치를 성수대교에서 처음으로 폭주족을 대상으로 사용했다. 제이는 한 번도 이런 장치를 본 적도, 들은 적도 없었다. 그것이 열여덟 살짜리 리더의 한계였다.

"아무래도 안 넘어가는 게 좋을 것 같아."

나는 제이를 만류했다.

"왜?"

"예감이 좋지 않아."

"나는 들을 수 있어."

제이가 신탁을 전하는 듯한 태도로 말했다.

"뭘?"

"다리의 정신을. 강이 내게 하는 말을."

"뭐라고 하는데?"

"나를 부르고 있어. 저기가 내가 가야 할 곳이라고 말하고 있어."

제이는 갑자기 인상을 찡그리더니 손으로 제 가슴을 움켜쥐었다.

"왜 그래?"

목란이 물었다. 제이는 숨을 몰아쉬며 핸들 위로 허리를 숙였다. 그의 이마가 계기판에 닿을락 말락 했다. 고통이 자심해 보였다.

"어디 아파?"

목란이 다가가려는 것을 제이가 손을 들어 제지했다. 숙였던 허리도 다시 폈다.

"이제 괜찮아. 가끔 이래."

제이는 고개를 돌려 자기 뒤를 따르는 폭대열의 모습을 일별했다. 미간을 다시 찌푸리는 것으로 보아 통증은 그대로인 듯했으나 결심을 굳힌 듯 두 팔을 뻗어 핸들을 잡았다. 제이는 칼받이들과 함께 다리로 올라섰다. 목란도 그 뒤를 따랐다. 하이빔으로 쏘아대는 순찰차의 헤드라이트 세례가 제이를 정면으로 겨누고 있었다. 눈을 뜰 수 없을 정도로 강한 빛이었지만 제이는 물러서지 않고 앞으로 달렸다. 메가폰을 든 경찰관이 정지하지 않으면 체포하겠다고 악을 썼다. 이열종대로 이동해온 의경들이 제이를 향해 삼단봉을 들고 달려들었다.

그의 오토바이가 쇠바늘형 바리케이드 위에서 펑크가 난 것은 성수대교 중간에 약간 못 미친 곳이었다. 차체가 급격하게 중심을 잃고 보도 쪽으로 쏠렸다. 굴러가던 동전이 힘을 잃고 기우뚱거리는 것처럼 보였다. 제이의 혼다는 경계석을 치고 난간으로 날아가 부딪쳤다. 그 순간 제이의 몸은 마치 아이가 놓아버린 헬륨 풍선처럼 둥실 위로 떠올랐다.

허공에서 회전하는 제이의 망막에 자신을 향해 입을 벌린 검은 강물과 화려하게 밝힌 다리의 조명, 순찰차들의 불빛, 강변도로에 길게 늘어선 자동차들의 붉은 브레이크등이 어지럽게 들어와 상으로 맺혔다. 제이는 자신의 영혼이 그의 육체를 떠나고 있음을 알았다. 그리고 그것은 그가 이전에 경험한 것과는 전혀 다르다는 느낌이 들었다. 어쩌면 아주 오래 떠나 있을지도 모른다는 것, 어디에도 깃들지 못한 채 내내 떠돌지도 모른다는 것, 그리하여 완전히 새로운 존재로 변모하게 되리라는 예감이 들었다.

제이는 더이상 중력을 느끼지 못했다. 강물의 차가움도, 떨어지는 속력도, 질식할 듯한 공포도 없었다. 그는 점점 높은 곳으로 올라가고 있었다. 시선을 떨구자 다리 위의 모습이 보였다. 아래에서는 수십 대의 오토바이가 그의 뒤를 따라 경찰의 방어선으로 돌진하다가 펑크를 내며 쓰러졌다. 목란과 가스통, 짝눈이 거기 있었다. 얼굴이 피로 범벅된 목란이 아스팔트 위에서 몸부림을 쳤다. 손을 뻗으려 했지만 육신은 말을 듣지 않았다. 아니, 육신이라는 것이 이미 존재하지 않는 것 같았다. 전진이 막힌 폭대열은 다시 남쪽으로 방향을 틀었다. 소금을 뒤집어쓴 지렁이가 꿈틀대는 것처럼 보였다. 승기를 잡은 경찰이 다리에서 밀고 내려왔다. 시선을 돌리자 저 멀리 자신이 태어난 고속버스터미널의 모습이 보였다. 새벽에 떠날 고속버스들이 공회전하는 소리가 마치 옆에서 듣는 것처럼 가깝게 들렸다. 제이는 어쩌면 자신의 영혼이 고속버스터미널에 깃들게 될지도 모른다고 생각했다.

39

"처음에는 그게 제이인지도 몰랐죠. 그냥 사람 하나가 올라가더라고요. 정말이에요. 와, 씨바, 돌아버리겠네."

그날 성수대교 남단의 폭주족 수백 명이 제이가 승천하는 장면을 보았다고 주장했다. 하늘에서 불빛이 내려와 제이를 끌어올렸다고 했다. 폭주족들의 증언은 비슷했다. 새벽 세시경, 하늘에서 내려오는 난데없는 한줄기 빛과 그것을 타고 오르는 희끄무레한 형체. 그들은 그것을 제이라 믿었다. 성수대교 위에 있던 일부 의경까지도 자기가 직접 본 것이라며 인터넷에 글을 올렸다.

"하얀 날개를 펼치고 올라가더라고요. 제가 분명히 봤어요. 머리가 이만큼 길고 키도 후리후리했어요."

휴대폰으로 찍은 사진들은 초점도 제대로 맞지 않은 거무스름한 밤하늘이 전부였다. 희끄무레한 빛이 일부 나타나기는 했지만 그게 전부였다. 올림픽대로를 지나던 승용차 안에서도 많은 사람들이 이 현상을 목격했다. 일부 가톨릭교도는 8월 15일, 성모승천대축일을 맞아 성모가 이 땅에 나타나신 것이라고 주장했다.

승태 역시 성수대교 위에 있었다. 그는 바람에 나부끼는 긴 머리카락 사이로 소년의 얼굴이 참담하게 일그러지는 것을 보았다. 핸들을 놓친 소년이 자기 오토바이와 함께 난간을 넘어 강으로 떨어지기 시작할 때, 승태는 눈을 감았다.

"승천이요? 인터넷에 뜬 거 다 믿으세요? 그런 건 없었다니까요."

다음날 서로 복귀한 승태가 보안과장에게 말했다.

"제가 현장에 있었잖습니까? 제 코앞에서 벌어진 일을 제가 못 본다는 게 말이 됩니까?"

보안과장이 귓밥을 파며 말했다.

"승천이 어디 코앞에서 벌어졌겠어? 당신 머리 위에서 벌어졌겠지."

강으로 추락한 오토바이는 잠수부들에 의해 발견되었지만 시신은 끝내 발견되지 않았다. 다음날 아침 경찰은 기자들에게 광복절 대폭주에 대해 브리핑했다. 실종 1명, 부상 폭주족 6명, 부상 경찰 15명, 검거 127명. 도심에서 벌어진 광복절 대폭주에 대해 경찰이 입체적으로 기민하게 대응한 결과, 대규모의 질서교란 행위를 초동에 진압하였다는 게 골자였다. 그러나 기자들은 '광란의 폭주족, 언제까지 참아야 하나?' 식의 폭주족 비판 기사와 '경찰, 무리한 대응으로 인권침해 논란' 같은 경찰 비판 기사를 나란히 실었다. 관련 기사들이 폭주했고 수백 개의 댓글이 달렸다. 증오가 강물처럼 흘렀다. 그러나 그로부터 이틀도 채 지나지 않아 기사는 모두 뒤로 밀려났다. 광복절 대폭주는 누구의 관심도 끌지 못한 채 조용히 묻혀갔다. 여름이 끝나가고 있었고 인천공항에선 휴가지에서 돌아온 사람들이 면세품 쇼핑백을 들고 택시를 기다렸다.

5 장

스웨덴 시인 토마스 트란스트뢰메르는 평생 그리 많은 시를 짓지는 않았다. 약 이백 편 정도 되는 그의 시 중에서 나는 「미완의 천국」이라는 시를 좋아한다. 그 노래는 이렇게 끝난다.

우리들 각자는 만인을 위한 방으로 통하는 반쯤 열린 문.
발밑엔 무한의 벌판.
나무들 사이로 물이 번쩍인다.
호수는 땅속으로 통하는 창.

침엽수림에 둘러싸인 호수가 많은 북유럽 특유의 풍경을 바탕화면처럼 깔고 그 위에 인간에 대한 통찰을 살며시 얹어놓은 느낌이다. '우리들 각자는 만인을 위한 방으로 통하는 반쯤 열린 문'이라.

그 문이 반쯤 열려 있다는 것이 묘하다. 닫혀 있지도 않고 활짝 열려 있지도 않다. 슬쩍 지나쳐도 그만이다. 그러나 조심스럽게 열고 들어가면 거기에는 다른 세계가 있다.

제이에 대해 처음 접한 것은 사 년 전이다. 대학 시절 일 년쯤 사귀던 여자친구가 있었다(Y라고 해두자). 당차고 씩씩한 겉모습과 달리 섬세하고 따뜻한 감성을 가진 사람으로 내가 소속된 문학동아리의 신입생이었다. 나는 소설에, 그녀는 시에 더 관심이 많았다. 우리의 연애는 그리 오래 지속되지 않고 끝났다. 졸업 후에는 서로 소식을 모른 채 지냈다. 그러다 내 장편소설과 관련한 인터뷰 기사를 보고는 메일을 보내왔다. 나는 그녀가 메일에 남긴 전화번호로 전화를 걸었다. 그녀는 반가워했다. 메일이 제대로 갈지도 미심쩍었다고 했다. 학교 다닐 때부터 정치적 활동에 관심이 많았던 그녀는 졸업 후에도 한동안 사회단체에 몸담았다. 그러다 전공을 살려 국어 참고서를 만드는 출판사에 들어가 오래 일했다. 출판사를 그만둔 후 청소년과 관련한 단체에서 일하고 있다. 그녀는 내가 쓴 소설은 다 읽었다고 했다.

"나도 나오던데?"

등장인물 중에 자신을 모델로 한 인물이 있다고 주장했다.

"아마 없을걸."

나는 웃으며 반박했다.

"분명히 있어."

"작가가 아니라는데 우기시네."

"작가라고 자기 소설 다 알아? 무의식중에 썼을 수도 있지, 뭐."

그래, 그렇다고 해두자. 나는 물러섰다. 그녀 말마따나 작가라고 자기 소설을 완벽하게 통제하는 것은 아니다. 다 기억하는 것도 아니고. 다만 궁금하기는 했다.

"어디 나오는 누군데?"

"글쎄, 그건 내 입으로 말해줄 수 없겠는데."

내 소설의 어떤 인물이 그녀를 닮았을까? 그녀가 끝내 말해주지 않았으므로 내가 찾아서 짐작해야 되는 일로 남았다. 굳이 찾으려면 못 찾을 일도 아니었겠지만 작가와 면식이 전혀 없는 독자마저도 간혹 내 소설의 어떤 인물이 자기를 모델로 한 것이라고 주장하는 일이 있는 것을 보면 부질없는 짓이었다. 누가 그랬던가. 인간의 일생이란 고작해야 과거에 읽은 어떤 소설보다 조금 더 잘 기억나는 한 권의 책에 지나지 않는다고. 그녀가 어떤 인물을 자기로 생각하는가보다 이제는 기억이 가물가물해져가는, 그녀와 함께 보낸 그 일 년이 나는 더 궁금했다.

"결혼은 했어?"

내 질문에 그녀는 잠시 망설이다가 현재 남편과 별거중이라고 했다. 둘 사이에 아이는 없었다. 듣고 보니 남편은 나도 아는 사람이었다. 아주 잠깐 같은 동아리에 소속되어 활동한 적이 있었다. 차갑고 냉소적인 분위기의 모범생 같은 외모였지만 의외로 여자와 얽힌 불미스런 소문이 대학 시절부터 끊이지 않았던 인물이었다. 더는 그 화제를 원치 않았는지 Y는 자기가 하는 일로 화제를 돌렸다. 그녀는 매주 원효대교 아래로 폭주 청소년 상담을 나가고 있다고 했다. 그녀가 소속된 단체가 몇 년 전부터 쭉 해오던 일이었다. 그 단체는 가출 청소년이 일시적으로 머물 수 있는 쉼터도 운영했다.

"혹시 이쪽 세계가 궁금하면 한번 놀러와. 우리 자원봉사자들, 참 좋은 사람들이야."

그게 바로 '반쯤 열린 문'인 것을 그때는 알지 못했다.

"혹시 쉼터에 뭐 필요한 것 없어?"

"아, 얼마 전에 팩스가 고장났어. 혹시 집에 노는 팩스 있으면 좀 줄래? 요즘 세상에 누가 팩스 쓰냐고 하지만 우리는 쓰거든."

내가 사는 동네 뒤에 오래된 벼룩시장이 있었다. 신당동 중앙시장과 성동공고 사이에 있는 노점에서 중고 팩스를 한 대 사서 들고 갔다. 이층 양옥집을 개조한 쉼터의 이층에는 가출한 여자아이들이 기거했고 아래층은 Y와 자원봉사자들이 사무실로 썼다.

'실장님의 옛날 남자친구'의 출현에 이십대 자원봉사자들이 신기해하고 반가워했다. 팩스와 귤을 꺼내놓자 나에 대한 호감이 좀더 높아지는 것 같았다. 우리는 귤을 까먹으며 이런저런 이야기를 함께 나누었다. 처음의 밝고 명랑하던 분위기는 곧 가라앉기 시작했다. Y의 단체는 운영난을 겪고 있었다. 중고 팩스 하나도 선뜻 들여놓을 수 없는 상태인 것만 봐도 짐작이 갔다. 서울시의 지원이 대폭 줄어들었던 것이다. 가출 혹은 폭주 청소년 관련 활동에 기부하는 기업도 드물었다. 기업 이미지에 별 도움이 되지 않는다고 판단한 것이다.

"나는 원래 이쪽에 관심이 있었어."

단체의 소식지를 들춰보며 말했다.

"그랬어?"

"옛날에「비상구」라는 단편 썼잖아. 읽어봤어? 픽치기 하는 애들 얘기."

"아, 그거. 어, 좀 충격적이더라. 무슨 소설이 시작하자마자……"

그녀가 장난스럽게 몸을 부르르 떨었다. 버릇과 태도는 내가 기억하는 Y 그대로였지만 모습은 확연히 달랐다. 그때까지 갖고 있던 Y의 이미지는 아직 젖살이 빠지지 않은 이십대 초반의 통통한 얼굴이었다. 그런데 내 눈앞의 Y는 볼이 움푹 꺼진 비쩍 마른 중년 여자였다. 생경하고 낯설었다. Y가 아니라 Y 역할을 맡은 배우를 보는 기분이었다.

"여기서 더한 것도 많이 볼 텐데, 뭘."

"응, 근데 소설로 보니까 더 쇼킹했어. 문학은 어쩐지 고상한 거 다뤄야 할 것 같은, 뭐 그런 거 있잖아."

"그러지 않아도 그거 써놓고 육 개월이나 서랍에 처박아두었어. 발표하지 못할 소설이라고 생각했거든. 원고 마감이 한참이나 지났는데 한 줄도 못 쓰겠던 어떤 날이 있었어. 이러다 마감 펑크내겠다 싶어 친구한테 그걸 보여줬어. 읽어보더니 당장 발표하라고 하더라구. 그래서 용기를 내서 잡지사에 보낸 거야. 그런 애들 얘기, 그땐 아무도 안 썼으니까."

"애초에 어떻게 쓰게 된 거야?"

"노태우 정권 시절에 '범죄와의 전쟁'이니 뭐니 벌이면서 난데없이 자정 이후 술 판매를 금지한 적 있었잖아."

"맞아, 그 금주령의 시대. 자정 넘어가면 삐끼들의 세상이었지. 언니 오빠, 술 한잔 더 안 하실래요, 꼬셔서는 어디 지하 삼층의 비밀 술집으로 데려가서 새벽 네시까지 나가지도 못하고 매캐한 담배연기 가득한 데서 비싼 돈 내고 술 마셔야 했잖아."

"그때 신촌에 '녹색베개'라는 별명을 가진 유명한 삐끼가 있었어. 어린 여자애인데 늘 녹색베개를 팔에 끼고 다녔어. 사람들은 그 녹색베개에 홀려서 걔가 가자는 대로 호프집도 가고 소주방도 가고 뭐 그랬는데 가보면 걔는 없지. 또 나가서 손님 물어와야 되니까. 어느 날 밤, 그 녹색베개를 보고 갑자기 상이 떠올라서 쓰기 시작한 게 그 「비상구」였어."

"아마 우리 애들 얘기도 소설로 쓰면 괜찮을 거야. 한번 써봐. 우리가 도와줄게."

Y가 조심스럽게 말했다. 사람들은 자기 인생도 소설로 쓰면 한 권으로는 모자랄 거라고 말하곤 한다. 그런데 소설가는 인생 그 자체에 관심이 있다기보다 자기가 소설로 쓸 수 있는 인생에 관심이 있다. 그렇지만 나는 의례적으로 맞장구를 쳐주었다.

"그래? 재미있는 애 있으면 좀 소개시켜줘."

주위의 자원봉사자들 입에서 일치된 이름이 하나 나왔다.

"동규를 한번 만나보세요."

"걔도 폭주족인가요?"

"……이었죠. 지금은 안 타요."

흥미로운 이야기는 변절자나 이탈자에게서 나오는 경우가 많다. 갑자기 구미가 당겼다. 나는 인터뷰 약속을 잡아달라고 했다.

*

그 무렵 동규는 주유소에 기거하면서 알바를 하고 있었다. 동규의 첫인상은 어둡고 폐쇄적이었다. 마음의 문이란 문은 다 닫아걸고 사는 애 같았다. Y가 처음에 동행해주지 않았다면 아마 동규는 나를 만나주지도 않았을 것 같았다. Y는 동규를 보자마자 다가가 깊이 안아주었다. 늘 그러는 듯 동규도 당황하지 않고 팔을 벌려 그녀를 안았다.

그녀는 동규에게 나를 소개했다. 동규는 무심히 고개만 끄덕였다. Y는 일이 있어 곧 자리를 떴고 나는 동규와 함께 피자를 먹으러 갔다. 처음에는 서먹했지만 나는 느긋하게 기다렸다. 내 경험으로 볼 때, 내성적인 사람들이 한번 말을 시작하면 더 깊고 진솔하게 이야기를 잘했다.

"무슨 얘기를 듣고 싶으세요?"

"글쎄, 뭐, 아무 얘기나."

동규가 희미한 불신의 눈초리를 던졌다가 곧 회수해갔다. 몇 번의 문답이 더 오갔지만 이날의 대화는 큰 진전이 없었다. 그러나 나는 동규가 뭔가 할말이 있으며 나와의 대화를 지속하고자 하는 의지도 갖고 있다는 인상을 받았다. 한번 더 만나자고 했을 때 동규는 거절하지 않았다. 나는 일주일 후 동규가 일하는 주유소로 다시 찾아갔다. 인터뷰는 피자집에서 진행되었다. 처음에는 동규의 어린 시절에 관해 물었다. 함구증, 어머니의 부정, 아버지의 재혼과 그에 이어진 불화에 대해 들었다. 그러나 이야기는 점차 동규 자신에 대한 이야기가 아닌 그의 친구 제이에 대한 이야기로 넘어갔다.

"왜 자꾸 제이 얘기를 하니? 나는 네 얘기가 듣고 싶은데……"

"제이가 바로 저예요."

"그게 무슨 소리야?"

"몰라요. 설명하기는 좀 어려워요. 하여튼 저는 제이 얘기를 해야 돼요."

그 또래 애들로는 드물게 동규는 일기를 적었다. 꼭 일기가 아니더라도 뭐든 적어서 기록하는 습관이 있었다. 그런 탓인지 어렸을 적 일도 마치 책을 보고 읽는 것처럼 정확하게 읊었다. 가끔 연도나 날짜가 헷갈릴 때면 노트를 뒤적거렸지만 수정하는 법은 없었다. 동규의 기억이 정확했던 것이다.

그후로도 나는 두 번을 더 만나 제이와 동규 자신에 대한 이야기를 들었다. 마지막으로 동규와 만나던 날, 나는 다시 한번 확인했다.

"지금까지 들은 것, 소설로 써도 되니?"

"네, 제이 얘기는 누군가 써줘야 돼요."

"왜?"

"제이가 언젠가 그랬어요. 누군가 자기 얘기를 기록할 거라고요."

"그건 너를 의미하는 것 아니었을까?"

"그럴 수도 있어요. 그치만 제이 성격상 저 따위가 쓰는 그런 일기를 바라진 않았을 거예요. 제이는 자기가 뭔가 엄청난 걸 하고 있다고 믿었어요. 세상이라는 도화지에 수천 대의 오토바이로 그림을 그린다고 생각했어요. 제이 말로는 그런 예술이 있다고 했어요. 말하자면 일식도 예술이래요. 아주 잠깐 달이 해를 가리지만 외국 사람들은 그 잠깐을 보러 휴가 내서 다른 나라로 여행을 간다고요."

"퍼포먼스나 환경미술, 뭐 그런 걸 말하는 것 같구나. 제이가 정말 그런 걸 알고 있었을까?"

"제이는 책을 많이 읽었어요. 요즘 사람들은 아무 책이나 다 갖다 버리잖아요. 아마 알고 있었을 거예요. 갠 똑똑했거든요. 그렇고 그런 양아치가 아니었다고요."

동규는 심장병을 앓는 아이처럼 거칠게 숨을 몰아쉬더니 어렵사리 말을 이어갔다.

"저…… 이런 얘기 하면 미쳤다고 할까봐 제가 잘 안 하는데요."

"뭔데?"

"요즘 들어 자꾸 제이 목소리가 들려요."

"뭐라고 하는데?"

"새로운 말은 없어요. 예전에 걔가 했던 말이 마치 녹음기라도 틀어놓은 것처럼 다시 들려요."

"나도 가끔 내가 쓴 소설의 인물들이 하는 말을 듣곤 해. 멍하니 앉아 있다가 누가 나한테 말을 거는 줄 알고 돌아볼 때도 있어. 근데 아무도 없지. 생각해보면 내가 며칠 전에 쓴 대사야."

동규의 얼굴에 불만이 엿보였다. 충분히 이해받지 못했다는 서운함 같은 것.

"저는 아주 생생해요. 자다가 깜짝 놀라 일어날 정도라니까요. 가끔은 길을 걷다가도 들어요."

"가장 자주 듣는 말은 뭐니?"

"일어날 일은 일어나고야 만다."

"제이가 했던 말이지? 그런데 그게 무슨 뜻이야?"

"뜻은 모르겠어요. 그치만 그 말을 들을 때마다 어쩐지 제이가 저를 용서한다는 느낌이 들어요."

다음에 만난 사람은 목란이었다. 그녀는 병원에 있었다. 마지막 순간까지 제이와 함께 있었던 그녀는 쇠바늘형 바리케이드에 오른쪽 시신경을 다쳐 한쪽 눈을 실명했다. 의사가 왼쪽 시신경이 멀쩡한 게 천운이라고 했단다. 목란은 진찰과 재활을 위해 정기적으로 병원을 다녔다. 영화제작자였던 목란의 아버지는 계속된 흥행 실패로 더이상 영화를 만들지 않았다. 그는 국가를 상대로 경찰의 과잉진압에 대해 소송을 제기한 상태였다. 한번 만나보고 싶었지만 그는 응하지 않았다.

목란은 동규가 묘사한 것과 크게 다르지 않았다. 이상적인 미인이라고 보기는 어려웠지만 사람의 시선을 확 잡아끄는 독특한 불균형이 있었다. 모두 비슷해져가는 요즘 여자애들과는 어딘가 달랐다.

"뭘 원하세요?"

목란은 대뜸 그렇게 물어왔다.

"특별히 원하는 건 없는데."

"뻥까시네."

목란은 그 어떤 깊은 얘기도 거부했다. 목란은 아버지를 통해 이야기를 '사냥'하는 사람들에 대해 들은 바가 많았다. 남의 구구절절한 사연을 캐내서 영화에 자기 멋대로 써먹고는 나중에 입을 싹 씻는 사람들. 그런데 내가 그런 사람이 아니라고 어떻게 확신한단 말인가. 나조차도 나를 잘 모르겠는데.

"동규한테서 들을 건 다 들었어."

"그런데 저한테 왜 오셨어요?"

"동규한테 묻기가 뭐한 게 있어서 말이야."

그제야 흥미를 보이며 고개를 들었다.

"마지막 순간에 동규는 어디 있었던 거야?"

"여기 좀 답답한데 밖으로 좀 나가면 안 될까요?"

우리는 병원 삼층에서 이어지는 넓은 산책 공간으로 나갔다.

"혹시 담배 있으세요?"

"없는데. 나는 끊었어."

"무슨 작가가 담배도 안 피워요?"

"사다줄까?"

"네."

"뭘로?"

"말보로요."

담배를 사오자 목란은 사라지고 없었다. 동규가 가르쳐준 번호로 몇 번 전화를 걸어보았지만 통화는 되지 않았다. 나는 더이상 목란을 괴롭히지 않기로 했다. 그 말보로는 아직도 내 책상 위에 있다.

나는 일단 동규의 증언과 기록을 바탕으로 소설의 앞부분을 썼다. 제이의 탄생과 동규의 함구증을 다룬 부분이었다. 거기까지는 비교적 잘 풀린 편이었다. 그런데 그 뒤로는 더이상 밀고 나갈 수가 없었다. 결국 접어두고 다른 원고에 매달렸다. 일 년쯤 지난 어느 날, 그 소설은 역시 더이상 진척시킬 수 없겠다는 생각이 들었다. 쓰다 만 소설의 원고를 서랍 속에 집어넣었다.

박승태 경위를 만나보면 어떨까 하는 생각이 든 것은 바로 그때였다. 알아보니 마침 박승태 경위가 참석하는 폭주 청소년 관련 심포지엄이 한 대학에서 열린다는 안내가 Y의 단체 게시판에 떠 있었다. 교육학자와 현장활동가, 폭주 청소년 출신 대학생, 경찰관이 함께 모여 대책을 논의하는 자리였다.

박승태 경위는 다부진 몸을 가진 삼십대 중반의 사내였다. 얼굴에도 분명한 각이 있었다. 가죽 재질의 검정 바이크 재킷은 마치 갑옷처럼 보였다. 본업무는 외사 쪽이지만 워낙 폭주 청소년에 대한 애정이 있어 그쪽 일을 자주 거든다고 했다. 외사 업무는 외국어에 능통한 유능한 경찰관을 배치하는 경우가 많다. 태도에서 자부심이 비쳤다. 인터넷으로 미리 검색해본 바에 따르면 그는 이미 여러 언론에 등장해 폭주족 관련 인터뷰를 한 일이 있었다. 내가 작가라고 소개하고 인터뷰를 원한다고 해도 경계하는 기색이 별로 없었다.

"특별히 어떤 부분에 관심이 있으신가요?"

그가 명함을 건네며 물었다. 눈가는 웃고 있었지만 눈초리는 매서웠다. 직업적 훈련의 결과이리라.

"제이요."

"누구라고요?"

의심과 놀라움, 약간의 실망이 엿보이는 복잡한 표정이었다.

"제이라고 모르세요?"

그가 미간을 찌푸렸다.

"어디서 무슨 소문을 들으셨는지 모르겠습니다만, 제이라는 애 저는 모릅니다."

"개인적으로 모르신다는 뜻인가요, 아니면 전혀 들어본 적도 없으시다는 말씀인가요?"

그는 나의 진의를 탐색하는 눈길로 한참 바라보더니 짧은 한숨을 내뱉었다.

"정말 소설가 맞으세요?"

"네. 책 몇 권 보내드릴까요?"

"소설로 쓰실 생각이신가요?"

"가공을 한다는 뜻이죠. 사람들은 소설가가 쓴 것은 소설로 받아들입니다."

"뭐, 뜬소문 같은 것에도 관심이 있으시다면 제가 몇 마디 해드릴 수는 있습니다만……"

"폭주족 문화 전반에 대해서도 박경위님의 고견이 필요하고요."

다음날 그가 준 번호로 전화하자 태도가 달랐다. 나에 대해 나름의 검색과 조사를 마친 듯 조금 유해져 있었다. 내가 어떤 폭로를 목적으로 접근한 논픽션 작가는 아니라는 것을 알게 된 것 같았다. 우리는 오뎅을 파는 술집에서 만나 이야기를 나누었다. 내가 쓴 소설 몇 권을 선물하자 그는 심드렁하게 받아 가방에 넣었다. 서명을 해달라거나 하지도 않았다.

"잘 읽겠습니다. 감사합니다."

대화의 주제는 당연히 제이였다. 박경위는 비교적 소상하게 자신이 아는 대로 제이에 대해 말해주었다.

"동규 만나셨다면서요? 그애 아버지가 우리 경찰 가족입니다. 제가 경찰 통신망에 제이를 수소문하자 그 양반이 찾아오셨어요. 제이가 그분 집에 세들어 있었고 자기 아들하고도 친했다고 하더군요. 신원 파악이야 금방 했죠. 항간에는 제이라는 애 자체가 아예 존재하지 않았다는 말도 있지만, 아닙니다. 실존한 것은 분명합니다. 어쨌든 우리는 광복절 대폭주를 앞두고 제이를 검거하기 위해 여기저기 들쑤시고 다녔습니다. 물론 동규부터 잡았죠. 그 녀석이 협조를 많이 해줬습니다."

"친구였는데 왜 경찰에 협조한 거죠?"

"그게 제이를 돕는 길이라고 생각했던 거죠. 그 무렵에 이미 제이의 정신이 이상해져가고 있었다는 거예요. 아시다시피 대폭주 임박해서는 파출소도 습격하지 않았습니까? 뿐만 아니라 자신에게 대드는 아이들을 참지 못했다고 해요. 상당히 가혹하게 다뤘던 모양입니다. 일종의 과대망상에 빠져 있던 제이를 제자리로 돌려놓을 필요가 있다고 믿었던 것 같아요. 동규는 동규 나름대로 제이를 도우려고 했던 거죠. 그렇지만 여기까지입니다."

"뭐가 여기까지예요?"

"여기까지는 신화가 아니라는 말씀입니다. 하지만 경찰의 저지선을 돌파하다가 한강으로 떨어진 후 하늘로 올라갔다는 둥, 다시 나타났다는 둥 하는 것은 다 헛소리입니다. 설마 소설에 그거 쓰실 건 아니죠? 아니, 소설이니까 쓰실 수도 있겠군요. 네, 쓰세요. 무슨 상관입니까."

"제이가 성수대교까지는 분명히 있었다는 거죠? 그런데 그후로는 못 믿겠다는 말씀이시고요."

"그렇죠."

"그럼 제이는 어디로 갔을까요?"

"어디 잠적해 있겠죠. 수배중이잖아요? 걔라면 충분히 그럴 수 있어요. 출생도 좀 이상하고, 보육원 시절에 근처에서 발생한 방화도 실은 좀 미심쩍은 데가 있어요. 그뒤로 서울에 올라와서도 혼자 떠돌아다녔잖아요. 나중에는 생쌀까지 씹으면서 말이에요. 지금도 아마 어디선가 노숙자로 위장하고 살아가고 있을지 몰라요. 얼핏 봐선 완전 어른이거든요."

"동규가 어느 정도까지 협조를 했나요?"

"여러 그룹이 뒤섞여서 폭주를 벌였으니까 우리로서는 제이 그룹이 어디로 움직이는지가 제일 중요했죠. 동규는 제이 뒤를 바짝 따르면서 자기들이 어디로 이동할지 알려줬어요."

"정말 다리에서 아무것도 못 보셨습니까? 수백 명이 승천을 봤다고 하던데, 바로 그 앞에 계셨잖습니까?"

박경위는 코웃음을 쳤다.

"정말 소설 쓰시네."

그는 소주를 들이켜더니 말을 이었다.

"하나만 부탁합시다. 쓰시는 거야 작가님 마음이지만 제발 폭주족 애들 미화하지는 말아주세요. 걔들 불쌍한 애들이죠. 제가 걔들 맘 왜 모르겠습니까? 저만큼 걔들 이해하는 사람도 대한민국에 없을 겁니다. 그렇지만 너무 위험해요. 전신마비돼서 실려가는 애들, 제가 한둘 본 줄 아세요? 다 한때의 지랄이죠."

그와는 그후로도 여러 차례 같이 만나 술잔을 기울였다. 처음의 까칠한 태도와는 달리 부드러운 구석이 있었다. 술이 많이 들어간 날은 기대도 하지 않았던 깊은 얘기까지 털어놓기도 했다.

"경위님 닮은 인물이 제가 쓰는 소설에 들어갈 것 같은데 괜찮겠어요?"

"뭐, 사람들이 나라는 걸 한눈에 딱 알아볼 정도만 아니면 괜찮겠지요."

물론 그의 동의가 없었어도 나는 그를 어떤 형태로든 소설에 넣었을 것이다. 그와 헤어지기 직전에 나는 오랫동안 품고 있던 질문을 던졌다.

"제이가 그렇게 된 데 대한 죄책감은 없으십니까? 죽었을 가능성도 높잖아요. 그리고 그 바리케이드 말이에요. 한쪽 눈을 실명한 애도 있고, 많이들 다쳤잖아요."

그는 나를 뚫어져라 노려보더니 이렇게 말했다.

"첫째, 그건 나 혼자만의 결정이 아니었습니다. 집단적으로 질서를 교란하고 시민에게 피해를 입히는 행위에 대한 경찰의 대응원칙은 확고합니다. 둘째, 그들은 그걸 감수한 겁니다. 헬멧을 쓰지 않은 순간, 그들은 죽음까지 각오하고 거리에 나온 겁니다. 그리고 그게 젊은 수컷으로서의 매력을 배가시켜주었겠지요. 걔들에게 헬멧 씌우기 운동 하던 예능프로 있었죠? 한마디로 웃기는 일 아닙니까? 뭐, 여기까지가 공식적인 해명입니다. 하지만 작가 선생한테는 한 가지 더 말씀드리고 싶은 게 있습니다."

"말씀하시죠."

"나, 아니 우리 경찰 모두가 꼭 필요한 존재였다는 겁니다."

"뭐에 말이죠? 질서유지를 말씀하시는 건가요?"

"아니, 그건 아니고요. 작가니까 잘 아실 줄 알았는데요. 잘못된 타이밍에 잘못된 장소에 있었던 게 아니라 있어야만 할 바로 그 타이밍에 거기 있었다는 거지요. 우리가 있음으로 해서 완성이 된 겁니다."

"그래서 죄책감은 전혀 없으시다?"

"그렇습니다."

먼저 자리에서 일어난 사람은 그였다. 우리는 술집 밖에서 악수를 나누고 헤어졌다. 뚜벅뚜벅 멀어져가던 그가 발길을 돌렸다.

"아 참, 하나 더 말씀드리고 싶은 게 있어요."

그는 바짝 깎은 머리를 손으로 매만졌다.

"실은 봤습니다."

"뭘요?"

"제이가 올라가는 거요. 하늘로요."

그가 손가락으로 허공을 가리켰다.

"그게 뭐라고 생각하세요?"

"UFO도 집단으로 목격하곤 하잖아요. 비슷한 거라고 생각합니다."

한 무리의 젊은이가 요란하게 떠들며 파도처럼 우리 둘을 덮쳤다. 혼란의 와중에 우리는 악수를 나누고 헤어졌다.

이후에도 나는 몇 명의 폭주족을 더 만나봤지만 제이에 대한 다양한 루머를 수집하는 정도에 그쳤다. 책상 위의 자료는 점점 쌓여가는 데 반해 글은 진도가 잘 나가지 않았다. 어떻게 풀어가야 할지 막막했다. 서두만 물경 열 번은 더 고쳐쓰다가 중단하고 말았다. 그러나 생각이 떠오르는 대로 메모는 계속해나갔다. 해가 바뀌고 해외에 나가 체류하게 되면서 제이의 이야기는 뚜렷한 진전을 보지 못한 상태로 남았다.

그러던 어느 날, 서울의 Y로부터 짤막한 메일이 한 통 날아왔다. 아버지의 설득으로 다시 집에 돌아가 검정고시를 준비하던 동규가 목란과 새벽에 오랜 통화를 나눈 직후, 소주에 약을 타 마시고 자살했다는 내용이었다.

나는 서랍 속의 원고를 꺼내 책상 위에 펼쳐놓았다. 원고는 초대받지 않은 손님처럼 거기 있었다. 동규가 그렇게 된 마당에 이 소설을 계속 써나간다는 것은 무리라는 생각이 들었다. 다시 읽어볼 생각으로 몇 장을 들춰보았지만 동규와 관련된 부분을 지나갈 수가 없어 도중에 덮고 말았다. 그렇게 많은 이야기를 나누고도 이런 일을 막지 못했다는 것에 자괴감이 들었다. 소설은, 그러니까 소설가는 도대체 뭘 할 수 있는 것일까.

그렇게 몇 달이 또 지나갔다. 무위의 세월이었다. 뭐라도 쓰지 않고는 견딜 수 없는 지점에 이르러서야 나는 다시 서랍을 열었다. 과거에 적어둔 메모부터 읽기 시작했다. 그리고 날마다 일정한 분량을 써나가기 시작했다. 조금씩 속도가 붙는 것이 느껴졌다. 봄꽃이 피었다가 지고 여름이 왔다. 그리고 여름마저도 위세를 잃어가던 무렵, 문득 살펴본 원고는 어느새 장편소설 두 권 분량에 육박해가고 있었다. 그런데 마음이 편치 않았다. 그러나 이유를 알 수 없었다. 매일 쓴다는 것, 정해진 분량을 채워나가는 것만이 태산처럼 중요하게 느껴졌다. 마음 깊은 곳에서 일어나는 희미한 의구심의 불씨를 발꿈치로 비벼끄면서 묵묵히 그날의 할당량을 써나갔다.

"잘돼가?"

오랜만의 통화에서 Y는 소설의 진도부터 물었다. 내 상황을 들은 Y는 잠시 말이 없더니 이렇게 말했다.

"……그냥 들어."

"뭘?"

"말을 할 거 아니야? 네 인물들이 말이야. 입을 다물고 그걸 듣는 거야."

마음에 무거운 것이 쿵 하고 떨어지는 기분이었다. 나는 핵심인물을 제외한 이들의 이야기를 다 쳐내기로 했다. 원래 출발점으로 다시 돌아가는 셈이었다. 동규가 기록한 부분에서 크게 벗어나지 않는 형태로 소설을 다시 구성하기 시작했다. 내가 덧붙인 이야기를 뭉텅이로 날려버리자 숨통이 트이는 것 같았다. 원고의 분량은 거의 반으로 줄어들었다. 곳곳에 비어 있는 부분이 보이지 않는 것은 아니지만 그대로 두기로 했다. 빈틈없이 채워넣는 것은 이 이야기에 어울리지 않는 일 같았다. 초고가 정리되자마자 Y에게 먼저 보냈다.

"한번 읽어봐줘. 네가 내지 말라고 하면 안 낼게. 나보다는 객관적일 수 있잖아. 혹시라도 애들한테 문제가 될 거라면 접을게."

Y로부터의 답장은 며칠이 지나서 왔다. 원고는 잘 읽었고 별문제가 있을 것 같지도 않다고 했다. 흥미로운 것은 추신에 있었다.

'참, 여기서 자원봉사자로 일하는 선생님 중 한 분이 네가 제이 얘기로 소설 쓰는 걸 알아. 그분이 네 메일 주소 알려달라고 해서 알려줬어. 괜찮겠지? 아마 곧 그쪽으로 메일 갈 거야.'

며칠 후 스스로를 '진'이라고 밝힌 여자로부터 메일이 왔다. 알려주고 싶은 제이에 대한 일화가 있다고 했다. 첨부파일을 열어 그 자리에서 다 읽었다. 어떤 인터뷰나 자료에도 없던 제이의 모습이 거기 있었다. 이미 써놓은 원고의 중간 어딘가에 자연스럽게 집어넣을까 했으나 마땅한 자리를 찾기 어려웠고 또 그럴 필요도 없는 것 같아 문장만 조금 손을 보아 여기에 붙인다.

 봄인데도 겨울 못잖게 추웠던 4월의 어느 날, 한 여자가 쓰레기를 버리러 나왔다가 자기 집 벽돌담에 한 소년이 몸을 잔뜩 웅크린 채 기대고 있는 것을 발견했다. 혹시 얼어죽은 것은 아닌가 싶어 소년의 발치에 서서 한참을 내려다보는데 더러운 신발이 꿈틀거렸다. 그녀의 기척을 느낀 소년이 힘겹게 눈을 떴다. 소년은 먹이를 바라는 길고양이의 시선으로 그녀를 올려다보았다. 우연히도 각도가 딱 그랬다. 마침 여자는 기르던 고양이를 장염으로 잃은 직후였다.

 "들어가자. 몸 좀 녹이고 뭐 좀 먹자."

 여자는 소년을 데리고 들어가 따뜻한 밥과 국을 먹였다. 달걀을 부쳐주었는데 다섯 개나 먹었다. 몸이 녹은 소년은 더운물로 샤워를 하고 거실 소파에 누워 눈을 붙였다. 그리고 그녀의 집에서 며칠을 묵으며 기력을 회복했다. 소년의 볼에 발그레 혈색이 돌고 하루가 다르게 살이 붙었다. 그러던 어느 밤, 소년은 여자의 지갑과 귀중품을 챙겨 달아났다. 신용카드를 정지시키려 카드회사에 전화를 하자 그새 벌써 사용 내역이 있었다. 명동에서 옷을 샀다고 한다.

 "카드는 어디서 분실하셨습니까?" 상담원이 물었다.

 여자는 길에서 지갑째 잃어버렸다고 거짓말을 했다. 여자는 그렇게 따뜻한 대접을 받은 소년이 도대체 무슨 이유에서 갑자기 도둑으로 돌변했는지 이해할 수 없었다. 인간이라는 게 원래 믿을 수 없는 족속이라는 식의 쉬운 결론을 그녀는 싫어했다. 그러나 뻔한 말을 피해가다보니 해명하지 못한 질문만 풀지 않은 이삿짐처럼 그녀의 정신을 채웠다. 답답하고 억울했지만 그녀는 속으로 삭였다. 모든 일을 남의 탓으로 돌리는 자기 엄마처럼 되고 싶지 않았다. 엄마, 배운 년에게는 배운 년의 해결책이 있는 거야. 아무리 어렵더라도 그걸 포기하면 안 돼. 그걸 포기하는 순간 그렇고 그런 아줌마가 되는 거야. 그녀는 병원을 찾았다. 정신과 의사는 잠을 이루지 못하는 그녀에게 항우울제를 처방했다. 그녀는 '배운 년'답게 미국 FDA가 인증한 약을 믿어보기로 했다.

한 해가 지나고 다시 봄이 왔다. 저녁 약속을 마치고 집으로 돌아오던 그녀는 집 앞에서 발걸음을 멈췄다. 몸을 웅크린 소년이 벽돌담에 기대 잠들어 있었던 것이다. 이건 뭘까? 인생이 던지는 잔인한 조롱일까? 처음에 그녀는 일 년 전의 어린 도둑이 돌아왔다고 생각했다. 무릎에 얼굴을 파묻고 잠든 자세며 등과 어깨의 모양, 앉은 자리까지 똑같아 보였다. 그녀는 물끄러미 소년의 어깨를 내려다보다 서둘러 집으로 들어갔다. 소년은 깨어나지 않았다. 어쩌면 죽었는지도 몰랐다. 여자는 일을 하다가 가끔 창밖을 내다보았지만 그 각도에선 담장 너머가 보이지 않았다. 일교차가 심한 환절기였다. 밤이 깊어가면서 기온이 뚝 떨어졌다.

"엄마, 나야."

자정이 다 되어 그녀는 엄마에게 전화를 걸었다.

"지금이 몇시냐?"

"잤어?"

"그냥 누워 있었다. 채점 좀 하다가."

"올해 학생들은 괜찮아?"

"무슨 일이야? 이 밤중에."

"아무 일도 없어."

"겪어서 안 될 일은 아예 겪지 않는 게 좋다."

"뜬금없이 그게 뭔 소리야?"

"뭔 일인지 모르겠다만, 할까 말까 싶은 일은 그냥 안 하는 게 좋아."

"아무 일 없대도 그러네. 제발 무슨 감 있는 척 좀 하지 마. 엄마는 그런 감 없어."

"있어."

"그냥 갑자기 생각나서 전화해봤어. 됐으니까 그만 자."

"이서방 용서해줘라. 그게 사람이다."

그녀는 휴대폰을 소파를 향해 던졌다. 그리고 소리를 질렀다.

"아아아아아악! 아아아아악! 아아아아악!"

TV를 끄고 침대로 가서 몸을 뉘었다. 심장이 너무 거세게 뛰어 잠을 이룰 수 없었다. 안정제를 한 알 삼키고 다시 침대로 돌아왔으나 마음이 가라앉기는커녕 이젠 조금 어지럽기까지 했다. 창을 흔드는 바람 소리가 더 거세게 들려왔다. 잔뜩 웅크린 채 담벼락에 몸을 기대고 있던 아이를 생각했다. 그냥 경찰에 신고해버릴까?

불면에 시달리는 인간의 새벽은 영원처럼 길다. 마치 매일 법정에 소환되는 피고가 된 기분이다. 운이 좋은 날에는 심리가 열리지 않을 수도 있다. 그렇더라도 출두는 해야 한다. 변호사 없이 이뤄지는 이 신문의 검사는 바로 자기 자신이다. 모든 것을 훤히 아는 추궁자의 가혹한 신문은 끝날 듯 끝날 듯 끝나지 않는다. 그리고 어느새 먼동이 터온다. 이런 과정이 밤마다 반복된다. 아무리 겪어도 익숙해지지 않는 게 불면이다. 그럴 때마다 그녀는 생각하는 것이다. 기독교에서 연옥이라 부르는 곳이 혹시 내가 지금 살고 있는 이 세계가 아닐까?

그녀는 벌떡 일어나 밖으로 나갔다. 소년은 아직도 담벼락에 붙어 미동도 하지 않았다. 그녀는 소년의 어깨를 오른손 검지 끝으로 쿡 찔렀다.

"얘!"

소년은 부르르 몸을 떨며 얼굴을 들었다. 보안등 불빛에 드러난 얼굴은 그녀가 기억하고 있던 모습과 전혀 달랐다. 안도 대신 찾아온 것은 가벼운 실망감이었다.

"너 누구니? 왜 여기서 이러고 있니? 밤새 이러고 있을 거야?"

"……"

"이러단 얼어죽어. 겨울에만 얼어죽는 거 아니야."

"죄송해요. 다른 데로 갈게요."

그녀의 입에서는 일 년 전과 똑같은 말이 흘러나왔다.

"들어가자. 몸 좀 녹이고 뭐 좀 먹자."

"됐어요. 아줌마. 저 괜찮아요."

"내가 안 괜찮아. 그러지 말고 들어와. 어서."

소년은 몸을 일으켰다. 한데 오래 앉아 있어 굳은 관절을 낡은 우산 펼치듯 하나하나 폈다. 삐걱거리는 소리가 들려오는 것 같았다.

"괜찮다니까요. 저 갈 데 있어요."

소년은 고집스럽게 고개를 저으며 방향을 가늠하려는 듯 주위를 둘러보았다.

"갈 데가 있는 애가 여기서 자? 너 술 마셨니?"

"아뇨."

그녀는 니트 카디건의 틈을 파고드는 한기에 부르르 몸을 떨었다.

"내가 추워서 안 되겠다. 이리 와, 얼른."

그녀는 소년의 팔을 붙들고 집으로 끌었다. 그제야 소년은 마지못해 그녀를 따라 주춤주춤 다리를 절며 안으로 들어왔다. 밖에서는 몰랐는데 소년의 몸에서 맹렬한 악취가 풍겼다. 하수도가 뚜벅뚜벅 걸어들어온 것 같았다. 그녀는 냉동만두를 전자레인지에 데워 뜨거운 유자차와 함께 내왔다. 소년은 만두를 단숨에 해치우고 커피테이블 위에 놓여 있던 귤 한 바구니도 금세 비웠다. 그녀는 음식을 준비하며 소년을 슬쩍슬쩍 살폈다. 볼이 미어져라 먹는 모습이 보기에 좋았다. 그러나 일 년 전의 그 아이도 저랬다. 언젠가는 그녀의 지갑을 훔쳐 자신이 있던 곳으로 돌아가리라.

그녀가 물었다.

"이름이 뭐야?"

"이름은 왜요?"

"이름 없어?"

"이름 없는 사람이 어디 있어요?"

"그러니까 이름이 뭐냐고. 왜? 이름 말하면 안 돼?"

역시 어떤 범죄에 연루된 것일까? 그녀는 싱크대 위에 놓여 있던 식도를 살며시 들어 서랍 속에 집어넣었다.

"제이예요."

"예쁜 이름이네."

어쩌면 가명일지도.

"몸은 좀 녹았니?"

그녀는 소파로 다가가면서 아이의 얼굴을 살폈다. 한눈에 이렇다 저렇다 파악하기 어려운 얼굴이었다.

"네. 근데 아줌마."

"왜? 차 좀 더 줄까?"

"죄송하지만 TV 좀 잠깐 볼 수 있을까요?"

"뭐 보고 싶은 거라도 있니? 지금 아직 새벽인데."

"프리미어리그. 잉글랜드 프리미어리그 하고 있을 거예요."

"그게 뭔데?"

"축구예요. 그거 모르세요?"

"글쎄, 난 스포츠는 젬병이라."

"맨유와 아스널의 경기예요. 빅게임이죠."

"그래, 좋아. 대신 샤워부터 좀 해. 그럼 TV 보여줄게."

제이는 샤워를 하라는 여자의 얼굴을 빤히 올려다보았다. 여자는 재빨리 그 눈빛의 의미를 알아차렸다. 혹시 숨은 의도가 있는 것은 아닌지 알아내려는 눈빛이었다. 이 아이는 샤워를 하라는 말에 담긴 성적인 의미를 아는 게 분명했다. 여자는 짐짓 제이의 시선을 외면하며 말했다.

"너 냄새가 좀 심해."

"갈아입을 옷이 없어요."

"옷 있어. 잘 맞을지는 모르겠지만. 욕실 앞에 갖다놓을게."

여자는 제이의 더러운 옷을 세탁기에 넣고 세제를 펑펑 뿌린 다음 시원하게 빨아버리고 싶었다. 그것은 원초적인 충동에 가까웠다. 세탁기의 배수구로 구정물이 구룩구룩 빠져나오는 것을 보면 속이 다 시원해질 것 같았다. 그러나 그렇게 되면 소년은 당장 이 집을 떠날 수 없을지도 모른다. 그녀는 샤워를 하라고 말한 것을 잠시 후회하다가 고개를 절레절레 젓고는 제이가 벗어놓은 옷을 세탁기 안에 던져넣었다. 그리고 옷장으로 가 일 년 전의 소년이 입었던 옷을 꺼내 욕실 앞에 갖다놓았다.

"옷이 좀 크네."

젖은 머리를 조심스럽게 말리던 제이가 주위를 둘러보았다. 옷 주인이 어디 있는지 궁금해하는 눈치였다. 여자가 TV를 가리켰다. 해설자와 아나운서가 곧이어 벌어질 경기에 대해 이야기를 시작했다. 온몸이 발그레해진 제이가 소파에 앉았다. 더운물이 긴장을 누그러뜨렸는지 이제는 미소도 곧잘 지었다. 그녀가 가져다준 딸기를 먹으며 제이는 정신없이 축구 경기에 빠져들었다. 그것을 보며 여자는 갑자기 자기 몸이 붕 떠오르는 것 같은 느낌을 받았다. 항우울제를 과용했을 때와 비슷하면서도 조금 달랐다. 엄지발가락 끝에 있는 구멍으로 누군가가 행복감이라는 이름의 가스를 주입하고 있는 것 같았다. 처음 보는 소년이 들어와 그녀가 차려준 음식을 먹으면서 지구 반대편에서 벌어지는 축구 경기를 보고 있다는 사실이 왜 이렇게 놀라운 기쁨을 주는 것일까. 그러나 높이 오르는 것은 동시에 불안이기도 했다. 풍선에 바람이 빠지면 중력이 그녀를 끌어내려 저 단단한 세상에 내동댕이칠 것이 분명했다. 일 년 전에 그랬던 것처럼.

"얘."

"네?"

축구에 빠져 있던 제이가 그녀의 부름에 고개를 돌렸다.

"이제 그만 가. 가줬으면 좋겠어."

"네? 지금요?"

제이가 어리둥절한 얼굴로 그녀를 바라보았다.

"제 옷은요?"

"네 옷이라니?"

"아까 빤다고 가져가셨잖아요?"

그녀는 손으로 자기 이마를 짚었다.

"아, 그거. 그건 말야, 그래, 그건 지금 빨고 있어."

"그런데 어떻게?"

"그래, 그렇구나. 그럼 그냥 있어. 하지만 넌 가야 돼. 옷이 마르는 대로. 알겠지? 미안해. 정말 미안해."

"아니에요. 저도 그럴 생각이었어요. 옷만 안 빠셨어도 바로 갔을

텐데."

제이의 말투는 공손했지만 차가웠다.

"그래, 미안해. 내가 깜빡했네. 그렇지만 옷이 깨끗하면 좋잖아?"

"뭐, 그렇긴 하죠."

"축구 계속 보렴. 옷 다 마르면 알려줄게. 건조기에 돌리면 금방 마를 거야."

"네, 바싹 안 말라도 괜찮아요."

제이는 다시 고개를 돌렸다. 선수들이 공을 따라 춤을 추듯 움직이고 있었다. 그녀는 뒷마당으로 나와 담배를 피웠다. 그리고 다시 한번 결심했다. 옷이 마르는 대로 저 아이를 내보내겠다고. 항우울제를 먹는 삶으로는 다시 돌아가지 않겠다고.

그녀가 다시 거실로 들어왔을 때, 축구는 전반전이 끝난 상태였다.

"아줌마 혼자 사세요?"

"아니."

그녀는 거짓말을 했다.

"그럼 누구랑?"

"글쎄, 누가 있기는 한데, 잠깐 나갔어. 곧 올 거야."

그녀는 아무렇게나 흘러내린 푸석푸석한 머리를 고무줄로 묶었다.

"아줌마는 무슨 일을 하세요?"

"나? 출판사에서 외주로 일해."

"외주가 뭐예요?"

"집에서 일하는 거야."

그녀는 책상 위의 교정지를 가리켰다. 색색의 펜과 포스트잇.

"넌 집이 없니?"

"없어요."

그녀는 더 묻지 않았다. 그녀는 자신이 먹을 아침을 차렸다. 커피를 내리고 빵을 잘랐다. 채소를 싹둑싹둑 썰어 올리브유를 두르고 그 위에 방울토마토를 얹었다. 제이는 마치 그 집 아들이라도 되는 것처럼 태연하게 소파에 앉아 시선을 축구에서 떼지 않은 채로 그녀가 접시에 덜어준 샐러드를 먹었다. 그 모습을 보고 있으니 좋았다. 제이는 후반전이 끝날 때까지 열심히 축구를 보았다. 맨체스터 유나이티드의 승리였다. 축구가 끝나고 광고가 시작될 무렵 제이는 스르르 잠이 들었다. 몸이 점점 옆으로 기울더니 결국은 웅크린 채 모로 누워버렸다. 여자는 담요를 가져다 덮어주었다. 잠이 든 줄 알았던 제이가 조그맣게 말했다.

"고맙습니다."

그녀는 조용히 자기 방으로 물러가 그날 중으로 잡지사에 보내야 할 원고를 보기 시작했다. 보통은 두세 번을 다시 살피면서 꼼꼼히 체크하는데 그날은 그렇게 하지 않았다. 대충 마무리해놓고는 마감 시간이 한참이나 남았는데도 그냥 메일로 보내버렸다. 그러고는 안절부절 거실을 들락거리며 잠든 제이의 모습을 훔쳐보았다. 아침 햇살이 그의 잠을 방해하지 않도록 커튼을 내려주었고 평소 작업할 때면 늘 틀어놓던 오디오에는 손도 대지 않았다.

제이는 오후 늦도록 깨어나지 않았다. 온 집안에 무거운 잠의 기운이 소복소복 내려앉았다. 그녀는 자기 침실로 돌아가 몸을 뉘었다. 그리고 바로 꿈의 세계로 빠져들었다. 어두운 꿈이었다. 한 소녀가 평소 자신을 귀여워하던 경찰관들에게 다가간다. 경찰관들은 그녀의 흰옷에 묻은 피를 보고 나쁜 일이 생겼음을 직감한다. 그러나 소녀는 말을 할 수가 없다. 병원으로 데려가자 의사가 소녀에게 입을 벌리게 하고 그 안을 꼼꼼하게 체크한다. 증거를 채취하기 위해서겠지. 꿈에서는 그게 전혀 이상하지가 않다. 마침내 경찰관들에게 범인의 정체가 통보된다. 경찰관들은 아주 무거운 갑옷을 입고 용의자를 찾아간다. 용의자는 그들과 똑같은 갑옷을 입은 동료 경찰관이다. 그들은 그를 체포하여 개처럼 끌고 간다. 취조를 받던 용의자 경찰이 갑자기 동료들의 신문에 반발하며 벌떡 일어나 벽에 적힌 자신의 죄목(강간치상)을 북북 그어 지워버리고 그 옆에 '폭행'이라고 휘갈기며 소리를 지른다.

"이 사건은 강간이 아니고 폭행이라니까!"

그녀는 눈을 떴다. 제이가 품속으로 파고들고 있었다. 아직 꿈에서 덜 깬 그녀는 자기도 모르게 제이의 겨드랑이에 손을 넣어 그를 끌어올린다. 그의 몸에서 자신의 샴푸와 비누 냄새가 난다. 그게 그녀를 조금 더 누그러뜨린다. 그러나 제이의 더운 숨결이 턱에 닿는 순간, 이 장면이 더이상 꿈이 아님을 문득 깨닫고 깜짝 놀라 그를 밀어낸다. 그러나 이미 늦었다. 제이는 너무도 능숙하게 그녀를 유린한다.

그녀는 격렬하게 발버둥친다. 사이드테이블 위의 알람시계가 떨어지면서 배터리가 튀어나온다. 제이는 그녀의 귀에 대고 속삭인다.

"아줌마, 죄송해요. 그냥 가만히 계시면 돼요. 제가 다 알아서 해요."

제가 다 알아서 해요. 아직 솜털이 보송한 소년의 이 말에 갑자기 맥이 탁 풀려버린다. 윤리는 둑과 같다. 어느 정도까지는 자아를 지켜주지만 한번 터지면 격렬한 방류가 뒤따른다. 눈을 감으면 조금 전 꿈속에서 본 소녀의 이미지가 눈두덩 너머에 희미하게 남아 있다. 복수를 바라면서도 입을 열어 말하지 못하는 소녀. 그러다 눈을 뜨면 다가올 쾌락에 대한 기대로 상기된 소년의 얼굴이 있다. 이게 죄라는 생각이 당장은 들지 않는다. 다만 지금껏 잘 지켜온 인생의 한 귀퉁이가 허물어지고 있다는 자각은 있다. 그런데 그게 그렇게 싫지만은 않다. 그녀가 그 달콤한 방기 속으로 자신을 밀어넣으려는 순간, 강력한 비난의 음성이 그녀의 내부에서 폭발한다.

"겪어서 안 될 일은 아예 겪지 않는 게 좋다."

미성년자와 섹스를 해서는 안 된다는 절대적 윤리의 외침은 아니다. 그녀의 내부에 살고 있는 이 검열자는 보편 윤리의 규준을 내면화한 철학자라기보다 종교재판의 심판관을 닮았다. 심판관은 언제나 그녀의 쾌락을 문제삼는다. 담배를 처음 배웠을 때도, 알코올의 즐거움을 알게 되었을 때도, 책상 가장자리에 사타구니를 문지르면 기분이 좋아진다는 것을 깨달았을 때도 가장 먼저 그녀를 비난한 것은 바로 그 종교재판관이었다. 그리고 그 재판관의 음성은 엄마의 목소리로 말한다. 뭐가 어떻게 됐든 잘못은 너한테 있고, 네가 애초에 잘했더라면, 네 더러운 욕망을 컨트롤할 수 있었더라면 이런 일은 벌어지지 않았을 거야, 라고 꾸짖는 목소리. 항상 과거로 돌아가 비난의 근거를 찾아내고야 마는 집요한 탐정. 형체도 없이 임재하면서 잠조차 재우지 않는 고문기술자. 죽지 않고는 이 신문에서 벗어날 수 없다고 말하는 음험한 유혹자.

그녀는 가랑이를 조이며 팔꿈치로 제이의 턱을 쳤다. 그리고 소리를 질렀다.

"하지 마. 하지 말라고 했지. 하지 마. 하지 마. 하지 말라니까."

제이의 움직임이 멈췄다.

"……좋아하실 줄 알았어요."

제이가 말했다.

"너 도대체 뭐하는 애니?"

제이는 대답하지 않았다. 그녀는 제이의 몸을 밀어냈다. 뜨겁고 단단한 것이 그녀의 허벅지를 스치며 지나갔지만 그녀는 모른 척했다.

"다 내 잘못이야."

헝클어진 옷매무새를 바로잡으며 그녀가 말했다.

"아니에요. 제 잘못이에요."

"아니야, 그게 그런 게 아니야. 애초에 널 들이지 말았어야 했는데."

"죄송해요."

"남자하고 여자하고 자는 건 말이야."

그녀는 아직 침대를 떠나지 않고 있는 제이에게 말했다.

"부끄러움을 나누는 거야. 내 말 무슨 말인지 알아?"

그녀의 숨이 아직 거칠었다.

"알 것 같아요."

"아냐, 넌 몰라. 모르는 것 같아. 그런 건 말이야, 부끄러움을 서로 나눌 준비가 된 두 사람이 하는 거야. 그게 없으면 자위하고 다를 게 없어."

"여기 있고 싶었어요."

"그게 무슨 소리야?"

"여기 있으려면 저도 뭔가 해드려야 할 것 같아서."

"그 뭔가가 그거였어?"

"네."

"너, 경험이 있구나."

제이는 대답 대신 씩 웃었다. 그 웃음에 자기도 모르게 소름이 돋은 여자는 차갑게 말했다.

"화장실 가. 가서 해. 그러고 나면 머리가 맑아질 거야."

"이제 괜찮아요. 정말이에요."

"그럼 옷 제대로 입어. 누가 올 거야."

"아무도 안 올 거예요."

"네가 어떻게 알아?"

"그냥 알아요. 누구 기다리시는 것 같지 않아요."

282

누가 올 거라는 말은 거짓이 아니었다. 그러나 오기를 기다리는 것도 아니었다. 가끔은 기다린다고 믿는 것과 다른 것이 도착하는데, 실은 그것이야말로 우리가 정말로 기다리던 것이었을 거야. 바로 너처럼.

"넌 좀 이상해. 애 같지가 않아. 그렇다고 어른 같지도 않고."

"그런가요?"

한동안 아무 말도 오가지 않았다. 둘은 침대 머리맡과 발치에 각각 앉아 있었다.

"나 실은 어디가 좀 아파."

여자가 지나가는 말처럼 툭 던졌다.

"어디가요?"

"여기가."

그녀가 자기 가슴을 가리켰다. 마치 발목을 접질렸어, 라고 말하는 투로.

"어떻게요?"

"암이래."

"암이요?"

그녀가 '암'이라고 말할 때는 무거운 볼링공을 다루는 것 같았는데 제이가 똑같은 말을 할 때는 처음 보는 어떤 열대 과일의 이름이라도 입에 담는 것처럼 들렸다. 그녀는 무게의 차이를 분명히 감지할 수 있었다. 나는 알아. 너에게는 너무 멀고 아득한 단어처럼 느껴지겠지. 은하계의 어느 행성처럼. 그러나 그것은 내 몸안에 있어. 나는 느낄 수가 있어. 내 몸속에서 자리를 잡아가는 이 불길한 세포 덩어리를.

"그럼 어떻게 해야 돼요?"

"잘라내야 할지도 몰라."

제이가 무릎걸음으로 다가왔다. 그녀는 막지 않았다.

"이걸요?"

제이가 옷섶을 헤치고 희고 긴 손가락으로 그녀의 부드러운 가슴을 손에 쥐었다. 곧 상실될 소중한 무엇을 진심으로 애도하는 것처럼 보여 그녀의 마음에 위로가 되었다.

"그래, 그거."

"네."

제이가 허락을 구하듯 그녀를 올려다보았다. 그녀는 고개를 끄덕였다. 제이가 고개를 숙여 젖꼭지를 입에 물었다.

"마음대로 해. 그건 이미 내 거 아니니까."

제이는 꼭지에서 입을 떼고 물었다.

"그럼 누구 거예요?"

"병원 거지. 그들이 거기에 암덩어리가 있다고 선언한 순간 그들 것이 돼버리는 거야. 내 몸이 더이상 내 것이 아니야."

"그럼 이제 제 거예요."

"그래, 네 거야. 가지렴."

제이는 물속으로 다시 들어가는 잠수부처럼 숨을 흡 하고 들이마신 후 꼭지를 다시 입에 물었다. 그래서 다시 잠깐의 침묵이 찾아왔다. 성적인 긴장 대신 미지근한 물에 온몸을 푹 담근 것 같은 느낌이 여자를 휘감았다.

"언제 아셨어요? 암이라는 거?"

"그저께."

"얼마 안 됐네요. 놀라셨어요?"

그녀는 잠시 생각했다. 내가 놀랐던가? 어쨌든 내가 그 생각에 온종일 사로잡혀 있는 것만은 사실이다.

"응."

"근데 암이 뭐예요?"

"너 암 몰라?"

"정확히는 몰라요."

"암은 끝없이 자라나기만 하는 세포야. 모든 세포는 자기가 죽을 때를 아는데, 암세포는 그걸 몰라. 영원히 성장하기만 해."

"에너지, 아니 생명력이 대단하네요. 그렇게 들으니까 무슨 게임 캐릭터 같아요."

"맞아, 암 자체는 생명력으로 충만해. 그런데 그 무시무시한 생명력 때문에 사람은 죽게 되지."

"아줌마도 죽어요?"

"모두 언젠가는 죽어."

제이는 주술이라도 걸 듯 두 눈을 꼭 감고 그녀의 젖꼭지를 빨기 시작했다. 그녀는 부드러운 진갈색 머리카락이 촘촘히 솟아 있는 제이의 정수리를 내려다보며 조금 울었다. 이 눈물은 참회의 눈물일까, 자신을 향한 연민의 눈물일까. 그런 생각을 하는 사이에도 젖꼭지가 단단해졌다. 그녀는 제이의 얼굴을 몸에서 떼어냈다.

"한두 번 해본 솜씨가 아닌데? 여자친구라도 있어?"

제이는 떠돌며 겪은 일에 대해서 말해주었다. 난장을 까는 십대, 야생에 가까운 무절제한 폭력과 섹스, 학대받는 소녀와 그애의 돈으로 살아가는 아이들. 제이의 입에서 태연하게 흘러나오는 사연들에 놀라 그녀의 몸이 굳었다.

"뉴스에서 볼 때는 설마 그런 일이 있을까 싶었는데."

"인간이 상상할 수 있는 것은 결국 모두 현실이 된대요."

제이가 담담하게 말했다.

"누가 그래?"

"TV에 나온 어느 과학자가 그랬어요."

"그런 일이 있을 수 있다고는 생각했어. 그렇지만 그런 일을 직접 겪은 애를 보게 될 줄은 몰랐어."

"몸속에 있어도 모른다면서요? 암 말이에요. 우리 같은 애들도 사람들은 전혀 못 봐요. 투명인간처럼 쓱 지나가버리는 거죠. 좀 거북하고 불편하고 뭐 그럴 뿐이겠죠. 정 심하면 도려내면 되고."

제이가 머리를 쓸어올렸다. 내일은 저 아이를 데리고 미용실에 가야겠다고 그녀는 생각했다.

"자기비하는 좋지 않아."

"자기비하가 뭐예요?"

"자기를 너무 낮춰서 말하는 거."

제이가 피식 웃었다.

"실제보다 훨씬 부드럽게 말씀드린 거예요."

"너는 강한 아이구나."

"글쎄요. 그치만 약해지면 안 된다고는 생각해요."

"좀 이따 내 동생이 올 거야. 남동생이야."

"정말 누가 오기는 오네요."

"원래 같이 살아. 며칠 지방에 갔는데 오늘이 돌아오는 날이야."

그녀는 드러난 젖가슴을 안으로 밀어넣었다. 차가운 이물감이 느껴졌다.

"그럼 저는 갈게요."

"그냥 있어도 돼."

"정말요?"

"어쩌면 너랑 잘 통할 수도 있어. 전혀 안 맞을 수도 있고. 나한테 그림 배우러 왔다고 해. 참, 그리고."

"네?"

"아줌마라고 부르지 말아줄래?"

"그럼요?"

"다들 진샘이라고 불러. 성이 진이거든."

여기까지가 그녀가 보내온 글의 서두다. 그녀의 집으로 남동생이 찾아온다거나 제이가 남동생이 하는 가게에서 알바를 한다거나 하는 장면이 이어진다. 나는 사람들이 소설가에게 의외로 솔직해질 수 있다는 것에 가끔 놀라곤 한다. 무엇이 그들로 하여금 어떤 이야기를 안심하고 털어놓게 만드는 것일까? 소설이라는 경계 안으로 넘어가는 순간 모든 가치가 상대화되고 새롭게 정의된다고 믿는 것일까? 아니면 제이를 둘러싼 신화의 구름에 편입되고 싶은 욕망일까. 그녀역시 제이를 중심으로 한 어떤 이야기를 쓰고 있었던 것만은 분명하다. 그리고 무슨 이유에선지 글을 더 진척시킬 수 없었던 것 같다. 암이 더 악화됐을 수도 있고, 자기가 아는 제이만으로는 뭔가 부족하다고 생각했을 수도 있다.

진샘의 글에 등장하는 제이의 성격은 내가 상상하던 모습과는 살짝 다르다. 그녀의 눈에 비친 제이와 동규가 알아온 제이는 다를 수밖에 없을 것이다. 그녀가 기록한 이 시기는 아마 제이가 한나의 집을 떠나 홀로 서울 시내를 떠돌던 무렵이었을 것이다. 동규 앞에 생쌀을 씹는 고행자의 풍모로 나타나기 직전까지 제이는 잠깐이나마진샘의 집에서 안온한 날을 보냈던 것이다. 나는 그녀에게 묻고 싶은 것을 질문으로 정리해 그녀에게 보냈다. 모아놓고 보니 묘하게도기독교에서 행하는 신앙고백과 비슷해졌다. 특히 마지막 질문이 그랬다.

"당신은 제이가 살아 있으며 언젠가 다시 돌아올 것이라 믿습니까?"

대답은 오지 않았다.

그로부터 얼마 지나지 않아 나는 목란에게서 연락을 받았다. 마침

나는 다른 일로 서울에 들어와 있던 참이었다. 대뜸 전화를 걸어온 목란은 자신이 곧 밴쿠버로 떠나게 되었다고 말했다. 뒤늦게라도 공부를 하라는 아버지의 말을 따르기로 했다는 것이다. 공항에서 잠깐 만날 수 있겠느냐고 물었다. 병원에서 말없이 사라져서 미안하다고도 했다.

인천공항에서 만난 목란은 얼굴에 살이 더 붙었다. 보기가 좋았다. 의안을 가리려 선글라스를 끼고 있었다. 풍채가 있는 목란의 아버지는 딸이 밴쿠버로 떠나게 되어 마음이 놓인다는 얼굴이었다. 여기선 좋은 일이 하나도 없었죠, 라고 그는 낮은 목소리로 말했다. 목란의 아버지는 환전과 쇼핑을 하겠다며 자리를 피해주었다.

"동규가 그때 어디 있었느냐고 물으셨죠?"

내가 쓴 글 속의 목란은 십대지만 내 앞에 나타난 목란은 이미 성숙한 여인이었다. 나는 말을 높여 받았다.

"네."

"동규는 제이 뒤통수를 때렸어요. 그래서 뒤에 남았던 거예요. 앞에 뭐가 기다리고 있는지 알았으니까요."

"아니, 그것까지는 몰랐을 겁니다."

"아저씨가 어떻게 아세요?"

"동규와 내통하던 경찰도 만났거든요. 동규는 제이가 어디로 움직이는지만 찍어줬다더라고요."

"그래요? 근데 저는 왜 보자고 하셨어요? 그렇게 다 알고 계시면서."

"동규가 배신했다는 건 어떻게 알았어요?"

"동규가 말해줬어요. 제이가 그렇게 된 이후로 병원에 찾아와 날마다 징징거렸어요. 나는 한쪽 눈을 잃었는데 그런 나한테 와서 징징거리는 꼴이 보기 싫어서 한번은 엄청 화를 냈어요. 그러지 말걸 그랬나봐요."

"제이가 어딘가에 살아 있을 거라고 생각해요?"

"제이는 자기 정신을 분리해서 다른 것에 빙의시킬 수 있다고 했어요. 그래서 동규는 제이가 인간이 아닌 어떤 기계에 깃들어 있을지도 모른다고 생각했어요. 그래서 자기한테 자꾸 말을 건다고······ 근데 나는 그런 말은 믿지 않아요. 저는 제이가 자살했다고 생각해요. 동규가 배신한 것도 아마 알고 있을 거예요."

목란은 다리를 심하게 떨었다. 테이블 위의 냅킨을 거듭 구겼다.

"폭주 뛰던 시절을 지금 돌이켜보면 어때요?"

목란의 다리떨기가 멈췄다.

"죽였죠. 정말 죽였죠. 근데 이제 눈이 하나라 거리감각이 떨어지잖아요. 다시는 못 탄다고 생각하니 더 그래요. 지금도 그때 꿈을 꿔요. 근데 이상하게 제이는 꿈에 안 나와요. 나 혼자 달리고 있어요. 허리를 이렇게 깊이 숙이고 바이크에 몸을 착 붙이고······"

목란은 신이 나서 양팔을 앞으로 뻗고 허리를 숙여 오토바이 타는 자세를 보여줬다.

"내일 죽는다면 오늘은 바이크를 탈 거예요."

목란이 씩 웃으며 말했다. 나는 시계를 보았다. 그녀가 떠날 시간이 다가오고 있었다. 나는 진샘에 대해서 물었다. 내게 온 메일의 내용에 대해서도 간략하게 요약해서 전했다.

"혹시 제이한테 그 시절 얘기 들은 적 없어요?"

목란은 잠시 생각을 더듬더니 입을 열었다.

"있는 것 같아요. 그 아줌마 얘기를 했었어요. 근데 이름이 진샘 뭐 그런 것은 아니었어요. 뭐였더라. 하여간 나중에 제이가 그렇게 된 후에 그분이 폭주 청소년 상담하는 단체에 들어갔다고 들었어요. 동규하고도 친했었는데."

그제야 퍼즐이 맞춰졌다. 진샘이 바로 Y였던 것이다. 동규를 푸근하게 안아주던 그녀의 움푹 팬 볼이 떠올랐다. 글이 풀리지 않는다고 푸념했을 때 그녀는 '그냥 들으라'고 충고했었다. 실은 자기 자신을 향한 말이었으리라.

"내가 그 사람을 아는 것 같은데……"

나는 목란에게 말했다.

"잘 아시는 분이에요?"

그 질문에는 쉽게 답할 수가 없었다.

"글쎄, 그렇게까지 잘 아는 건 아니지만…… 잘 안다고 말할 수 있게 된 것 같기도 하고……"

사실에서 출발한다고 다 사실은 아니고 상상에서 시작됐다고 다 허구는 아닌 것이 소설의 세계다. 나는 단지 그녀가 쓴 한 편의 글을 읽었을 뿐인 것이다. 어쩌면 나는 그녀를 더 모르게 되었을 수도 있다.

"뭐가 그렇게 복잡해요. 잘 알면 잘 아는 거고 모르면 모르는 거지."

그때 목란의 아버지가 불쑥 나타났다. 원래 입이 무거운 건지 내가 마음에 들지 않는 건지 그는 나와 거의 말을 섞지 않으려 들었다. 목란이 마시던 아이스커피 컵을 들고 자리에서 일어났다. 그녀는 가볍지도 무겁지도 않은 걸음으로 출국장 쪽으로 향했다. 부녀와 헤어져 주차장으로 가는 길에 나는 여러 번 주머니 속의 휴대폰을 꺼내 만지작거렸다. Y에게 전화를 할까 오래 망설였지만 안 하는 쪽으로 마음을 정했다. 그녀는 그 글을 나에게 보냄으로써 이미 할말을 다 한 것이다. 나의 답도 이 글로 하는 게 맞을 것이다.

나는 차에 올라 시동을 걸었다. 그리고 집으로 향했다. 공항고속도로를 벗어나 서울로 접어들자 오토바이들이 보이기 시작했다. 검은 헬멧을 쓰고 온갖 보호장구로 무장한 퀵서비스 기사들은 신호가 떨어지기 무섭게 앞으로 달려나갔다. 미래에서 온 사이보그처럼 보였다. 집에 거의 다다랐을 무렵, 피자를 배달하는 오토바이 하나가 이면도로에서 불쑥 튀어나왔다. 붉은 유니폼을 입은 오토바이 운전자와 나의 눈이 아주 잠깐 마주쳤다. 냉정하고 무심한 눈길이었다. 내가 브레이크를 밟아 속도를 줄이는 것을 확인하자 그는 허리를 숙이며 급가속을 했다. 엔진오일이 타면서 나는 흰 매연이 잠시 시야를 가렸다가 곧 사라졌다. 오토바이도 더는 보이지 않았다.

이제 몇 해 전의 그 광복절 대폭주를 기억하는 사람은 거의 없다. 그후로도 대폭주는 연례행사처럼 벌어졌지만 그해의 광란을 재현하지 못했다. 대폭주는 점점 시시한 일이 되어가고 있다. 박승태 경위가 주도한 태스크포스는 단속보다 예방에 중점을 두는 폭주 대응 방안을 수립해 보고했다. 그에 따라 경찰의 대응은 좀더 효과적으로 바뀌었다. 폭주에 가담한 이들의 인적사항을 블랙리스트로 만들어 관리했고 대폭주 전야에는 외출금지 협조 공문을 보내 집에 묶어두었다. 폭주 전력이 있는 아이들에게 경찰의 경고 문자메시지가 수시로 날아왔다. 법원이 오토바이를 범죄 도구로 간주하고 몰수하기 시작한 것도 큰 영향을 미쳤다. 오토바이 몰수는 폭주족에게 전 재산을 빼앗기는 것과 같았다. 그러나 상당수의 폭주족은 대폭주의 열기가 사그라진 것을 제이의 부재 탓이라고 믿고 있다. 제이가 주도했던 그해의 대폭주는 전설이 되었다. 아직도 삼일절과 광복절 전야만 되면 제이가 아직 살아 있다는 소문과 대폭주에 맞춰 다시 나타나리라는 예언이 돌아다닌다.

겨울도 이제 마지막 고비를 넘어가고 있다. 성미가 급한 나무들은 벌써 움을 틔우기 시작했다. 북서풍이 창문을 뒤흔드는 깊은 겨울밤, 오래 붙들고 있던 이 원고에 '끝'이라는 한 글자를 쓰기 위해 책상 앞에 앉았다. 돌아보면 많은 이들에게 도움을 받았다. 이 자리를 빌려 감사를 전한다. 그러나 만약 내가 단 한 사람에게만 고마움을 표할 수 있다면 그 대상은 바로 동규가 아닐까 싶다. 그 친구 덕분에 내 발밑에 존재하는 무한의 벌판을 발견할 수 있었다. 부디 먼 나라에서 평안하기를 빈다.

『너의 목소리가 들려』는 원래 2012년에 문학동네에서 초판이 나왔다. 록밴드 델리스파이스의 〈차우차우〉라는 노래의 가사인 '아무리 애를 쓰고 막아보려 해도 너의 목소리가 들려'에서 따왔다. 작업할 때의 제목은 '대폭주'였다. 누구나 쉽게 예상할 수 있듯이 이 소설은 광복절과 삼일절에 오토바이를 타고 대폭주를 벌이는 젊은이들로부터 시작한 것이다. 무슨 이유에선지 그들은 하필이면 국경일에 대규모로 결집해 법질서를 무시하고 대폭주를 벌였다. 경찰의 대응은 처음에는 소극적이었다. 주로 배달 일을 청소년들이 심야에 차도별로 없는 도심을 좀 쏘다닌다 해도 큰 문제는 아니라고 생각했던 것 같다. 하지만 대폭주는 해가 갈수록 시끄러워졌고, 규모도 커졌고, 이에 따라 그동안 철저히 비가시화된 존재로 무시되어오던 이들에 대한 세상의 혐오가 폭증했다. 사회가 정해놓은 길을 순순히 따라가지 않는 이 청소년들이 자신들을 대놓고 드러내는 것은 비슷한 나이의 청소년을 자녀로 둔 중산층의 불안을 자극했다. 이들이 사회적으로 그나마 따뜻한 관심을 잠깐이라도 받은 것은 한 지상파 방송의 예능프로그램에서 오토바이를 탄 청소년들에게 헬멧을 씌워주는 기획을 방송했을 때였다. 그들이 얼굴과 목소리, 표정을 가진 어리고 미숙한 존재라는 것이 중산층 시청자들에게 놀라움을 주었지만, 그래도 결론은 그들에게 헬멧을 씌워 사회의 규범을 따르게 해야 한다는 것이었다. 몇몇 청소년은 협조했지만 나머지 대다수는 계속 헬멧 없이 삼선슬리퍼만 신고 위험하게 지그재그로 오토바이를 모는 데서 자기 존재를 확인하고 드러냈다.

왜인지는 모르겠지만 언젠가부터 나는 폭음을 내며 서울 거리를 질주하는 이 아이들에 대한 이야기를 언젠가는 써야겠다고 늘 생각했다. 그러나 막상 본격적인 집필에 착수한 것은 서울이 아니라 뉴욕에 체류하고 있었던 2010년 무렵이었다. 그들로부터 멀어지자 비로소 그들에 대해서 쓸 수 있게 되었던 것 같다. 서울에 있을 때도 그들에 대한 자료를 수집하고 쉼터에 찾아가 인터뷰도 해왔는데 그들에 대해 알아가면 알아갈수록 어둡고 깊은 심연을 들여다보는 기분이 되어 글쓰기는 진도가 잘 나가지 않았다.

뉴욕에서 이 년 반을 살면서 나는 아주 희미하게나마 한 사회에서 비가시적인 존재로 살아가는 경험을 하게 되었던 것 같다. 거기서 나는 처음으로 동아시아 남자라는 정체성을 갖게 되었고, 일단 그렇게 규정되자 독립된 세계를 가진 하나의 개인이 아니라 동아시아와 한국이라는 집단적 표상의 일부로 간주되었다. 어쩌면 바로 그것 때문에 오래 묵혀둔 '대폭주' 원고를 다시 써볼 생각을 했는지도 모른다고, 십 년이 지난 지금에서야 생각하게 되었다. 많은 소설이 그렇듯이 작가는 자기가 그걸 왜 쓰는지 잘 모르면서 쓴다. 그리고 이렇게 시간이 좀 흘러서야 조금씩 깨닫게 되는 것 같다.

나는 이 글을 바로 제77주년 광복절 바로 다음날 아침에 쓰고 있다. 일부러 그러려고 한 것은 아닌데, 참으로 재미있는 우연이다. 십 년 전이었다면 지난 새벽 서울 도심은 굉음을 내며 질주하는 제이와 동규, 목란 같은 아이들 때문에 시끄럽고 소란했을 것이다. 아침에는 8.15 대폭주에 대한 기사가 넘쳐났을 것이고, 그들을 욕하는 수많은 댓글이 달렸을 것이다. 그런데 지난 새벽은 고요했다. 대폭주 문화는 사라졌다. 그렇다고 내가 그것을 그리워하는 것은 아니다. 배달은 이제 플랫폼 노동이 되었다. 잘 설계된 휴대폰 앱이 그들을 움직인다. 청소년들은 거리를 질주하기보다는 어딘가에 앉아 게임을 하거나 SNS를 하게 된 것 같다. 저출생이 계속되면서 청소년의 절대적인 수도 줄었다. 경찰의 단속이 더 강해지고 효과적으로 변한 탓도 있을 것이다.

분명히 우리 곁에 존재하지만 보이지 않는 존재들. 이 소설을 쓸 때만 해도 그들은 제이나 동규, 목란 같은 아이들이었지만 지금은 다르다. 그들은 어딘가에 있고, 언젠가 자신들이 '보이지 않는 존재'라는 것에 만족하지 않을 것이고, 거리로 나와 '나는 여기 있다'고 외칠 것이다. 작가로서 나는 언제나 그런 존재에게 끌렸고 지금도 끌린다. 이번에 『너의 목소리가 들려』를 다시 읽고 고친 경험은 내 안에 숨어 있는 바로 그런 성향을 스스로 재확인하는 계기가 되었다.

대폭주가 사라진 시대의 독자들을 위해 새롭게 내놓는 만큼 군데군데 조금 손을 보았지만 큰 틀을 바꾸지는 않았다. 대폭주를 상상할 수 없는 독자들이 이 소설을 어떻게 받아들일지 자못 궁금하다.

2022년 9월

김영하

작품 바깥의 말들

김영하는 이 작품에서 동규의 일인칭 회상으로부터 와이드스크린 같은 전지적 시점으로, 정체 모를 경찰관과 작가 자신의 시점으로까지, 기어를 바꾸듯 화자를 바꾼다. 그렇게 클라이맥스의 오토바이 질주를 따라가면서 해답보다 많은 질문을 남기는 놀라운 대단원으로 향한다. 작가는 가장 볼품없고 가장 이상한 인물에게조차 깊은 연민과 공감을 보여주는데 그리하여 이 작품은 서울에서 위태로운 삶을 살아간다는 것이 무엇인지를 생생히 보여주는 한 전경이 되었다. **커커스 리뷰**

누구의 사랑도 받지 못하고 야생의 길에서 생존하는 제이는 자신과 같이 세상으로부터 발길질당한 고아들의 우두머리가 된다. 그런 제이와 운명처럼 맺어진 친구 동규는 세상의 누구도 자신을 원하지 않는다는 것을 느끼며 스스로 불청객이라고 칭하는 또다른 고아다. 한때 함구증을 앓은 동규는 말하지 못하는 자기 속내를 읽고 이를 다른 사람에게 번역해준 제이와 단단히 결속돼 있다.

제이가 고아 무리를 이끌고 도심에서 광복절 대폭주를 감행하는 장면은 자신의 존재를 증명하려는 고아들의 슬프고도 거친 함성으로 오래도록 귓속에 남는다. **연합뉴스**

제이를 "내 욕망의 통역자"이자 "정신의 샴쌍둥이"로 여기는 동규의 진술에서 제이는 예수나 맬컴 엑스 같은 정치적·영적 지도자의 아우라를 얻는다 (바꿔 말하면 동규는 이런 묵시록적 분위기를 내기 위한 소설적 장치다). 껑충한 키에 해진 옷을 걸치고, 생쌀을 씹으며 쓰레기더미에서 구한 책에서 지혜를 얻고, 만물에 빙의해 고통을 나누는 능력을 지닌 제이는 "세상의 모든 죄악은 고통을 외면하는 데서 시작된다"고, "네가 이 우주의 중심"이라고 일깨우며 좌절한 또래들을 규합한다.

제이가 1,000여 명의 분노한 청춘들을 이끌고 "타인에 대한 무심이 유일한 도덕인 공간"(16쪽) 서울의 한복판을 찢을 듯 질주하는, 소설의 하이라이트인 광복절 대폭주를 작가 김씨는 압도적 필치로 묘사한다. **한국일보**

눈을 뗄 수 없이 재미있다… 작가는 가장 뛰어난 부분을 기적 같은 마지막 장을 위해 남겨두는데 그것은 귀하고 특별하다. John Darnielle(작가)

도시의 이면과 십대 갱에 대한 이 어두운 이야기는 태어나자마자 버스터미널에 버려진 어느 고아의 고난을 그린다… 제이가 이끄는 무리에 합류하면서 위안을 얻게 된 동규가 제이를 향해 품는 모든 감정, 동경에서부터 격렬한 질투심까지 생생하다… 작가는 거리를 떠도는 십대들의 참상을 가감 없이 비추며 그들의 본노, 권태, 취약성을 포착한다. **퍼블리셔스 위클리**

이 소설은 버려진 유년, 힘의 남용, 그리고 회복할 길 없이 붕괴된 사회구조에 대한 고통스러운 고찰이다. **북리스트**

너의 목소리가 들려

ⓒ김영하 2022

초판 인쇄 2022년 9월 5일
초판 발행 2022년 9월 22일

지은이 김영하

펴낸곳 복복서가(주)
출판등록 2019년 11월 12일 제2019-000101호
주소 03707 서울특별시 서대문구 연희로11다길 41
홈페이지 https://www.bokbokseoga.co.kr
전자우편 edit@bokbokseoga.com
문의전화 031) 955-2696(마케팅) 031) 941-7973(편집)

ISBN 979-11-91114-33-1 04810

구판 정보
문학동네(2012년)